光文社文庫

長編推理小説

花氷《かひょう》

松本清張プレミアム・ミステリー

松本清張

光 文 社

目次

花氷

第一章

1

赤坂の午後十一時ごろ、溜池《ためいけ》の停留所から乃木坂に向う通りをちょっと入ったところ。この辺は表通りほど灯がかたまってなく、適当に暗く、適当に静かな明りがある。

近くには一流の料亭街もあるし、キャバレーや、ナイトクラブ、高級ホテルもかたまっているし、名の知れたレストランや、お座敷料理の家もある。赤坂一帯のなんとなく高級な雰囲気を、この裏通りにも流している。その中で「甚六」というすし屋は、いいネタと、一ゲンの客を断ることで、これも高級な雰囲気をまとった店である。

十一時ごろだと、まだすし屋にも派手な連中がきていない。ナイトクラブもバアも十二時前に店が終るから、そのころになって客と一緒にどっと押しかけてくる。腹が減っている頃合だ。仕事の終った解放感と、サービスする側がサービスをうける位置の転倒で、女たちはよく食べる。客に連れられてくると、金の心配はない。

今はその波の押寄せてくる前で、L字型になったカウンターには、わりと地味な客がならんでいた。もう、ほとんど椅子のあきはない。

格子戸をあけて男と女客が入ってきた。女は三十前後、黒っぽいオーバーだが、水商売関係か素人《しろうと》かちょっと見別けがつかない。四十くらいの洋服の男は、もっさりしている。塞《ふさ》がっている先客を見て両人とも土間に棒立ちになったが、肥えた鉢巻のおやじが、恐れ入りますが、と長いほうのカウンターの奥の端にいる客を詰めさせた。そこに狭いながら二つ椅子があいた。

「どうぞ」

と、おやじがにっこりして客を誘う。

「恐れ入ります」

と、女は隣の客に会釈《えしゃく》して、男とならんで坐った。先客たちの眼が女の顔に走る。女はそれを意識して眼を伏せ、出されたおしぼりで指を拭いていた。

「何かお飲みものは?」

と、おやじがすしを握りながら首を伸ばした。

「そうね、お酒?」

と、連れの男の顔に眼を向けた。男はうなずく。

「わたし、白身《しろみ》のほうを戴くわ」

と、女は肴を注文して、自分から視線のはなれた先客たちの顔を初めて見まわした。

その女、霜井登代子《しもいとよこ》は、カウンターの一方、つまり、L字型の短い端に坐っている男だけがこちらに眼を向けているのに出遇《あ》い、その顔を見てはっとした。急に胸が騒ぎ出したが、すぐに眼を外《はず》した。

「じゃ」

と、横にならんだのは坂本という男で、むろん気づかずに盃を取った。登代子は、ちょっと乾杯の真似をして唇を濡《ぬ》らしたが、自分の眼が斜め向うに見える男にまた行きそうになる。

盃を二、三杯重ねたが、登代子は、向う端の男が始終こちらをじろじろ見ているので、顔を突つかれているような気持だった。こんなところで彼と出遇おうとは思わなかった。

二年ぶりだが、少しも変っていない。男の二年間の顔は、一ヵ月前と同じなのだろうか。横にいる同じ年配の男は連れらしい。どうせろくでもない友だちにきまっている。様子からみると、金回りも悪くなさそうだが、以前から、たとえ困っても、それを服装に現わさない男だった。連れの男はしきりと話しかけているが、彼のほうでは先輩ぶった様子で相槌《あいづち》を打ちながらも、眼だけはこちらにちらちらとむけている。

こちらでは横の坂本が登代子に話しかけてくる。

「二人ともあの場から消えたのだから、ほかの奴は妙に思ってやしませんかな？」

苦にしているのではなく、愉《たの》しんでいるような顔つきだ。

「そんなことはないでしょう。坂本さんだって忙しいし、わたしだって用事があるくらい分っていますわ」

「あんたは忙しいかもしれないが、ぼくは会社が退《ひ》ければ用がない身体《からだ》だからね」

「それでも、誰にでも用事があるくらいは常識ですから、前後して居なくなったって平気ですわ」

こんなやり取りを、向うの隅に坐っている彼はどんな想像で見ているのだろうか。もとより、会話は彼の耳には届かない。遠いし、まわりがざわざわしているので、二人の表情が先方に分るだけだ。が、声は聞えなくてもこっちの顔つきを見れば、どんな種類の話か想像はつくだろう。彼は傍の坂本を、その後に出来た男か、再婚の相手と思っているかしれない。

「握って戴こうかしら」

と、登代子は前にいる職人に言った。

どうもいけない。位置の都合で、おやじなり職人なりにものを言うとき、どうしても眼の中に彼の顔が入ってくる。

向うの二人づれはビールを飲んでいた。ここに入ってくる前から坐っている。相変らず酔いを見せない男だ。カウンターの上に肘《ひじ》を載せ、頬杖をついているところは、一緒にいたころと変りはない。

隣の坂本はまだ盃をはなさないでいた。刺身を箸でつまみ、醤油に漬けて口に持ってゆくが、一方の掌《てのひら》を顎《あご》の下に持っていって雫《しずく》を受ける所作といい、頬の動かし方といいまるで卑しさが出ている。

「霜井さん、まあ、悪いようにはしませんよ」

坂本は口を魚のように動かしながら言った。ものを言うたびにひとりでうなずくのはこの男の癖で、これも下品な感じだった。

坂本吉雄は一流銀行の不動産部に籍を置いているのだが、要するにサラリーマンでしかない。身分は課長だ。ようやくそこまで成上ったという印象は、この男の風貌にも動作にもうかがえる。

「なにしろ、ぼくは不動産部の生え抜きですからね、裏の裏まで分っています。なに、部長にしても、重役にしても、実際のことはぼくに訊かないと分らないんです。重役なんぞは本店から横すべりした者が多いので、こっちのほうは素人のようなもんです。部長にしたってあんまり変りはない。万事、ぼくに頼りきっている」

自分が職場でどのように有能であるかを吹聴《ふいちょう》した。

「それはよく分ってますわ。みなさんからも伺っています」

登代子が言うと、

「えっ、誰がそんなことを言いましたか？」

と、眼を細めて名前を訊きたがる。賞めてくれた相手を心得ておかねばならないという気持にも彼の性格がある。

「久保さんですわ。それに、田上さんもそう言ってらっしゃいました」

「久保と田上ですか……あの二人は、ぼくが目をかけているんです。将来有望な奴らでね、いわば、まあ、ぼくの腹心ですよ」

坂本は盃を吸えば唇を尖らし、肴を頰張れば頰の皺《しわ》を動かした。四十一と聞いたが、存外老《ふ》けていて、頰に横皺が入っている。顴骨《かんこつ》が出ているので、どうかすると、猿からの進化説をそのまま肯定したくなるときがある。その代り髪は豊富で、きれいに撫《な》でつけた頭は若い者のように光っていた。

「そりゃもう、みなさんにお願いするだけですわ、今のわたくしには心細くて、ほかの方を信用できないんです」

「金を持っていると、みんなが狙《ねら》いますからな。殊に霜井さんのように独身できれいだと、よけいに危険です」

「あら、金もありませんし、婆アですわ」

「そんなことはない」

と、坂本は首を振って断定した。

「霜井さんは若い。失礼だが、とても年齢を言い当てる者はないと思うな」

「どうもありがとう」

向うで彼が連れと笑っている。しかし、こちらに半顔を向けて始終を観察しているようだった。

「だが、霜井さんは、才気があるな」

「あら、どうして?」

「株で儲《もうか》る間は儲けておいて、今のようなガラがくる前にちゃんと処分をした。

とても普通の女性ではできないことですよ」

「あら、そうじゃないわ。女は気が小さいから、持ってる株がいつ下るかと、始終びくびくしてるんです。だから、ほかの株が下ったとみたら、もう、怕《こわ》くて怕くて、みんな手放しただけです。まあ、怪我の功名ですわね」

「なかなかそこまでは、思い切れない。あんたの言葉だが……」

と、ここで坂本は「あんた」という言葉に変えた。

「女の人は欲が強いから、株が下ることよりも上ってゆくのを考える。そこを証券会社の連中がつけ込んで、うまく煽《おだ》てるわけですがね。その煽てに乗らなかっただけでも大したもんだ」

「おかげでやっと助ったところだわ。でも、虎の子を銀行に預けて、その利子で食ってゆけるような大金でもなし、また、それじゃわたし生きてゆく張合がないんですの」

「そりゃそうだとも」

坂本はぐっとうなずいて、

「女の人は、家でぼんやりしていては老いこむばかりだ。何よりも張合を持つことが若さの秘訣でしょうな。ときには冒険もやってみるんだな」

坂本は皺の寄った眼尻に瞳《ひとみ》を片寄せ、登代子の顔をじっと見る。その表情が冒険の意味を暗示していた。

「何もかも冒険ですわ。株なんかその最たるリスクだし、これからどんな商売をはじめるにしても、わたしにとっては危険が一ぱいというとこだわ」

登代子は坂本の瞳も言葉もそらした。

2

おやじが、手をさし伸べて、

「へい、これを……」

と、真魚鰹《まながつお》の焼きものを皿一つにのせて霜井登代子の前に出した。

「あら」

頼みもしないものを出したので、おどろくと、おやじは、ちょっと顎を振って笑っていた。

登代子はすぐにこの「差入れ」の相手が分ったが、わざと彼に眼を向けなかった。隣に坂本がいるためでもあったが、こんなものを寄こしたからといってすぐに彼を見るのは業腹《ごうはら》だった。

赤い嫩生姜《めしようが》が添えられた皿の上の焼魚はこんがりとした狐色と、うまそうな匂いをさせている。

坂本がそれを見て、

「どうしたんですか?」

と、のぞきこんだ。まだ事態を察していない。

「天から降って来たんでしょ」

小声だったので、これは坂本には聞えず、

「え?」

と、彼はさらに耳を寄せた。

「おすし屋さんのサービスですわ」

と、今度は分るようにはっきり言った。坂本はそれで納得《なつとく》し、

「あんたはこのすし屋によくくるんですか?」

と、いちいち訊く。

「ええ、ときどきね……」

「それにしても、こんなものをサービスとは豪儀だ」

おやじが聞きつけて、すしを握りながら俯《うつむ》いて笑っていた。あるいは向うにい

る彼にも聞えたかもしれぬ。登代子が初めて眼をあげると、ニヤニヤとしている彼の顔が映った。彼女は傍の坂本が疎《うと》ましくなった。

あの男は、あのときの女とまだ一緒にいるのだろうか、それとも別れてまた別な女とくっ付いているのだろうか。

登代子には彼のオーバーにも、襟元からのぞいているネクタイにも見おぼえがない。そこからは現在の女関係を知ることができなかった。あんな目に遭わせておいて、平気で焼魚を黙って回してくる。その心根が憎かった。当人は肚《はら》でもへらへらと笑っているに違いない。癪《しゃく》にさわるので、いっそ魚には箸をつけないでいようと思った。

坂本のほうは、その焼魚が一皿しか出なかったので、ちょっと不服そうだった。もっとも、すし屋のサービスだから文句は言えない。登代子が常連だとすれば、先夜初めてここに連れてこられた彼は、その不公平を言い立てる筋合はない。しかし、二人づれで来ているのに一皿しか出ないので、坂本も少し機嫌を損じたようだった。

「おい」

と、坂本は、そこで客の折を詰めているおやじに言った。

「ぼくにもこれを呉れないか。いや、サービスでなくていいんだよ」

途端《とたん》に向う側の彼が声をあげて笑った。

見ると、別にこちらを嗤《わら》ったのではなく、連れの話を面白がったのだ。だが、登代子はそうは思わない。様子にはそれと見せかけて、実は坂本の言葉をあざ笑ったのだと思っている。

登代子は、むっとしたので、

「いいわよ、注文しないで。これを坂本さんに上げるわ」

と、皿をそのまま坂本の前に移した。

途端に彼がまた笑い声を立てた。

坂本もその笑いにようやく気がついたらしい。変だな、という顔で彼のほうを見たが、もとより、坂本なんかにそんなことを気取らせる相手ではない。自分の連れの顔にそのままの笑顔をむけている。

「これ、あんた、食べないのかね？」

坂本は登代子に間抜けた質問をした。

「ええ、なんだか欲しくないんです。どうぞ召上って……」

「悪いな」

「どうして？」

彼とのことを気づいたのかと思ったら、

「せっかくここのおやじがあんたにしたサービスを、ぼくが横取りしたようで」

と言った。一流銀行の不動産部のやり手かしれないが、こういう場では頭の回転が早いとはいえなかった。

「大丈夫ですよ。どうせわたしがお連れしたお客さんですから」

「じゃ、戴こうか」

と、坂本は皿に箸をつけた。前に置いた刺身がなくなったころなので、早速だった。例の頰を動かして、

「うまい」

と言った。

「あんたもどうです？」

半分ほど食べたら、という意思だが、とんでもない。もっとも、彼の眺めている前で一つ魚を二人で食べ合ったら、あいつ、どんな顔をするだろうかと思ったが、坂本と食べ合う気持にはなれなかった。

いま、彼は何をやってるのだろうか。

別れるときも、別れたあとも、気違いのようになっていたのだが、ここ一年間、

登代子は彼のことなぞすっかり心から追出していた。少しも気にかけていないいつもりだったのに、いま、こうして眼の前に彼が現れたとなると、やはりどうしているのかと考えたくなる。これは未練ではない。興味であった。

別れる前の粕谷為三《かすやためぞう》は、自動車部品を造っていた。千住のほうで五十人ばかりの職工を使い、折りからの自動車ブームに乗って相当繁栄していた。尤も、友人と共同経営ということで、彼は専務であった。それまでは彼は転々と職業を変えている。しかし、何一つ真面目なものはなく、インチキ半分のブローカーみたいなものだった。自動車の部品に手を出したのも、どこかの販売特約店のセールスマンになったのがきっかけで部品屋と知合い、いつの間にか、その仲間にすべり込んでいる。共同経営と自分では当座言っていたが、いくらか金を出して、専務のような位置を貰っていた。彼には、そういう目はしの利《き》くところがあった。

その小才能が、いつの間にか自分でも自信のようなものをつけ、他人のすることがばかに見えて仕方がないような思い上りを持った。いい体格をしているのに労働などは一切嫌いで、人に使われることがいやだという言葉を楯《たて》に、口さき一つで、半分は詐欺すれすれのことをしてきている。

登代子が粕谷の生活を知っているのは、彼が不動産のブローカーをしているときで、それ以前の彼についてては直接彼女の経験にない。つまり、登代子もその時分に彼と一緒になったからで、粕谷との同棲生活は三年に満たなかった。登代子は、それ以前の自身のことも思い出したくない。粕谷に唆《そそのか》されて夫を捨てたが、その夫は間もなく自殺した。別れるときは自動車部品屋だったが、今は何をやってるのだろうか。長つづきのする男ではない。

横の坂本がトイレに席を起《た》った。

すると、すしの職人が、

「へい、これを」

と言って、箸袋を矢文《やぶみ》に結んだのを差出した。中を見なくても粕谷からだと分っている。遠くから眺めているその粕谷の眼の前で破いてしまおうと思ったが、なんだか、それも子供らしく、あれから成長したところを見せるつもりもあって、わざとゆっくり矢文結びを開いた。

《しばらく。元気のようで何よりですね。いま、どこに居ますか。折返し住所と電話番号を書いて下さい》

かっと頭に血が上った思いだったが、わざと知らぬ顔をして、指先で裂いて棄て

た。そこに坂本が戻ってきたので、

「もう帰りましょう」

と言った。坂本は壁の時計を見て、

「そろそろ十二時だな」

とそわそわしたように言った。丁度、店も混み合っている。バアのホステスや、近くにあるテレビ局のタレントみたいな派手な女たちが、先客の立つ椅子を狙っていた。

坂本が金を払った。登代子が椅子を起つと、向うの粕谷が、今度は正面からこっちに顔を据えていた。登代子は、それには全然眼もくれないで障子戸の外に出た。通りを二、三歩歩いて振返ったが、粕谷が追ってくる様子はない。ほっとしたが、どこかで少し物足りなさもあった。

坂本が空車を停めた。

「どうもありがとう」

と、先に乗りこんだが、ドアをあけてくれた坂本が横につづいてきた。

「あら、わたしは目黒のほうですが」

「知ってますよ。送りましょう」

「でも、坂本さんは大久保のほうじゃなかったんですか？」

「いや、少しぐらい遠回りしても構いませんよ」

遠回りどころではない。正反対だが、どうせ坂本が一緒に乗ってくると思っていたから、強く拒《こば》みはしなかった。

「運転手さん、目黒のほうにやってくれないか」

「目黒はどっちのほうですか？」

「中目黒だがね。祐天寺《ゆうてんじ》の近くだ」

坂本は今度の話が起ってから、三、四度、登代子のアパートに手紙を出している。それで行先をよく知っていた。

3

車は六本木に出て、材木町の電車通りを渋谷に向ってゆく。六本木と渋谷だけは人通りがあって、あとは車ばかりの流れだった。

横の坂本が身体をもじもじさせている。車の動揺を利用しては登代子に身体を倒してきたりした。

遂に道玄坂を上りきったあたりで登代子の手を握ってきた。これも大体予想がついているのであわてはしない。また振り放すほどのこともなかった。坂本には今後のことがあるから、この程度のことぐらいは覚悟していなければならない。

坂本は登代子がそのままにしているのでますます力を入れ、身体までずり寄せてきた。彼のほうが荒い息になっていた。

電車通りを下って、大橋の手前を左に折れて中目黒の方角へ行くと、この辺は淋しい通りで、往き交うヘッドライト以外には街燈の光があるだけである。坂本は、今度は登代子の背中に片手を回して引寄せようとした。彼は昂奮《こうふん》していた。

登代子は黙っていやいやをするように肩をゆすらせ、反対のほうに身を傾けた。しかし、半分はそれを羞恥《しゅうち》のしぐさに見せかけた。

「ね、いいだろう？」

と、坂本は耳に口をつけそうになってささやく。

「駄目ですよ」

と登代子も小さな声で返した。向うからくるヘッドライトが次々とこちらの姿を照射してゆく。

「なぜ？」

「なぜでも……だって、こんなとこじゃいやだわ」

坂本はやっと普通の姿勢に戻った。これ以上無理をしても逆効果になると思ったか、彼女の言葉にこれから先を期待する気持になったようだった。

坂本は、しかし、ちょっといなされた恰好《かっこう》なので煙草を取出し、しばらく吸っていた。手をまた握ってくるかと思うと、そうでもないので、ちょっと変だなと思ったとき、彼は急に訊いた。

「さっき、すし屋で、あんたの知った男の人がいたね？」

登代子はどきりとした。気づいていないのかと思ったら、やはり坂本は知っていたのだ。しかし、そうだと言うと面倒になるので、

「いいえ、誰にも遇いませんでしたよ」

と、空とぼけた。

「そうかな？」

納得《なっとく》しない口ぶりだった。今になって彼がそんなことを言うのは、あのときの情景に気づいたのか、それとも分っていたことを胸に抱いていたのか、どっちともいえない。

「ほら、カウンターの端に男づれが二人坐っていたね。その壁際《ぎわ》の人だよ」

彼ははっきりと指摘した。

「そうだったかしら？　どんな男の人がいたか、全然気がつかなかったわ」

坂本は黙っている。黙っているのは彼女の言葉を信用しない証拠だ。うっかり、その沈黙に釣込まれて何か釈明するとひっかかりそうなので、登代子も口を開かなかった。坂本は煙草の火をやけに明滅させていたが、

「さっき、焼魚を呉れたね。ありゃ、あの人が回してくれたんじゃなかったんですか？」

と言い出した。

「いいえ、すし屋のサービスと言ったでしょ」

「そうかな。あんな高いものを、いくらお得意だってあんたにサービスするものかな？」

道理である。しかし、ここで承認しては、これから先、坂本にはいろいろと頼まなければならないことがあるので、その支障になる。

「あのすし屋さんには、わたし、前に人を世話したことがあるんです」

と、即座に口実を言った。すし屋には、あとで口裏を合せてもらうよう頼むつもりだった。

「丁度、店の手が足りなくなったときに、男の子をわたしの口利きで世話したんで

す。それで、あのおやじさんは、とてもわたしに感謝してるんですわ」

「その男の子はまだ居るかね？」

「もう、辞めましたけれど。でも、そのため、どれだけ店が助ったか分らなかったわ」

坂本は再び黙った。今度は半信半疑の体《てい》である。だが、まだ粕谷のことは頭から消えないらしく、その疑問は残しているようだった。

中目黒の駅の手前から祐天寺への道に入る。一時近くなっているので、人ひとり通っていなかった。大通りから路次がいくつも岐《わか》れている。

「運転手さん、その辺でいいわ」

と、登代子は声をかけた。

「ここですか？」

と、坂本は停った車から外を見回している。このあたりは塀に囲まれた住宅が多い。

「どうもありがとう」

と、登代子がドアから出ようとすると、坂本も自分の側のドアをあけて運転手に金を払っていた。ここで彼も車を乗捨てるらしい。

「あら、坂本さん、どうぞ、その車でお帰り下さい。この辺、なかなか空車が見つかりませんのよ」

急いで言ったが、坂本は返事をせずに車を走らせてしまった。

「そこまで送るよ」

「いいわ。この辺、馴れているし、もうすぐですから」

「まあ、そう言わないで」

登代子は面倒臭くなったので、しばらくは一緒に歩くことにした。果して坂本の手が彼女の指を握ってきた。

街燈が六メートルおきに立っているので、さすがに坂本も肩まで抱きにこなかった。しかし、隙《すき》あらばと狙っている様子はよく分る。

小さな路は、さらに横にも走って、四つ角が奥のほうにいくつもある。その二つ目の手前で登代子は立停った。

「もう、この辺で結構ですわ」

「大丈夫ですか?」

と、坂本はあたりを見回している。

「ええ」

「アパートの前まで行きますよ」

「ほんとに大丈夫ですから。それに近所の人に見られたら、どう言われるか分んないわ。この辺のアパートには、夜のお勤めの女の人が多いし、もう、帰るころですから」

坂本は、それでも強引に歩きたがっている。

「疲れた」

と、自分で眼をこすって、

「家に帰るのが、どうも辛くなった。霜井さんの部屋で少し休んで行こうかな」

と、とぼけたように言った。

「ばかなことを言わないで下さい」

登代子はきつい声を出したが、口もとでは笑っていた。いま、相手に屈辱感を与えてはならなかった。

「その代り、今度、昼間、わたくしのほうがお呼びするわ。だから、今夜はどうぞ……」

帰ってくれと頼むと、坂本もこの辺が切りあげどきだと悟《さと》ったらしい。ようやく思い切りをつけて、

「じゃ」

と、握手を求めるように手を差し伸べた。登代子は仕方なしに軽く握ったが、坂本は指が千切れるように握り、さらに、その上から片方の手を重ねて締《し》めつけた。

登代子がその手を振りほどくと、坂本はつまらなそうな顔で立っている。

「おやすみなさい」

登代子は、その声を残して小走りに奥へ向ったが、四つ角のところで左に曲った。曲る前に振返ると、坂本は眼を光らせて立っている。

辻を入りこんだ登代子は一そう足を早め、すぐ眼についた路次に飛びこんだ。他人《ひと》の家だが、門までは深い路次になっている。しばらくかくれていると、坂本の靴音が角まで来た。登代子の姿が消えているので諦めたらしく、靴音は遠ざかった。

登代子はそこに五、六分ばかり佇んでいた。もう大丈夫と見極めをつけて元の四つ角に戻り、さっきの通りを眺めたが、街燈が両側の塀を照らしているだけで人影はなかった。彼女は、その辻をすぎてそのまま真直ぐに歩いた。つまり、坂本の眼を晦《くら》ますために、自分のアパートとは逆方角に角を曲っていたのだった。

4

粕谷為三は、そのすし屋を十二時半に出た。タクシーを待っている間、連れの小泉次郎が登代子のことをしきりと訊いた。

「一体、何者です？」

「ちょっとした知合いだ」

粕谷はオーバーの襟を立ててにやにやしている。寒い風が足もとに舞った。あいにくと走ってくるタクシーが一台も空《あ》いていなかった。

「粕谷さんも何をやってるか分らんな。ぼくの知らない女が一ぱいいる」

「冗談じゃない。そんなに女にもてやしないよ」

「どうだか……しかし、ちょっといい女じゃないですか。中年増で、色気があって、いま脂の乗ってる盛りだ。素人じゃないな」

「そう見えるかね？」

「素人っぽくしているけれど、あの人は水商売の関係だな。バアのマダムか、小料理屋のおかみといったところかな」

——粕谷の知っていたころの登代子には、すでにそういうところがあった。身体の線に仄かな色気がみえ、それに興味をおぼえたのが手を出した一つの理由だった。

そのころは彼女も他人《ひと》の女房だった。亭主はまるきり堅気の商売で、田端のほうで洋品店をやっていた。

その土地ではかなり手広い商売をしていたが、亭主はまるきり商売に身を入れず、登代子に任せきりだった。そのころ、粕谷は不動産ブローカーのようなことをして飛回っていたが、たまたま、その洋品店の持っている土地が銀行支店の開設で買収されることになり、粕谷がその周旋に当っていた。話は亭主よりも登代子のほうが通じていた。この亭主は麻雀気違いで、昼も夜も仲間と麻雀賭博をやっていた。

銀行の土地買収は成功して、登代子のところには五千万円の金が転りこんだ。粕谷は彼女に頼まれ、税金面の対策に世話を焼いた。店の経理面も上手に行っていないので、彼女にその入れ知恵もした。もとより、粕谷には計画があってのことである。亭主は麻雀となると二日も三日も帰ってこない。負ければ博奕の金を取りに戻る。

女は隙だらけだった。

粕谷は、税金差引の三千万円のうち千五百万円を登代子に持たせて連れ出した。税金と現金半分を家に残させたのはせめてもの彼の「良心」であった。

その金のうち、登代子は粕谷のどこかに不安を感じていたのか、八百万円を素早くどこかの銀行に預けて、絶対に粕谷に出さなかった。粕谷が登代子の留守にいくら家探ししても、通帳も判も出てこない。架空名義で預金し、通帳と判は別な友だちか知人に預けているに違いなかった。喧嘩の因は、いつもそれから起ったが、彼女は頑として白状しなかった。粕谷からみると、金銭に執着する女だった。

そのうち何ンとか手管で隠し金を出させるつもりだったのを、粕谷に新しい女が出来た。悶着はそれから起った。相手はバアの女だったが、登代子が嗅ぎつけて、そのアパートに寝ごみを襲ったこともある。彼女は催眠薬を飲んだり、暴れたりしたが、新しく出来た女も女で、逆に登代子のところに乗りこんだりした。

結局、そんなことで別れてしまったが、粕谷からみると、得をしたような損をしたような具合である。七百万円ほどは、株に手を出したり、謀叛気《むほんぎ》を起して別な商売をしたりなどしてスッてしまった。結局、その中の一部を自動車部品の友人に融資して、それがきっかけでその会社に専務の位置で乗りこんだが、向うも食わせ者で、彼から金を取ってしまったあとは勝手なことを言い出して喧嘩別れになってしまった。

もっとも、ついでにバアの女とも別れた。今の女が出来たので、これまた大喧嘩になった挙句《あげく》の果である。——

小泉と別れてタクシーに乗った粕谷は、そんな過去を考えている。小泉も言っていたが、登代子と一緒にいた男は何者だろう。風采の上らない野暮ったい男だが、亭主だろうか、それともパトロンだろうか。こっちから見ていると、男のほうが登代子に相当熱を上げているような様子だった。

あの女、今はどんな暮しをしているのだろう。

別れた女のことを考えるのは野暮の骨頂だが、愉しくないでもない。ちょっと悪戯《いた》心《ずら》を起して焼魚など回してやったが、反応はあったように思える。店に入ってきた途端にこっちを見て、はっと息をのんだようになっていた。そのあとは、なるべく顔を合わさないようにしていたが、焼魚の皿では、もっと意識的になったようだ。面白いので、相手の男が手洗いに起った隙に、住所と電話番号を教えてくれとメモを回したが、硬い表情で、それを破いていた。

その後、男とそそくさと出て行ったが、すし屋で別れた女と遇おうとは思わなかった。あのすし屋にはたびたび行くのだが、今まで夢想もしなかったことだ。登代子のほうもあそこにはよく行くらしい。不思議なものだ。

久しぶりに見た彼女だが、二年前よりも、もっと色気が出ている。女というものは男が替るたびに精気を増してゆく型がいるが、登代子もそっちのほうだろう。生活はあんまり悪くなさそうだ。あのとき隠していた八百万円を資本《もとで》に何か商売でもしているのかもしれぬ。だが、小泉も言ったように、大ぶん水商売みたいな色気が出ているので、バアか小料理屋でも開いているのかも分らぬ。もともと、洋品店のような堅い商売よりも、そっちに向く女だと思っていた。──

四谷の外苑に近いアパートの前で粕谷は降りた。二階建だが、ほとんど灯が窓から消えている。ついているのは三つ四つで、みんなバアに勤めを持っている連中だった。粕谷は奥に近いドアを叩く。窓にはうすい明りがついていた。女は待っている。蒲団の温かみが感じられた。

ドアを二つノックした。髪を解いた女がネグリジェの上にオーバーを載せて、開いたドアの中から現れた。

「お帰んなさい」

じろりとこっちの顔を見る。粕谷も黙って入る。背中で女がドアを閉め、鍵を回していた。粕谷は、応接間まがいの狭い部屋にあるクッションに、そのまま身体を投げた。

「水をくれ」

女は返事をしないで、蛇口に水音をさせていたが、コップを持ってきた。
「今夜は誰とおつき合い？」
恵美子は唇の端を歪《ゆが》め、皮肉な笑いをそこに寄せている。もともと、日ごろから
そんな笑い方をする女だ。痩せて頬がすぼんでいるが、眼だけはいつも光を溜めて
いる。
「今夜は小泉と一緒だ。おまえさんの気になるようなことはしてないよ」
水を咽喉《のど》に流していると、
「しても構わないけれど、わたしに分らないようにしてちょうだい」
「承知」
カラになったコップをテーブルの上に置いた。
「この前みたいに、シャツの胸のとこに口紅なんかつけてくるような無様《ぶざま》なことは
やめてちょうだい」
「しつこい奴だな。いつまでもおぼえてやがる。あれは三ヵ月前だ。それに、大し
た女じゃない」
「何ンだか知らないけど、自分勝手に遊び回ってるわね。……いま、ウチに金ない
のよ」

「心配するな。今にどっと入ってくる」

「ふん、どうだか。小泉さんと相棒じゃ知れてるわね」

「小泉も、あれで結構役に立つところがある」

「先の大金より、今の小遣のほうが欲しいわ。わたしの預金だって全部銀行から下したあと、友だちにも借金ができているんだから、もう、どこからも持ってくるアテはないわ」

「分った、分った」

あくびをして上衣を脱いだ。女がそれを取ってくれないので、ソファの上に抛《ほう》り出し、ズボンもシャツも全部そこに投げつけた。

カーテンで仕切った向うの幅広いベッドの中に、粕谷はパジャマをひっかけてもぐりこんだ。部屋は女がガスストーブをつけて暖めてあるので、ボタンをはずし、胸を出していたほうが気持がいい。女が男の脱いだものを仕方なさそうに洋服ダンスに始末している音を聞きながら、

「おい、煙草をくれ」

と怒鳴った。

女は返事をしない。それならそれでもいいと思って、枕もとのシェードが投げて

いる天井の光の環を眺めながら、登代子のことを考えた。

——あの女、金を持っているらしい。一緒にいた男とくっ付いているかどうか分らないが、どうせ魅力のなさそうな男だ。

いま、どこに住んでいるのだろう。あいつが出たとき、尾《つ》けてみようかという考えがふと湧いてこないでもなかったが、小泉の手前もあるし、そのときはそれを決行するほどの強い興味もなかった。しかし、今となっては惜しかったような気がする。せめて向うの電話番号を聞くか、彼女に回したメモの中にこっちの電話番号を書いて、かけてくるように言っておけばよかった。そうすれば糸がつないでおけた。

粕谷は登代子の身体を想像している。それは三年間の経験に立った思い出であり、それから発展した現在の空想であった。あの当時の登代子は、まだ何ンにも知っていなかった。粕谷に抱かれたとき、

(こんな思いをしたのは初めてだわ)

と言った。亭主との交渉では一度も歓びの頂上に這上《はい》ったことはなかった、と告白していた。

(本では読んでいたけれど、あれは作りごとだと思っていたわ)

と、うっとりとして言っていた。

それで登代子の夫婦生活が分ったような気がし、粕谷は自分流儀に彼女を扱ってきた。

(わたしって、少し身体が異常なのかしら)

と、顔を隠して言うようになった。その境地を知りはじめると、女は夜も朝も彼の身体にもぐりこんできた。三年間、粕谷は登代子を完全に訓練した。それがいま、どういう肉に糜爛《びらん》しているだろう。

今の女、川崎恵美子は小さなバアをしていたが、粕谷との仲が分ってパトロンと縁切れとなった。もう、そろそろ、この女とも別れなければならないと粕谷は思っている。

その恵美子が枕もとに来て、自分の口にくわえていた煙草を粕谷の唇の間に押しこんだ。それから、寝台の横に入って来て、その太い膝を彼の腿のあたりに押しつけた。

「何を考えて北叟笑《ほくそえ》んでいるの?」

と、上からさしのぞいた。

5

粕谷為三は、翌《あく》る晩も赤坂のすし屋「甚六」にぶらりと入った。中は夫婦者らしいのが二人、隅っこにならんでいるだけである。

「いらっしゃい」

と、店の者の報らせで奥から眉毛の濃いおやじが出てきた。

「えらい今晩は早いですね」

肥った顔が愛想笑いをして、時計を見上げた。八時すぎである。

「はんぱな時間になった」

と、粕谷はコートを掛けて、椅子に坐った。

「さすがに今ごろは、ここも広びろとしてるね」

「へえ、混んでくるのは十一時すぎですから」

この店は銀座の帰り客がバアの女を多く連れてくる。

「そう始終混んでいては金が余って仕方がない」

「そうでもありませんよ。当節は税務署がちゃっかりと、かっ攫《さら》ってゆくから。……何ンにしましょう？」

「白身は何があるか？」

「へえ、タイにスズキ、それにヒラメです」

「ヒラメをくれ。……お、何がおかしい？」

粕谷は、おやじのニタニタ顔を咎《とが》めた。

「いいえ……昨夜のご婦人のことを思い出したんですよ。やっぱり白身でしたからね」

「ああ、あれか。つまらないことをおぼえてるな」

「でもないでしょう。ちゃんと焼物など差入れするところなんざおつなもんですよ」

「どういう筋合と思う？」

「あっしも昨夜はそれを考えていたんですが、判じものですね。どこかのバアのママさん？　それとも料理屋かな」

「そう見えるか」

昔から登代子は、ひとにそう見られていた。どことなくあだっぽさがあって、素人には映らなかった。

「まあ想像にまかせるよ」

「まかせて頂きますかな。……はい」

白い魚の握りが彼の前に二つならんだ。

「よく来るかね？」

「そろそろ気になりましたね。昨夜で五回目くらいですかな」

「そうか、よく今まで遇わなかったな」

「運悪くすれ違いばかりというところですね。しかし、昨夜は本望遂げられてご満足でしょう」

「本望に見えるかね？　おい、トロ」

「へえ。……まんざらでもなかったようですよ」

「ところで、彼女、いま、どこに居るの？」

「ご存じない？」

「知らない。……このトロ、少し強いな」

「へえ……ここから、そう遠くないんじゃないですか。何かの帰りに寄ったのだとおっしゃってましたよ」

「連れの男性、あれ、旦那かい？」

「そうじゃありません。いいえ、そうじゃないでしょう。あちらは、ここが二度目

「どういうのだ？　どこかの会社員かな？」

「粕谷さん、教えてあげましょうか？」

「うむ……そうそう、この程度のトロでいい」

　粕谷は、ここに来た目的が案外たやすく果せたので心が躍ったが、顔色には出さなかった。

「ちょっとお待ち下さい」

と、おやじは奥に入ったが、すぐに片手に名刺をつまんできた。

「しかし、お客さんのことをお知らせするのは悪いかな？」

と、おやじは手を握ったままでいる。

「勿体《もったい》ぶるなよ。どうせ、すし屋に来て名刺を置く奴さ。道端に撒《ま》いたとおんなじだ」

「ひどいもんですね。……ほれ、これですよ」

粕谷は、仕方なさそうに名刺を指先でつまみあげた。

「東陽銀行不動産部　課長　坂本吉雄」とある。頭の中でおぼえておいて、それを詰らなさそうにおやじの手に返した。

「どうもありがとう」

「ご感想はありませんか?」

「ばかな。何ンにもないよ」

「お言づけがあったら、お伝えしておきますよ。いいえ、女性のほうです。また二、三日うちにお見えになるかも分りませんから」

「その銀行の不動産といっしょかい?」

「とは限らないでしょう。これまでずっと一人でおいでになってましたから。御伝言は?」

「そうだな……」

「遠慮には及びません」

「誰が遠慮なんぞするもんか。……しかし、一体、どこに居るんだろう?」

「気になることですね」

と、言ったとき、片方で客の土産の折を詰めていた顔の長い若い者が、おやじの傍に行って耳打ちしていた。ぼそぼそと囁きながら、片方の眼で粕谷を見ている。粕谷は気がついていたが、知らぬ顔をしてトロを頬張っていた。

「旦那、分ったそうです」

おやじが粕谷の前に寄ってきて、カウンターに両手をつき、首を突出した。

「この若い衆が言ってるんですが、お二人がタクシーに乗るところへ、丁度、使いから帰ったこの人が通りかかって行先を偶然聞いたそうです」

「ほう」

「男性のほうが送ると言って聞かなかったそうですよ」

「へえ、じゃ、いっしょに居るのじゃないのか」

「ご安心ですね。どうやら、それほどの仲でもないらしいですな」

「分るのか?」

「そりゃア……この店にはアベックが始終来ますから、眼が肥えてまさ」

「タクシーの話をしてもらおうか」

「その坂本という人が運転手に、目黒のほうにやってくれないかと言ったそうです。もちろん、女性を送るためですよ。運転手が、目黒はどちらのほうですかと訊いたら、中目黒の祐天寺の近くだと言ってたそうですよ」

「祐天寺の近くね。うむ」

「早速、行ってみますか?」

「そんな阿呆にみえるか」

と、粕谷は図星を当てられて苦笑した。

もし、登代子が独りだと、アパート住いであろう。何をしていることか。服装から考えて、それほど困っているとは思えない。あの女、前から経済的な観念が強かったから、小金ぐらい溜めてるのかもしれぬ。

前から粋《いき》なところがあるので、あるいはと思ったが、まさか誰かの世話になっているのでもあるまい。その後、どんな男と交渉があったか分らぬが、この際のことだ、ちょいと訪ねてみようかと思った。

昨夜、恵美子と寝てからもそれを考えないではなかったが、こう早く住所が分ってくれば、それが本気になってきた。それに、名刺の東陽銀行の不動産部の男というのはまんざら自分の仕事に縁がないわけでもない。ひょっとすると、何かいいことがあるかもしれないと思った。

多年、千三《せんみ》つ屋《や》のような仕事をしてきていると、些少《さしょう》のひっかかりでも、つい、心が動いてくる。絶えず万が一を期待する習慣がついている。当れば、それだけ儲けなのだ。

それに、別れた女と久しぶりに話すのも悪くなかった。その先どうなるかは考えていないが、焼棒杙《やけぼっくい》に火がつくところまで行かなくとも、二年前の身体を、その場限りにあっさり味わってみるのも悪くはない。昨夜は期待せずにそれを考えた。今は、その可能性がないでもない。

「もう、お帰りですか？」

と、おやじが椅子から腰を浮した粕谷に言った。

「これから銀座へちょっと呑みに行ってくる」

「方角が違やアしませんか？」

「そう見えるかい？」

「お土産なんざ、いかがです？　銀座でも女の子には不用ではありませんよ」

「よしきた。大急ぎで作ってくれ。タネのいいところを択《えら》んでな」

「えへへ。分りました。腕によりをかけて……いえ、これは粕谷さんのことですよ」

おやじは手早く握りはじめた。

6

粕谷は、祐天寺の駅前近くでタクシーを捨てた。

ものになるかどうか分らないが、とにかくここまでは来てみた。あとは運である。

幸い登代子の名前が分っているから、まるきり望みがないでもない。

赤い電燈を軒につけた交番では巡査が一人、机の前にしょんぼりと坐っていた。

「ちょっと伺いますが」

巡査は入ってきた男に顔をあげた。まだ若い、坊やのような顔をした巡査だ。

「この辺のアパートに居ると思いますが、霜井登代子という女の住所は分らないでしょうか？」

霜井は登代子の生家の名である。結婚していない限り、やはりそれで押通していると思った。

「何ンというアパートですか？」

「申しわけありません。名前はちょっと分らないんですが、なんでも、祐天寺の近くだというんです」

「この辺はいっぱいアパートがありますから、ただそれだけでは手がかりはありませんよ」

「弱りましたね」

と粕谷は頭を掻いた。

「ぜひ今夜のうちに報らせたい急用があるんです。登代子さんの家族が急病になりまして、なんとかそれだけを報らせたいんです。何か方法はないでしょうか?」

「困りましたな」

巡査はまるきり相手にならないわけではない。若いだけに誠実な表情が現れている。

「待って下さい。じゃ、一応、居住者名簿を見てみましょう」

巡査は椅子から起って、横の机に立てかけてある台帳のようなものを抜取った。

粕谷は巡査の指先を見つめながら、なんだか、そこですぐ発見されるような気がした。居住者名簿はアイウエオ順になっているらしく、巡査は最初のところから眼で拾っていた。

「霜井登代子さんですね?」

粕谷は、その表情で、やはりあったと思った。

「そうです」

「いま、おいくつぐらいですか?」

巡査も慎重で、確めている。同名異人を懸念したからでなく、うっかり妙な人間を教えて、あとで問題が起った場合に備えているのだ。

「たしか……三十二くらいだったと思いますが」

「三十一歳ですね。……本籍は？」

「本籍地は……静岡県だったと思います」

「分りました」

と、巡査はばたんと帳簿を閉じて元の場所に返した。

「それはみどり荘というんです」

「みどり荘。どちらへ行ったらいいでしょうか」

巡査はくるりとうしろを向いて、壁に貼ってある大きな地図を見た。指先で道路を辿っていたが、今度は机に戻ると、紙きれに簡単な図を描いてくれた。

「こう行けばいいんです。角が八百屋ですが、もう店は閉ってるでしょう。こっちの角が電気屋さんです」

「はあ」

粕谷は丁寧に教えられて頭を下げた。

「どうも、大へんお騒がせいたしました。おかげで助りました」

ほんとに助った——こんなにすらすらとことが運ぶとは思わなかった。厚く礼を述べて交番を出たとき、入れ違いに外の巡回から戻った年寄の巡査と往き遇った。

粕谷は教えられた道路を歩いた。この辺は夜が早いとみえ、食べもの屋を除くと、ほとんど店を閉じている。教えられた目標の八百屋も暗くなって、看板だけでそれと分った。向い合せの電気屋も暗くなっている。

粕谷は巡査の描いてくれた略図を頼りに、途中の外燈の光であらためながら進んだ。四つ角の三つ目を左に曲る。

この辺は、なるほどアパートが多い。いくつもの建物がならんでいる。みどり荘は、明るい玄関の中に看板を掲げていた。三階建だが、窓に灯が入っているところもあり、消えているところもある。

粕谷は、その明りのある窓の入口のドアを叩いた。用心深くドアをあけたのは小柄なかみさんで、霜井登代子は二階の奥だと言った。

粕谷は鉄製の階段を上った。外側についているので、靴音はここの住人が帰ったとしか思うまい。コンクリートの廊下を歩くと、言われた通り、奥のほうに二八号室があった。名札は出ていなかった。

うすい明りが窓の上にほんのりとして射している。察するところ、玄関の灯は消して奥の明りだけがついているのであろう。登代子は居るのだ。粕谷は、微《かす》かに吐息に似たものを洩《も》らした。平気でいようとしたが、やはり心が少し騒ぐ。冷い夜気が頬に当っているにもかかわらず顔が上気していた。

思い切ってドアを軽く叩いた。

こうして外で待っていると、登代子と一緒にいたころの思い出が蘇《よみがえ》ってくる。おそく帰った晩、いつもこうしてドアのあくのを待っていたものだ。時間が逆戻りしたような気がした。ドアはあかないで、中から細く、

「どなた？」

と訊いた。彼女の声だった。粕谷は深呼吸を一つして、

「わたしだ」

と小さく答えた。

「え？」

登代子の声が訊き返したが、半信半疑といった語気だった。こっちの声も忘れていないと粕谷は思った。半信半疑は、まさかと考えている彼女の遅疑《ちぎ》だ。

「どなたでしょう？」

声が少し強くなった。

「粕谷だよ」

応答がすぐにない。といって足音が逃げるでもなかった。おそらく、彼女もドアの向うで息を呑んでいるに違いなかった。

粕谷はノッブに手をかけた。むろん、あかないが、がたりと大きな音がする。

「今ごろ、どういう御用でいらしたの？」

なるべく平静を装おうとする登代子の声だった。

「ちょっと用事がある。玄関先でいい。すぐに帰るから……」

「駄目です」

「ほんの二、三分だ。……ここで話してもいいが、それでは隣に聞える。君にも都合があるだろう」

それで登代子も決心をつけたらしい。ドアは半分開いた。粕谷は片足を入れて、その隙間に身体を斜めにして押入った。登代子の顔は逆光になっているが、その暗い顔が極度に緊張していることは分った。彼女は片手を伸ばしてドアをいっぱいにあけた。開けたままにしておくつもりらしかったが、粕谷は片手をうしろに回して戸をがたりと閉めた。

「いけません、戸を開けといてちょうだい」

「すぐ帰る」

靴を脱いだ。登代子がそれを押止めるつもりで粕谷の胸を突いた。指がオーバーのボタンにひっかかった。

「そういう約束じゃなかったわ」

強い声だ。少し野太くなっている。曽つて粕谷が浮気して遅く帰った晩に、こういう声音を聞いたものだ。

「とにかく来たのだ。二、三分ほど上らしてもらう」

粕谷は登代子を押しのけて上にあがった。最初が板の間で、横側がリビングキッチンになっている。洒落たテーブルと腰掛が四つ。ここの電気は消えて、カーテン越しの淡い光線だからよく分らないが、冷蔵庫や棚のガラスがきらきらと光っている。小ぎれいな部屋だった。

畳を敷いた座敷との間には、波状の襞《ひだ》をつけた厚いカーテンが引いてある。粕谷は、それをさっとあけた。

八畳くらいで、デパート家具部のモデルみたいにきれいに整っている。ステレオ、テレビ、婦人机、書架、整理ダンス、それぞれの位置に花や置物が飾られてある。隣は寝室とみえ、襖で仕切ってあった。男はいないとみた。女だけの部屋である。

「坐らせてもらうよ」

と、粕谷はオーバーを脱いで、あぐらをかき、片手ですしの土産を持上げた。

「これ……」

登代子は傍に寄らずに、つっ立ったまま、硬直した表情で見おろしていた。

「何んですの？」

「この前のすし屋だよ……いらなきゃ、あとでおたべ」

と、宙に浮いた折を畳にすべらせて片方に押しやった。

登代子は眼もくれないで、じっと粕谷を見おろしている。距離をあけたままだ。大柄な黄と黒との市松模様みたいな着物に、同色系統の羽織をかけ、髪のかたちのせいか、あのときよりずっと若く見えた。立っていても身体がしなやかに斜になって、ちゃんとかたちになっていた。若いときは踊りを習った女だ。

「何の用事でいらしたの？」

と、登代子は、そのままのかたちで強い眼をして言った。

「別に大した用事じゃないが……」

「そんなら、お帰りになって下さい」

「昨夜、すし屋で逢っただろう。どうしてるかと思ったんだ。来てみると、ちゃんと結構にやっている。やはり悪い気はしないよ」

登代子は黙っていた。どうしてこの家が分ったのだろうと、訝《いぶか》るような表情が現れていた。

「すぐ帰るよ。まあ坐ったらどうだね」

登代子は、立っているとかえって負けと思ったか、粕谷の前にきっちりと坐った。隙を見せない坐り方だった。

「いま、どうしている?」

「どうもしていませんわ」

「ぼくの言うのは……その後、結婚というか、そういう男性が出来ているかと訊いているんだがね」

「あなたには関係ないことでしょう」

「そりゃそうだ。しかし、不仕合せな境遇でいられると、こちらも気持が悪い」

「どうせ、あなたのために不仕合せになったんです。そのままの延長だとお思いになったとしても、気の毒がることはないでしょう」

「灰皿をもらいたい」

と粕谷は煙草を取出した。

「早く帰っていただきたいんです」

「煙草一本吸うぐらいはいいだろう」

粕谷は灰皿がないので、灰を煙草の函の上に落した。

「もし、どうしても用事があるのでしたら、こんな夜なんかではなく、昼間来ていただきたいんです。……近所の外聞だってありますから」

「昨夜、すし屋で逢った人、あれ、君と親しい人？」

粕谷は自分の質問を投げた。

7

「そんなこと、答える必要はありませんわ」

登代子は眼を柔げないで撥《は》ね返した。若くなっていると、粕谷は、その顔を見ながらまた思った。着物の趣味も、あのときからみると、ずっと洗練されている。豊かな暮しをしていると考えないわけにはいかなかった。

この女には、別れるとき手切金のようなものを渡した。当時の粕谷からすると、すでに雲散霧消してしまいそうな金だったが、今から考えると、ちょっとした額だった。しかし、いくら女ひとりでも、あの金で食いつないでいるとは思えない。もしかすると、あのとき隠していた八百万円を資本《もとで》に自分の知らない商売でもやっているのかと考えた。でなければいくら女ひとりでも、こんな豊かそうな生活が出来るはずはない。

「銀行の不動産部の課長だってね」

登代子の表情が、粕谷の何気なげな言葉で初めて変った。驚愕《きょうがく》と警戒とが同時に出た。

「どこからお聞きになったんです？」

「どこでもいい。しかし、ぼくはいろいろ商売で歩き回っているからね。先方は知らなくても、こちらで存じあげている顔は多いわけだ」

登代子は、粕谷がどこでそれを知ったのかと考えているようだった。どうやら、すし屋を思い当ったらしい。

「ひとつ紹介してくれないか」

「え？」

登代子は粕谷に眼を据えた。

「どういう理由ですか？」

「商売のほうだ。断っておくが、君がぼくの女だったという過去は、おくびにも出さない。それはぼくの恥だからね。……いま、ぼくは不動産屋のようなことをしている。しかし、自力では信用がうすいので、どうしても思わしい口が見つからない。東陽銀行の不動産部がバックだといえば、この名前だけで信用がつく。いや、別に利用しようというんじゃないんだよ。そういう銀行とタイアップさせてもらえば、ぼくの仕事もしやすくなるというわけだ」

「お断りしますわ」

「駄目か？」

「あなたとは一切関係ないことになっているでしょう。どんな用件にしても、わたしはもうあなたには関《かかわ》りたくないんです」

「しかし、これはぼくの仕事だからね。君はただ口をちょっと利いてくれさえすればいい。初めのきっかけだけだ。あとは君を引っぱり出すこともないし、無視するよ。つまり、先方とぼくとの直接のつき合いになるだけだ」

「あなたは昔からそうだったわ。ちょっとしたきっかけで、すぐ渡りをつけるのね」

「ぼくのような商売をしていれば、それがビジネスだ。図々しいというのは、この商売の事情を知らない人の感想だ」

「とにかく、それはお断りします」

登代子はニベもない口調で言った。

粕谷は煙草を吸っている。それも短くなった。登代子は、男の沈黙がかえって不安になったらしい。どっかと坐っている男の姿が、岩を据えたように見えたのである。

登代子の不安が現れた。きっちりと坐って隙を見せなかったものが、揺いだ。女の動揺を見遁《の》がす粕谷ではない。ゆっくりと煙草の残りを函の上に置くと、手と身体を伸ばして登代子の肩をつかんだ。

「いや！」

女は顔を背《そむ》け、男の手を払いのけた。彼の手に女の爪が刺さった。粕谷は構わずに彼女の頸の根を巻いて押倒した。

「いや、いや」

登代子は粕谷の唇から脱れるため顔を畳に伏せている。両手で懸命に男の身体を押除《の》けている。髪が乱れ、衿がはだけた。粕谷は口を締めて、耳の下の首筋に唇を当てた。別れた女の、ひさしぶりの体臭が鼻に噎《む》せた。胸から腹への弾力が彼の下に動いていた。

「卑怯《ひきよう》」

登代子は、言うなり、強い力で刎《は》ね上げた。粕谷が不覚に手をはなした隙に、登代子は畳を転るようにして逃げた。

これ以上、追うのはみっともない、という自制が粕谷にちらりと射した。これで、もう、いけなくなり、自分も不体裁に起上って、もとのあぐらに戻った。

登代子は壁際で起上り、素早く坐り直した。髪を直し、衿を整えているが、顔は真赭だった。眼をぎらぎらさせて、粕谷を睨みつけた。

「帰って!」

登代子は荒い息を吐いて言った。ものを言ったあとで唇を曲げている。

衿もとを整え、羽織のずれたのを直したが、桃色の帯上げの片方が、帯の上にだらりと垂れ下っていた。彼女はそれに気がつかない。粕谷は、芝居などで女が男に乱暴されたあと、よくこんな恰好をして舞台によろよろと出てくるが、あれは演出法だと思っていたのに、実際には帯上げのほどけたのは女も気がつかないものだと思った。

粕谷は、新しい一本をとり出して口にくわえた。とにかく、一時は同棲した女だから、あまりみっともないところは見せたくなかった。ここで態勢を整えるつもりだった。

「あの課長、坂本さんと言ったっけ、その坂本さんに紹介してくれないか」

粕谷は、たった今の行動を忘れたように言った。

「…………」

　登代子は、彼を睨《ね》めつけている。

「いいだろう？」

「とにかく、ここを早く帰って頂戴」

「帰るには帰るが……その話、いいだろう？」

「知らないわ」

「知らない？　ふん、相手にならないという意味か」

「あなたとわたしは、もう何でもない他人ですからね。そんなことを頼まれる義理合いはないわ」

「分った」

　と、粕谷はうなずいた。

「それなら、仕方がない。先方と直接交渉をしよう」

「なんですって？」

　登代子が、眼を大きく開いた。

「君が紹介してくれなければ、ぼくがじかに坂本さんに会うというのだよ」

「やめて」

登代子が叫んだ。

「なぜだ。君には迷惑はかけないよ」

「あなたは、相変らず卑劣だわ」

「…………」

「いまも、わたしに何かしかけて、結局、また、ずるずるなことになって、わたしを利用しようとしたのね」

「そんなことは考えてないよ。ただ、暫くぶりで君を見たから、つい衝動的になっただけだ。事実、あのときからみると、君はきれいになっている」

「よして」

登代子は唾でも吐きかけるように言った。

「あなたの根性は見え透いているわ。人を見たら利用することばかり考えている人だわ。誠意なんか、これぽちもない。肚が黒くて、図々しいだけだわ」

こんな罵《ののし》りを聞きながら、粕谷は別れた女の顔つきを見ている。帯上げの片端は依然として垂れ下っている。彼は、この女が床の中で、寝巻の片袖ずつを脱ぎながら抱かれてきた記憶を撫でていた。

「君の悪口は、別れたときに言ったのとそっくりだ。時間が逆戻りしたようだよ」

「…………」

「とにかく、坂本さんに紹介してくれるか」

「そんなに、よく知っている人ではないわ」

「そうかな。すし屋では相当な間柄のようだったじゃないか。それも、坂本さんのほうが君に熱心だったようだが……」

「そんなこと、あなたに関係はないでしょう」

「たしかに関係はない。しかし、ぼくのほうは商売に関心がある。ああいう人と近づきになりたい。君のことは別だ。だから、君は、ぼくのことを、単なる知人として紹介してくれたらいい。それも、深くはつき合ってない知人のようにね。あとは先方との直結の交渉になる。君のことには触れない」

登代子は、ちょっと眼を伏せたが、すぐに彼の正面に挙《あ》げた。

「断ります」

「断る？」

「あなたとは、どんなことでも一切かかわりたくないわ。早く、ここを出て行って頂戴」

「それじゃ仕方がない。ぼくが坂本さんに直接会いに行くよ。こちらも商売だからな。君が口を利いてくれないとなれば、直接飛びこむよりほか仕方がない。ぼくは、今まで、そういう流儀でやって来た男だ」

「どう言って坂本さんに会うの？」

「いきなり行っても相手にされないだろう。ぼくは自動車の部品屋をやめて、また、元の不動産屋に戻っている。初めに君の名前をちょっぴり借りるよ」

「あなたは、どこまで卑怯だか分らないわ」

「生きるためには手段を択んでいられない」

「坂本さんにわたしのことをどう言うつもり？」

「知合いと言っても、相手は信用しないだろう。君がそう言う場合と違ってね。見ず知らずのぼくの言うことを聞くわけはない。もと、一緒にいた男というのをにおわせる」

「卑怯者」

「何と言われても仕方がない。もし、それで君の顔が悪くなるようだったら、一切、君に任せるから、口だけを利いてくれ。ぼくは君の口実通りに口裏を合せるよ」

登代子は唇を震《ふる》わせていた。

8

粕谷は帰るときに靴を穿きながら、

「大ぶん余裕がある生活のようだが、何をしている?」

と、何気ないように訊いた。

「何もしてないわ」

登代子は彼から離れて立ち、硬張《こわば》った顔で言った。

「何もしてないなら、なおさら結構な身分だ。……あのときの金をうまく回しているんだね?」

「………」

「銀行の不動産屋と知合いなら、大体、想像がつくよ」

「もう、ここには寄りつかないで頂戴」

「別に君の小金を当てにするつもりはないから、安心をおし。……じゃ、坂本氏のほうはよろしく頼むよ」

ドアをあけてちょっと振返ったとき、登代子の姿が逆光に黒く立っていた。粕谷が廊下をこつこつと歩いたとき、うしろで急いで錠を下す音が聞えた。

外の冷い空気が頬にふれる。星がいやに冴えていた。彼は階段を降りてもとの路へ戻った。

粕谷は狭い路から広い通りへ出た。タクシーが走ってくるが、都心からくるほうが多く、みんな人が乗っていた。遊び疲れた人間が静かな町に戻ってくる。

粕谷は、なんだか自分の行動半径がひろがったように感じた。いっしょに居るときは息の詰る女だったが、別れてみると、ときどき逢うのに案外愉しさがあると考えた。同棲している間は妻と同様だから面白くない。別れてしまえば、ただの女だ。束縛もされないし、浮気相手と同じにみえる。

金は持っているらしい。帰りがけにちょいと言ったのだが、銀行の不動産部の人間とつき合っていれば、大体、あの筋だろうと思う。前から内密で少し株を買っていたらしいから、そんな金で今の生活を維持しているに違いない。相当儲けたとみていい。

別れた女が物質的に恵まれているのは悪いことではない。みすぼらしく落ちぶれて困っているのをみて、こちらから小遣をやるよりも、どんなに気持がいいか分らない。そのうち何かの機会があれば、その金がこっちに流れてこないでもない。いま、どんな男が彼女を狙っているかしれないが、坂本という人間もその一人だろう。

昨夜、すし屋で見たその男は、どうにも野暮ったく、甚だ風采があがらなかった。あんなので登代子が満足するはずはないのだ。いまは拒絶しているが、そのうちまたこっちと縒《より》を戻してくる可能性は十分にある。

ただし、当分意地を張っているので、無理をしてはいけないと思った。

交番の前では、さっきアパートを教えてくれた若い巡査が立っていた。粕谷は頭を下げて通った。

「分りましたか？」

巡査のほうから訊いた。

「ええ、よく分りました。どうも」

若い巡査は笑って、帽子の廂《ひさし》に手をかけた。

粕谷は戻りの空車で新宿に入った。

今夜は久しぶりに気持よく呑めそうだった。

二幸裏の、地下室になっている小さなバアへ降りた。

安いので、わりと客は多い。マダムは眼が大きく、もと、赤坂でナイトクラブのホステスをしていた女だ。

「いらっしゃい」

と、眼尻に小皺を寄せて笑顔で迎えた。

「小泉は今夜現れるかい？」

「見えないわよ。ここで落合う約束があったの？」

「約束はしてないが、今夜あたり来ていると思ったけど」

隅の止り木に腰を下した。狭いボックスでは、中年の会社員が四、五人、酔って古い歌を唄っている。

「なかなか忙しそうじゃないか」

「今夜は特別よ」

マダムの正子は眄眼《ながしめ》で見る。派手な顔立ちで、年齢《とし》を感じさせない。しかし、彼女にも悩みはある。いま借りているところは契約期間が切れて、家主が追立てをしている。が、それは家主の魂胆《こんたん》で、言うことを聞けば、そのままでもよろしいということらしい。

それが天ぷら屋のおじさんなのよ、と正子は笑う。そのおやじはこの近くで、禿頭に鉢巻をして、きんきん声でよくしゃべる男だった。世話になったらいいじゃないか、と言うと、そんなのは厭だと、正子は首を振っている。金さえ出せば、それは解決がつくとも言ったが、そんなことを聞かされたら、うかつに手も出せない。

「小泉は家にいるかもしれない。電話をかけてくれるか」

と、粕谷は言った。

「はいはい」

バーテンが電話をした。当人が出たので粕谷が替った。

「いま、マサコの家にいる。ちょいと出てこないか」

小泉は酒好きなので二つ返事だった。

三十分も経たないうちに小泉が階段を降りてきた。

「何かいいことがあったらしいな？」

と、小泉は粕谷の顔色を見て、安物の水割のグラスを抱えた。

「そう急にいいこともない。昨夜、君とすし屋で遇ったばかりだもの」

「あ、そうか」

小泉はすし屋での登代子の一件に気がついていない。

「何か面白そうな話はないか」

「商売？　それともあっちのほう？」

「むろん、商売だ」

「そうだな」

小泉は考えていたが、思いついたように言った。

「これは間に人が入ってのことだが、九州のほうの代議士に古賀重蔵という男がいるそうだ。それが来年の春に迫った総選挙で金が無い。本人はいま軍資金の調達に奔走しているらしいが、誰かの派閥に属していても、親分からあまり金が貰えないらしい。何かそういう財源になるような話はないかと、ぼくに話した男が古賀に頼まれたわけではないが、そんなことを言っていたな」

「代議士か。そんな貧乏じゃ、金を持って行かれるほうで、こっちのプラスにはならないな」

「どこも金が足りない」

と、小泉は咽喉に酒を流した。

粕谷は、小泉に東陽銀行不動産部の一件を打明けたものかどうかを考えている。

第二章

1

粕谷は、ハイボールを舐《な》めている小泉に、結局、東陽銀行不動産部の一件を明かさなかった。こんなことはあわてて言う必要はない。有利なときにいつでも話せるのだ。

小泉はマダムの正子と話をしている。正子は大きな眼で笑うと、少し眼尻に皺が寄るが、色気が出る。粕谷は、小泉がこの女に惚れているのを知っていた。

向う側のカウンターに三人ばかり客がいて、正子が向うとこっちを行ったり来たりだが、小泉の眼は、正子が向うの客に移ると寂しくなり、こっちにくると露骨な喜びになる。もとはナイトクラブにいた女だった。客あしらいは心得ている。

「どうも、その帯は、少しくたびれてきたようだね」

と粕谷は正子に言っていた。

「そう……お金がないから買えないのよ。それに、こういうところにいると、すぐに汚れるから、お酒をかけられたりしてね」

正子は特徴のある糸切り歯をみせて笑っていた。自分の特徴を心得ていて、眼つきに殊さら色気をみせる。

「こんなに店がはやっていても、帯は買えないのかい？」

「あら、繁昌してなんかないわ。小泉さん、せいぜい、いらしてよ」

「いろいろと、こっちも忙しいんでね。それよりも、帯を一つ買って上げようか」

「あら、うれしい。ほんと？」

「君のそういう帯の趣味が好きなんだ。いつか見立ててあげよう」

「仕合せだわ。男の方に見立ててもらうのが、女としては一ばんうれしいのよ」

「そのかわり君もいっしょだぜ」

「もちろんよ。喜んでお供するわ」

喜んでお供をすると言ってから、正子はちらりと粕谷に視線を走らせた。

「調子のいいことを言ってるが、その場になって約束を実行しないんじゃないかな？」

「とんでもないわ。帯一本になるんですもの、どんな都合でもつけるわ」

「ほう。ぜひ、どんな都合でもつけてもらいたいな」

「あら」

正子は口に手を覆って笑っている。

粕谷は、実は、この正子と前に一度だけ交渉を持っている。どちらも、ほんのその場限りの浮気だった。正子には深入りできない。深入りすると、彼女の目下の悩みである店の移転問題にひっかかり、結局、金を出さねばならないことになる。もちろん、そんなことを知らない小泉は、半分冗談めかして正子に当りをつけていた。

粕谷は、自分のグラスを傾けながら、さっき小泉の言った言葉を思い出していた。

小泉は、九州のほうの代議士がいま軍資金の調達に奔走している。何か財源になるような話はないかと持込まれた、というのである。

小泉が正子との話をひと区切りつけたときに、

「ちょっと、さっきの話だがね」

と、耳もとに顔を向けた。

「え、何ンのこと?」

「その、何ンとかいう代議士……」

と、小泉はまだ正子との話合いが冷めきれない顔つきだった。

「ああ、古賀重蔵のこと?」

「そうだ。その人、何派に属している？」

「高井派だ」

高井市郎は保守党の実力者で、アクの強いことで定評がある。彼は農林大臣と建設大臣とを経ているが、今や、その二つの省に自己の勢力を扶植《ふしょく》していた。

「そういう人なら、一度会ってみたいな」

と、粕谷はグラスを両手に抱えて言った。

「何かいい考えでも起ったのか？」

「いい考えというわけでもないが……会って損のない人のような気がしたのだ。そろそろ政治家に渡りをつけてもいいころだからね」

「しかし、金は無いよ。当人があくせくしている」

「相当あせっているのか？　いや、その金のことだ」

「どうも、そうらしい」

「君はよく知ってるの？」

「普通だな。そう深く知っているわけでもない」

「どういう人物かね？」

「そりゃ親分に似て相当なものだ」

小泉はくすくすと笑った。正子は幸い向うの客の相手になっている。小泉は彼女の姿に酔った眼を据えた。

「相当な女好きでね。いろいろ噂を聞いている。美人秘書をかわるがわる雇っては、みんな手をつけていますよ。そのほかいろいろあるらしいが、とにかく、女とみれば目がないらしい」

「一体、いくつになる?」

「六十二か三くらいかな」

粕谷は、そんな年齢の性欲を考えた。まだ自分には遠い先のことだが、想像されないでもなかった。

「そんな年寄は若い女を好むというが、どうだね?」

「さあ、古賀重蔵の場合は、そんな若い娘にはあまり興味がないようですね。どちらかというと、年増好みですよ。今まで使っていた秘書がみんな二十六、七から三十三、四までというのも、それを証明している。ほかに噂にのぼっている女も、大体、そのくらいの年齢ですよ」

小泉は、そう言いながら、またこっちに戻ってくる正子をニヤニヤした眼で迎えた。正子も二十九だ。

古賀重蔵は年齢に似合わず健康らしい。年寄が孫のような若い女を相手にするのは、相手が稚《おさな》いからであり、いわば玩弄用だ。しかし、年増女を相手だとすれば、古賀重蔵の強さが想像される。

「じゃ、ちょっと会いたいな。どうも面白そうだから。近いうちに古賀さんに会えるかね？」

「なんとか連絡を取ってみよう」

「いま、どこに居る？」

「先生はいま東京で、議員会館住いだ。本拠は九州だからね。それで、こっちのほうで勝手なことをしている。その金が詰っていることも、やはり女遊びがひどいからでしょうな」

「羨しい身分だ。ますます面白い」

粕谷は言ったが、小泉とはそれで話を打切った。

小泉が黙って手洗に立った。

「どうだね、マダム？」

と、粕谷は眼つきで自分のほうにこっそり近づくように知らせた。

「なに？」

と、正子は、その大きな眼をちょっと左右に動かして、彼の間近に顔を持ってきた。

「これから何か予定があるかい？」

小さな声だ。

「別にないわ。店を閉まったら、アパートに帰るだけだわ」

「もう十一時だ。どこかに行こう。そこで待っているよ」

正子は粕谷の顔をじっと見ていたが、黙ってうなずいた。

小泉が戻ってきたので、正子はおしぼりを出した。手を拭《ぬぐ》っている彼に、粕谷は下から見上げて、

「帰ろうか」

と言いだした。

「もう帰るんですか？」

と、小泉は腕時計を見たが、まだここに残っていたそうだった。

「ああ。なんだか睡くて仕方がない。ぼくは帰るよ」

と、椅子から起つと、小泉は、ひとりでここにねばっているとも言いかねたか、心残りげな顔だった。粕谷はかまわずに勘定を払った。

小泉が女の子にオーバーを着せてもらっている隙に、粕谷は釣銭を受取りながら正子に、そこの電車通りの角で待っている、二十分以内に来てくれ、と小声でささやいた。

地下室の階段を上ってゆくと、正子がうしろからついてきた。地上に出ると、まだ、その辺はざわざわと人通りがある。遠くのほうでポン引の男たちがかたまっていた。

小泉は正子と握手して、粕谷と肩をならべた。歩きながら振返ったが、一度目は立っている正子がお辞儀をしたが、二度目は姿がなかった。

「あの女、男がいるのかな?」

と、小泉は電車通りに向けて歩きながら言う。

「そりゃいるだろう。スポンサーなしには、あんな小っぽけな店でもやってゆけまい」

と、粕谷は興味なげに言った。

「そうですかね」

と、小泉はちょっと気落ちしたような顔だ。

粕谷はタクシーを止めた。

「じゃ、古賀さんの一件は頼むよ」

と、片脚を車の中へ入れて、外に立っている小泉に言った。

「二、三日のうちに、きっと連絡を取るようにする」

小泉はそう答えたが、気乗りのしない声だった。まだ、正子のことが頭にひっかかっているのかもしれない。

粕谷は車を十分ばかり走らせたが、

「運転手さん、忘れ物をした。今のところに戻ってくれ」

と、引返させた。

2

車をひと回りさせて戻ってくると、もとの地点にはもちろん小泉の姿はなかった。正子も来ていない。

粕谷は、角の銀行の暗い脇で煙草を吸いながらぶらぶらしていると、向うのほうから正子が急ぎ足で走ってきた。コートを着て、片手にハンドバッグを持ち、ちゃんと帰り支度になっている。

「お待遠さま」

正子は夜目にも白い顔を粕谷に向けた。眼がよく動く。

粕谷は黙ってタクシーを止める。正子もつづいて乗った。粕谷は平然と運転手に或る地域を言った。そこは旅館の多い町となっている。正子は横で聞いていても別に咎《とが》めもせず、髪を手で抑えていた。

「もう片づいたのかい？」

「まだ少し客がいたけど、黙って出てきたわ。あとはレジの人に任してあるから大丈夫よ」

粕谷は、蒲団の中に残って寝ている。ちょっと睡ったらしく、眼をあけてみると、自分の家でない天井がうす暗く映った。

耳に水の音が聞えていた。廊下を離れた湯殿に正子が入っている。女は支度が手間どるから、その間寝《やす》んでいて頂戴、と正子は言って、粕谷の傍から先に離れた。

粕谷は身体を腹匍いにさせて、枕もとの煙草を吸った。

なんだか帰るのが大儀になったから、このままひとりで寝てもいいような気がしてきた。だが、恵美子の歪んだ顔を考えると、そのときの面倒さが鬱陶しくなり、やっぱり遅くなっても帰ることにした。あの女とも近いうちに別れなければならないと、また思った。

正子とこんなことになったが、別に金の問題は言い出さない。それとなく訊いてみたが、まだ家主の問題が片づかずにごたごたしているという。

そんな苦労するよりも、いっそ向うの言うことを聞いてやればいいじゃないか、と言ったが、正子は、そういうわけにはゆかないわ、と答える。そのくせ、大した愛情もかけてないのに、今夜のように黙ってこういう場所についてくる。女も三十近くになれば、いつも身体を燃え上らせているようである。ほかに男がいるのかいないのか、彼女の激しさだけでは判断がつかなかった。

湯殿のほうでは、がたぴしとガラス戸をあけて出てくる音がしている。

まもなく襖《ふすま》が細目にあいて正子がのぞいた。廊下には灯があるから、逆光が女の裸身から立昇る湯気を白く映していた。バスタオルを胸のところに抱えて、

「あら、眼が醒めてたの？」

と言った。

「お先に……すぐお入んなさいよ」

粕谷は、肩筋に当っているうす桃色の光の縁をみて、ああ、と大儀そうに言った。

彼はふと、古賀重蔵という代議士の色好みを考えた。こういう女なら、六十二歳

のその代議士の好みに合うかしれない。

粕谷は起上って湯殿のほうに行くと、正子が宿の浴衣をはだけて鏡に対《むか》っている。

「タオルは、そこにありますよ」

と、白粉の手をやめて、鏡の中からものを言った。

山奥の温泉に擬《ぎ》した湯槽に漬かった。風呂に入ると、不思議といろいろなことがぼんやりとした頭に泛んでくる。

もう、正子のことはすっかり忘れ、登代子が頭の中に泛んだ。奇妙な話で、別れた女など今までついぞ思い出したこともなかったのに、この前、寿司屋で遇って以来、頭の隅に粘《ねば》りついている。

それというのが、つい、好奇心を起して彼女のアパートを襲い、はねつけられた失敗が、屈辱感みたいなものになって、どこかに残っているのかもしれない。だが、もともと、そんなことには平気なはずだから、それだけとはいえない。別れた女が今どうしているかというのは、やはり登代子に魅力を感じているからかもしれない。

大体、別れた女がどんな暮しをしていようと関心のないことだし、かえって煩《うるさ》い話である。それをわざわざこちらからアパートに行ったのだから、どうかしていると思った。一つは、やはり、あの女が相当な金を持っているからだろう。寿司屋でいっしょになった銀行の不動産部の男が、その金の運用の相談に与《あずか》っているらしい。あの男は登代子に惚れている。

別れた女がどんな男といっしょになっていようと、これまでの彼の経験では、他人の話を聞くように無関心だったが、今度はそうはいかない。あの女の持っている金は、もともと、自分の景気のいいときに出した手切金だ。こっちはとっくにスってしまったが、女だけにそれを温存している。元来が、そういう金の回し方のうまい女で、いっしょになったときも株などこっそり買っていた。今は株は駄目だから、手際のいいところで放し、損をしないばかりか、儲けたぶんをそのまま持っているに違いない。

粕谷はいま金がない。代議士の話ではないが、いろいろと走り回っているものの、とんと八方塞《ふさが》りだった。この際、登代子の持っている金は、なんとしても魅力だ。もともと、自分の金を渡したという意識があるから、全く縁のない金とは思えない。

この前のアパートの様子では、てんから相手にされなかった。もっとも、別れ際も悪かったし、あのころの女に与えた印象もよくなかった。それに、彼がインチキめいたことをしているのを知っていたから、訪ねて行っても、登代子は彼が金を狙いに来たと先回りをして警戒している。

しかし、女というものは警戒すればするほどどこかに隙があると、粕谷は思っている。それはただの情事の面でも同じことで、こっちを警戒していれば、それだけ意識がこっちを向いているわけだ。登代子も突然昔の男が現れたのを、そう悪い気でいるのではあるまい。……

ガラス戸が開いて、正子が顔を出した。

「まだ、上らないの？」

着ものをつけているが、まだ、腰紐だけだった。化粧したばかりで、顔が真白になっている。肌は黒い女だった。

「すぐ上る。……煙草を持ってきてくれ」

「あら、お湯に入ってて煙草を喫うの？」

「ああ」

「あきれた人ね」

正子は、とって返して火のついた煙草を持ってきた。着物の裾をつまんで上げ、流し場に下りて渡すと、じっと見ている。

「そんなふうに、首まで湯に浸《つか》っていると、赤ン坊みたいね」

「可愛らしいか」

「男の人って、そんな恰好でいると、案外、あどけないところがあるわ。女をだましている悪人とは思われないわ」

「だましはしないよ。その場ではみんな本気なんだ。あとで、いろいろと都合ができて、嘘《うそ》になるだけだ」

「どっちでも同じじゃないの」

「そうじゃない。はじめから計画的にだますのが悪人さ」

「あんたはどうなの？」

「ぼくは悪い人間じゃない」

「じゃあ、わたしとのことはどうなの？」

「まあ、もう少し、つき合ってみなければ分らない。これはお互い、納得ずくの浮気だからね。そのうち、君が本気になれば考えてもいい」

「それが、だましの手でしょ？」

と、正子は笑っているが、眼は案外真剣のようだった。

この女は、おれが金を持っているくらいに思っているのだろうか、と粕谷は、からげた裾からのぞいている女の脚を見て考えた。店の立退き問題で頭がいっぱいの時だから、家主の言う権利金が欲しくてならないのだ。うっかり深入りはできない。

家主の天ぷら屋が、この女に目をつけているのも分らなくはない。小泉も惚れているくらいだ。もし、この女を自由に動かすことができたら、ちょっとした狂言が出来るかもしれない。六十二歳の代議士もそうだ。……

「おい、もう、そこをどいてくれよ。上るから」

粕谷は湿ってきた煙草を半分で流し場の隅に捨てた。

「頭から汗が出ているわ」

と、正子は上り場のほうに歩いたが、からげた裾からは長襦袢の端が出ているし、足が濡れているので、妙に色っぽかった。女の濡れた足は煽情的《せんじょうてき》である。

粕谷は、腹を拭きながら、変なことに気づいた。大体、登代子も正子も身体つきが似ている。正子を抱いたあとで、登代子のことを考えたのは、そのせいかもしれない。今夜の浮気も、登代子に拒《こば》まれたから、似たような身体の正子を誘う気になったのではないか――と、ちょっと潜在意識みたいなことを考えた。

すると、これもまた変なことだが、正子を利用してみようか、というさっきの考えが、登代子にも移ってきた。今度は、彼女の持っている金が唯一の目当てではなく、もっと有効な利用で、狂言といったようなものだ。

登代子には、東陽銀行不動産部の坂本という課長が惚れている。不動産といえば、こっちのお手のものだし、相手の銀行は一流だ。これに高井派に属しているアクの強い六十二歳の代議士を配する。役の決定が済めば、劇の性格はひとりでにつくられる。――粕谷は、配役を決めるプロデューサーのような頭脳になった。

あとは、その役者への「交渉」だった。

粕谷は、まだ茫漠《ぼうばく》としてはいるが、前途に光がみえてきたように思い、愉しさがこみ上ってきた。

「あら、まだ、そんなところ?」

と、正子が襖を開けて出てきた。

「うむ。こっちに、ちょっとおいで」

粕谷は、まだ乾かない腕で、女の首を急に捲いた。

3

登代子は、東陽銀行不動産部の坂本に電話をした。それは、この前から相談に乗ってもらっている資金の運用法だった。坂本は、適当な土地を買い、値騰《ねあが》りで利潤を上げたほうがいいと言い、その候補地を捜《さが》してくれていた。

登代子は、そのことで電話したのだが、坂本の受答えは何となく上《うわ》の空だった。

「奥さん、ちょっとお話ししたいことがあるのですが、いまお手すきでしたら、すぐにこちらに来ていただけませんか」

と、彼は声を落して言った。

「そう。今の電話の話のほかに何かありますか？」

「ええ、ちょっと……」

その調子が少し重々しかった。

登代子は、では、すぐ行く、と言って支度をした。今まで決して坂本をアパートにはこさせなかった。この前、粕谷に踏みこまれたのは不意のことだったが、不覚だった。あの男のことだから、またくるかもしれない。そのうち、ここも越さなければならないと思っている。

粕谷が、あの寿司屋で聞いて、ここの住所を捜して来たのは、やはり彼らしいと思った。そんなところは粘り強いというか、執拗《しつよう》な性格だった。その脂《やに》っこさが、前にはかえって離れにくくなって、別れるときも登代子はさんざん取乱したものだった。あのころは連夜、睡眠薬を飲み、飲みすぎて、まるで夢うつつのなかで狂乱したこともある。

いま粕谷がいっしょになっている女がそのころに出来て、見当つけた旅館に押しかけたこともある。もう、あんな地獄は懲《こ》り懲《ご》りで、これ以上粕谷に来られてはたまらなかった。

登代子は支度が出来て、東陽銀行のある日本橋に行った。

不動産部の坂本が受付に自分で現れて、応接間に登代子を引入れた。坂本の表情がいつもと違っている。変だなと思ったが、まだ見当はつかなかった。

「土地のことは電話で申上げた通りですが、まあ、ひと通り見て下さい」

と、坂本は紙をひろげて、自分の書いた候補地の一覧表のようなものを見せた。

ここはあと二、三年したらどのくらいになる、ここはすぐというわけにはいかないが、将来三倍にはなる見込みだとか言って、略図を書き、現在の環境などを説明した。だが、いつものようには熱が入っていなかった。

それがひと通り終ると、坂本は、

「ときに」

と言って、彼は茶の残りを咽喉に流した。

「これは大へん言いにくいんですが、奥さんは、前の御主人とまだ御交際がつづいていますか?」

坂本は、わざと視線を逸《そ》らして訊いた。

「え？」

急なことなので、登代子は呆気にとられた。

それでも、坂本は登代子のほうを直視しないで、なんとなく気弱げな、それでいてひどくしんみりとした顔つきをしている。

「いいえ、そんなことはしてませんわ」

「そうですか。いや、そうだろうと思ってました」

と、彼はいくらかほっとした表情だった。しかし、登代子は、もしや、という胸騒ぎがした。

「坂本さん、何かありましたの？」

「ええ」

と、坂本ははっきりしないで指先を組合せ首を少し俯けている。仔細《しさい》げに考えこんでいる恰好だった。

「実は……」

「どうぞ、はっきりとおっしゃって下さい。わたくしも気になりますわ」

坂本がぐずぐずしているので促すと、

「はあ。実は、今朝、粕谷さんという方がぼくを訪ねておいでになりました」

「え、粕谷が？」

予感通りだった。登代子は眼の前が一瞬霞んできた。胸がどきどきした。

「それで……それで、坂本さん、粕谷は何ンと言ったんです？」

「はあ、最初は奥さんのことはおっしゃいませんでした」

「………」

「なんでも、ご自分も不動産のほうをやっていらっしゃるとかで、その関係でわたくしのほうに、何ンといいますか、いわばコネをつけたいという意味のことでお見えになったんです」

「………」

「しかし、ご承知のように、わたくしのほうは、町の不動産屋さん、いや、失礼、まあ、一般の業者の方には、一切かかわりのないことにしております。銀行の体面がございますのでね。とかく、そういう関係になってトラブルでも起ると、信用にもかかわりますからね。そんなわけで、粕谷さんのおっしゃることをお断りしたのでございます」

「………」

「すると、粕谷さんは、ああ、そうですかと、それはあっさり御了承下さったのですが、そのあとで、ときに、坂本さん、あなたは登代子と仕事の上でお知合いだそうですね、とおっしゃいました。……ぼくは、その方がいきなり登代子と、ま、奥さんの名前を呼捨てにされたので、あっと気がつきましたよ」

登代子は唇を嚙んだ。粕谷はアパートに来たが、それだけではなく、この坂本のとこまでも足を運んだのだ。ことの起りは、あの寿司屋で出遇って見られたのがはじまりだ。自分のアパートに来ただけで済まずに、早速、坂本のところへ行っている。いかにも粕谷らしいアクの強いやり方であった。

それから粕谷は坂本にどう言ったのか、登代子はあとが気がかりになった。

「それで、どうなりましたの？」

「はあ、その、粕谷さんがおっしゃるには、奥さんが今どんなことでわたしのほうと取引があるのかとお訊きになるんです」

「余計なことだわ。あの人に関係ないわ」

と、登代子は腹を立てたように言った。

「はあ、わたしもそう思いました」

と、坂本は慎重にうなずいた。

「それで、粕谷さんには詳しい内容は申しませんでした。といって、あんまり無愛想にもできません。なにしろ、奥さんとは打合せも何もしておりませんので」

「打合せなんか必要ないんです。なにも、あの人に遠慮や気兼などすることはありませんわ」

「でも、まあ、前にそういうご関係だったもんですから、一応は……」

「坂本さん、また、あの人がここにくるかも分りませんけれど、きっぱり断って下さい。あの人は少し図々しいんです」

と、この前アパートに押しかけて来たことまでは言えなかったが、感情はそれを含めて尖った声になった。

坂本は、それを聞いて安心したというような表情だったが、一方では憂わしげな眼つきだった。

「図々しいと言われると、まあ、そういう感じでした。ぼくのようなところまで急にお見えになるんだから、おどろきましたな」

「あの人は、そんな人です」

「奥さん、ぼくは心配するのだが、これから先、奥さんは、あの粕谷さんにつきまとわれるということはないんですか?」

「そんなことはありません」

と言ったが、登代子は、自分にはそんな気がなくとも、粕谷なら絡《から》んでくるかもしれないと思った。いや、それは可能性がある。

現に、こうして坂本のところにくるくらいだから、いま、こっちに金があることを知っているのだ。だから思い出したように、急にアパートなどにやって来て、あわよくば、と身体に触れようとした。彼の手の内は見えている。そんな卑怯な手段で、また金を巻上げようというのであろう。

粕谷がそんな手段を思いついたのは、登代子に心当りがないでもない。いっしょに居たころ、彼女は粕谷によって身体の目を醒まされたようなものだった。それまで男関係の経験はあったが、実際に男を肉体的に恋うようになったのは粕谷によってである。粕谷は自分でもそれを自慢して、もう、おまえはおれからは離れられないよ、と高言していた。その自信がまだ彼に残っているのだ。

「いや、奥さん」

と、坂本はちょっと眩《まぶ》しげに眼をしばたたいて、思慮深げに言った。

「ぼくの感じでは、どうも、あの粕谷さんは奥さんに近づいてくるような気がするな。奥さんはお困りになる」

「坂本さん、わたしのほうであの人を寄せつけないから、それは大丈夫ですわ」

「いやいや、ぼくの感じでは、奥さんがしっかりしていても、あの人のほうが、ぐんぐんとしつこく奥さんに迫ってゆくような気がします。何ンといいますかな、焼棒杙に強引に火をつけるというか、そういう感じの人ですな」

そう言う坂本の眼が熱っぽくなっていた。

「ばかにしてるわ。誰がそんなことをするもんですか」

「でも、いろいろと粕谷さんにまつわられると、煩《うるさ》くありませんか」

「そりゃ煩いですわ」

「こういうことを言っては失礼だが、なんでしたら、ぼくがそのへんを捌《さば》いて差上げましょうか」

「え、坂本さんが?」

登代子が見ると、坂本は心なしか額のあたりを紅《あか》くしていた。

「はあ。ぼく奥さんに同情するんです。ほかにご相談する人がなかったら、ぼくに任せてくれませんか。ぼくは、そんなふうに困ってゆかれる奥さんが見ていられないんですよ」

4

登代子は銀行から帰ると、粕谷への忿懣《ふんまん》がこみ上ってきた。こともあろうに銀行まで押しかけて、坂本に因縁をつけている。これは、因縁と言うほかはなかった。昔の女を持出して、何かまたうまい汁にありつこうというのだ。粕谷は前からそういう傾向の男だったが、まさか今度のようなえげつない手段に出るとは思わなかった。別れてから二年。粕谷は、その間によけいに崩れたようである。

考えれば考えるほど粕谷に腹が立つ。

この前の晩、粕谷が来たとき、坂本を紹介してくれと言った。自分の商売の関係でコネをつけたいと言っていたのを、こっちでは断った。それを出し抜いて行ったとは、なんという卑怯な男だろう。だが、あのとき粕谷は、自分と坂本との間に大ぶん気を回していた。

「寿司屋では相当な仲のようだったが、坂本という人のほうが君に熱心だったな」

と粕谷は登代子に嗤《わら》って言った。彼が銀行に押しかけて行ったのも、その辺の厭がらせもあるらしい。

とにかく、このまま黙ってはいられなかった。

だが、粕谷は、いま、どこに居るか分らない。あのとき出来たバアの女とは別れて、別な女といっしょにどこかのアパートに居るとは聞いていたが、正確な場所は分らなかった。登代子は、そこで、自分のことを粕谷が知ったのはあの寿司屋だから、その寿司屋に行けば、今度は粕谷のほうが分るかもしれないと思いついた。

おそくなってから粕谷のアパートに行くのもなんだから、四時ごろに例の寿司屋をのぞくと、肥えたおやじは、いま仕込みの最中だった。

「いらっしゃい。えらく早いですね」

このおやじがしゃべったかと思うと、小面憎い。

「ねえ、おやじさん、あんた、こないだ、粕谷にわたしの住所を教えたでしょう？」

「へえ、いいえ、わたしも正確には知りませんのでな、どこだろうかとおっしゃるから、大体の方角を言ったまでで、詳しいことはもとより分りませんから、教えませんでしたよ」

おやじは、登代子の抗議にまごついた。

「あの人、ちゃんとわたしのところを探ね当てたわよ」

「熱心なもんですな」

「ばかね。こっちはえらい迷惑じゃないの」

「申しわけありません」

「その代り、今度は、あの粕谷の住所を知らしてよ」

「えっ、今度は奥さんのほうが押しかけるんですか？」

と、悄気《しょげ》ていたおやじが急に笑い出した。

「押しかけるわけじゃないけれど、ちょっと知っておきたいのよ。教えてもいいでしょ。罰だわ」

「へえへえ、仕方がありませんな。……おい、名刺の台帳を持っておいで」

おやじは奥に向って叫んだ。

「へい、これです」

と、客から貰った名刺を貼った台帳をひろげて見せた。その粕谷の名刺には「栄楽不動産株式会社専務」とあり、事務所は「池袋××通り東部ビル」としてある。自宅の住所は書き入れてない。

東部ビルとは聞いたこともないが、どうせいいかげんな建物に違いなかった。

「ありがとう」

と、それを手帳に控えた。

「奥さん、ほんとうに粕谷さんとこに行くんですか？」

寿司屋のおやじは興味ありげに眼をまるくしていた。

「さあ、どうだか分らないわ。これ、参考のためよ」

「どうぞ、お手柔かに願いますよ。わたしのほうがトラブルのとばっちりを受けたらかないませんからね」

「そりゃ仕方がないわ。あんたがべらべらとしゃべったんだもの」

「勘弁して下さい」

「粕谷はこのごろくる？」

「あれ以来、ここのところお見えになりませんね」

と、おやじはとぼけた。

登代子は、手帳に控えた名刺の番号で電話をかけた。出てきたのは若い女の声だった。どちらさまですか、と言うから、いいかげんな苗字を言って、土地のことで用事があると言ったら、粕谷の声が出た。

「粕谷さんですか？」

と改った。向うでは声に気がつかず、はい、と几帳面《きちようめん》に返事をした。以前、いっしょにいたときは、電話の一声だけで分ったものだ。それだけ二年間の空隙がある。登代子は、今さらのように彼に「他人」を感じた。

「なんだ、君か」

と、こちらの名前を聞いてから、はじめて粕谷は気がついたように言った。声の調子も変った。

「あなたはひどいことをするんですね」

登代子はいきなり言った。

「何ンのことですか?」

粕谷の声は嘲《わら》っている。

「何ンのことかじゃないですよ。どうして坂本さんのとこなんかに行ったんですか?」

「ああ、銀行か。……こちらは商売ですからね」

「行ってもらっては困ると、この前お断りしたはずです」

「聞きました、それは。……しかし、これはあんたの都合には関係ない。わたしのほうは仕事のことだから、商売上に必要な方だから、できるだけ接触したいと思っていますよ」

「空とぼけないで下さい。先方は、あなたが行ったものだから、迷惑していますすよ」

「おかしいな」

と、粕谷は電話口で首をかしげた調子だった。

「そんなはずはない。なかなか丁寧に応対してもらいましたよ」

「とにかく、もう、二度とあそこには行かないで下さい」

「そりゃ困る」

と、粕谷は言下に言った。

「今も言ったように、こっちは営業だからね。営業面を妨害されては、こっちが当惑しますよ」

野太い、押しつけがましい調子だった。

「どうしても行くんですか？」

「ああ、行かせていただきますよ」

「あんたはまるでダニみたいな人ね。やくざとおんなじだわ」

「あなたの、その意見は参考にします」

粕谷は、横に事務員がいるので気を兼ねた言葉だが、それが登代子にはよけい嘲笑《ちようしよう》に聞えた。冷静にと思っても、思わず頭の中が燃えてきた。

どういうふうに言ってやろうかと言葉が詰っていると、向うから、

「もしもし……そのことで、なんだったら、ちょっとあんたと相談したいですね」

と言った。粕谷は、それにひっかけて逢おうという肚《はら》だ。

「どうですか？」

登代子の返事がないので、彼は催促した。

登代子は、結局は粕谷と逢って話さなければ、この収りがつかないような気がした。逢ってきっぱりと断ることだ。いま、それをしないと、このままではずるずると粕谷が坂本に絡んで、彼のペースに引きずりこまれそうであった。

「お逢いしましょう。どこで？」

「どこでもいい、君の知ったところがある？」

「別にないわ」

「じゃ、ぼくの知っている静かな家がある」

登代子は、その意味が分って嚇《かっ》となった。

「そんなとこ嫌だわ。どこかのレストランにして下さい」

「ばかだな。何をカンぐっている。あっはははは」

粕谷は初めて大笑いを聞かせた。

5

登代子は、七時にNホテルのロビーの椅子にかけていた。

粕谷との電話で、ここが待合せ場所に一番わかりやすいということで落ちついた。粕谷と一緒になっているときに知っている食事の場所はいろいろあったが、登代子は、そんな所に行きたくはなかった。

ロビーでもなるべく目立たない場所にかけて、粕谷がくるのを待った。向う側にホテルの泊り客や、外来の待合せ客がかたまって居たが、彼女は一番場所の悪い所を択んだ。ほかには誰も居ない。玄関から入ってくる客も、ここからは分らなかった。登代子は、それでも人の通る通路には背を向けて、うしろから足音が聞えても振向きもしなかった。ぽつんとこんな所に居る女を、他人《ひと》はどう見ているだろうか。秘密めいた待合せか、もっと若ければ、それとなく外人客を誘うような女に見られるかもしれない。

七時十分になったが、粕谷はまだ現れなかった。こなければこないでいいような気もする。しかし、それでは話の決着がつかないから、彼が再び銀行に押しかけて行くかもしれない。話だけはぜひつけねばと思うが、別段、今夜に限ったことではないという気もした。急ぐくせに粕谷のくるのをどうでもいいと考えているのは、その話は逢ってからでなければ、という彼の言葉の裏に別な下心が感じられて、鬱陶しいからだ。

粕谷は、こっちの持っている金を狙っている。それがよく登代子には分るのだ。もともと、その金は粕谷の眼を盗んで隠しておいた預金だが、当時も、粕谷に随分とありかを探されたものだ。それがいま、現在の持金だと彼に気づかれている。粕谷は、それをとり返す企みなのだ。そのきっかけは、寿司屋で逢って、東陽銀行の坂本のことをほじくり出されてからである。

この上は、できるだけ彼の追跡を断ち切らなければならない。彼はいま金が無くて困っているらしい。別れた女は、預金した金をそのまま温存して、しかも、それは殖えている。粕谷のような男が、その金が欲しくなってきたのは当然だろう。表面では豪快ぶっているが、あれくらい男らしくない男も珍しい。

登代子は、いざとなれば、少しくらいの金なら粕谷にやってもいいと思っている。もっとも、それで彼が納得すればだが、果してそれで済むかどうか疑問だった。いったん狙ったら、心の済むまで吸上げなければ承知しないのではないか。別れたときの粕谷は、まだ、それでもいくらか純情らしいところがあったが、その後二年間彼も世間に揉《も》まれて、その小狡《こずる》いところや貪欲なところが強靭になってきたと思う。この前、不意にアパートへ来たときの様子でも分る。

不動産周旋という職業が粕谷をよけいに卑しくさせている。いま、金に困っている彼は何とか、その底から這いずり上りたいと焦《あせ》っているようだった。銀行に坂本を訪ねて厭がらせをしたのも、一つは別れた女から少しでも金を巻上げようという魂胆だろう。だが、粕谷のことだ、銀行からもうまい汁が吸えれば、そっちにも手をつけたいと考えているに違いない。

登代子は、とにかく、このことは早くきりをつけなければと思っている。

坂本はそんな粕谷を宥《なだ》めているが、それも彼女への「親切」で、奥さんが困っておられるから、わたしが何とか解決します、という言葉には、坂本なりの下心がある。彼は、二年前に別れた男が彼女に絡んできたのを解決することで一種の侠気をみせようとしている。

そんな煩いことにならないうちに粕谷と話合いたい。話せば、どうせ粕谷らしいねばっこさで素直にはゆかないだろうが、あと腐れのないように何とかしたい。

――うつ向いている登代子の頭の上から、不意に声が落ちてきた。

「お待たせしました」

見上げると、粕谷が立って笑っている。

「出かけようとしているところに丁度客が来てね、いらいらしたんだが、三十分遅れたね」

粕谷と同棲する前に聞いた言葉が、ふと思い出された。

「飯を食べましょう。やっぱりここ？」

粕谷は、手提げ鞄《さ》を持ったまま食堂のほうをちょっと見た。

「ここがいいと思います」

「ホテルの食堂の飯はおいしくないんだがな。ほかにおいしいものを食わせるところがあるんだが……」

「ここにして下さい」

登代子はきっぱりと言った。

「いやにはっきり言うんだな」

「変な所に行って、ひとに妙な眼で見られてもつまりませんから」

「別れた者同士が飯を食えば、単純に焼棒杙に火がついたと思われるかな。まあ、いいや。君にとっていろいろ都合があろうからな」

粕谷はうす笑いした。何と言われても、相手のペースに乗らないことだった。

食堂は空いている。片隅に卓をとったが、窓の外には蒼白い光線の中に庭園が浮き出ていた。

「早速ですけれど……」

「まあ、ちょっと待って」

と、粕谷は登代子の出ばなを遮《さえぎ》って、

「何を飲む？」

「飲みものはいりませんわ。あなただけどうぞ」

「しかし、何か飲むほうがマナーだ。じゃ、ぼくが決めよう。ぼくはブランデー」

と、横に立っている給仕に言って、登代子に、

「強くなったんだろう？」

と訊いた。

「ジュースでいいわ」

「まさか……じゃ、ブランデーの水割でも貰いなさい」

と、粕谷はいくらか昔の口調に戻った。

それも以前の癖がつい出たのであろうと、登代子もそれは咎めず、

「話をさせて下さい」

と顔を向けた。

「ふん」

と、粕谷は眼尻を笑わせた。その眼尻だが、二年前には無かった皺がふえている。この人もやはり年を取ったと、登代子は心の中で考えた。商売が商売だし苦労しているに違いなかった。老け方も進んでいるように思える。前はもっと頬が豊かだったが、それも落ちて、ぎすぎすした形相になっている。

「あの銀行の坂本さんのところに行かないでくれ、というのだろう?」

粕谷は先に言った。顔の色も黒くなっている。

「電話でお願いした通りですわ。あんなことをされては、坂本さんが迷惑します」

「そうかな? あの人、それほどでもなかったよ」

「そんなとぼけた顔をしないで下さい。別れた女のことにひっかけて、なんだかんだと言いに行くのは卑怯じゃありませんか」

「いきなり手きびしいな」

「だって……」

給仕が来てグラスを二つ置いて行った。粕谷は、自分のグラスを上げて眼のところに持っていったが、登代子は仕方なげにちょっと握って応《こた》えただけだった。

「だって非常識ですよ。わたしとあなたとは、もう、何の関係もないじゃありませんか。それなのに、どうして見ず知らずの人のところに、わたしとの前の関係を言って行くんですか」

「そりゃ仕方がない。ぼくにはほかに誰も紹介者も無しね。無断だった点は謝るが、電話でも話した通り、ぼくだって、この世界を泳ぎ切らなければならない。そのためには手段を択ばずというわけでもないが、多少、非常識と思われることもしないとね。銀行の不動産部には、ぜひ渡りをつけたかったのだ。東陽銀行なら一流だし、つい、飛びついたのさ」

「商売はあなたの勝手です。けど、それにわたしの名前を使うなんて卑劣だわ」

「坂本さんから君のほうに、ぼくのことで電話があったの？」

「あったから、こうしてあなたに言ってるんじゃありませんか」

「坂本さんは、ぼくが来たというので迷惑がっていたかね？」

「当り前ですよ」

「おかしいな？」

粕谷は首をひねった。

「坂本さんは、ぼくが君の名前を出したら、とても親切に扱ってくれたよ。そのことは電話でも君に話しておいたはずだがね」

「そりゃわたしを知っていらっしゃるから、別れた亭主だといえば、追返しもできなかったのですわ。そんなことは百も承知して、つけ入るなんて、あなたはどういう気でいるの？」

「貧すれば鈍するだよ」

「え？」

「ぼくはいま貧乏している」

と、粕谷はグラスを取った。

「金が無くて弱っている。これでも君と別れたあとはちょっといいこともあったがな。しかし、途中で大きなやつに躓《つまず》いたら、それから先はやることなすこと思うようにゆかない。そこへ持ってきて、この不景気だ。なにしろ、ぼくは一介の町の不動産屋だ。看板が欲しいんだよ。貧乏しなければ一流銀行の不動産部に渡りをつけることもできるが、今はどうにもできない。だから、こんな手を思いついたのさ。正直、それが本当のところだ。貧乏していなければ別な手も考えただろうがね」

「そんなこと、わたしには関係ないわ」

「むろん、関係はない。しかし、こう不景気になれば、いよいよ町の周旋屋は信用本位となってくるからね。東陽銀行の不動産部とタイアップして、あそこに出入りさせてもらえば、素寒貧《すかんぴん》のぼくにも信用がつくわけだ」

「あなたは、あの銀行を利用しようというのね？」

「利用といったら言いすぎだが、まあ、結局、そう見られても仕方がない」

「坂本さんが迷惑するわ。お願いだから、そんなことよして」

「君は二言目には坂本君の迷惑というが、そんなに彼のことを考えているのか？この前は否定したけれど、どうしても何かありそうだな」

「変なこと言わないで。わたしと坂本さんとは何でもないわ。はっきり言うと、わたしの少しばかりの金の運用で、あの銀行に相談しているんです。ただそれだけですわ」

「近ごろの銀行は、サービスが行届いてるからな。しかし、その取扱者の坂本という人まで、君に対してはサービス精神が旺盛のようだな」

6

食事は終った。

粕谷は、ハイボールを三杯まで飲んだ。

しかし、彼は結論を出さない。坂本のところに行くのをやめるともやめないとも明言しなかった。登代子はじりじりしてくる。粕谷の酔って少し汗の浮いた顔を、もどかしい思いで見つめるだけだった。

もっとも、粕谷がすぐにこっちの言うことを聞いてくれるとは思わない。彼は登代子が困っているのを見抜いている。そこから、条件を持出すに決っていた。どうせ、この男にはいま女の二人や三人はいるだろうから、狙いはあくまでも金だ。この前アパートを不意に襲って来たときも変なことをしかけたが、それも縒を戻して、結局はこっちの持っている金を狙うためだった。登代子は、初め考えたように、いくらか出して納得《なっとく》させたいが、問題はその金額である。こちらから言い出せば、足もとをみた粕谷が過酷な条件を出すに決っている。この話の機会を見つけるのがむずかしかった。たとえ粕谷のほうから先に金の問題が出ても、かなり吹っかけてくるかもしれないので、それを抑《おさ》えることも考えなければならない。

今夜のうちに何とか決着をつけたいと思うから、つい、粕谷が、

「どうだ、ちょっとバアに寄ろうか?」

と言い出したときも、このまま帰るとは言えなかった。こんな話は早くキリをつけないと、いつまでも尾を曳《ひ》いて、だんだんに彼に乗じられてくる。その煩しさが

厭だった。

「そんな変な眼つきをして見るが、これから行こうとするバアは健康なところだよ。そこで酒を飲みながら、また相談しようじゃないか」

「じゃ、一軒だけ」

「よかろう。君も今は世間体を考えなければならない婦人だからな、そういつまでも引っぱり回しゃしないよ」

「その代り、今の話、はっきり返事をして下さい」

「分った、分った」

と、粕谷は起ち上った。

「どこなの」

「なに、すぐそこだ。タクシーに乗るまでもない。歩いても五、六分のところだからね」

バアは新橋の近くだという。

「こうして一緒に歩いていると、昔に返ったような気がするね」

と、粕谷は夜の九時ごろの街なかを歩きながら言った。

「君とぼくとはずいぶん喧嘩もした。別れるときも、お互いに厭な思いで別れた。

それからいろいろなことがあった。君もそうだろう。だが、こうして歩いていると、まるで、そんなことは無かったみたいにみえるね」

登代子は、粕谷が謎をかけていると思った。

「そうでもないわ」

と言った。だが、横を流れる人も、前からこっちを避けて通る人も、夫婦と見ているに違いなかった。登代子は、自然と自分の姿勢が二年前の彼に寄添っているときと同じなのに気づいて、急に離れた。

「ふん、やっぱり女は芯が強いのかな。それだけ君にもいろんなことあったというわけだな」

「もうそんな変な話、やめて頂戴」

粕谷は、往来で声立てて笑った。

入ったバアは、わりとまともであった。粕谷はここによく来るとみえ、女たちが笑いながら寄って来たが、うしろに登代子がいるので、急に身体を退いて、どうぞ、とボックスに案内した。女たちは、登代子が何者かと、それとなく見ている。

四十近い肥ったマダムが寄って来て、今晩は、と言い、テーブルを挟んで差向いに坐っている登代子の傍に坐った。女二人が粕谷の横についた。

粕谷は、ここでもブランデーを飲んだ。登代子は、仕方がないからジンフィーズを頼んだ。

「こちらどういうお方？　紹介して下さいな」

と、マダムが粕谷にお世辞で言った。

「どう見えるかね？」

粕谷は上機嫌で反問する。登代子はばかばかしくなったが、眼を落して黙っていた。今度は、女たちも平気でじろじろと見た。

「おきれいな方ね。粕谷さんの新しい恋人？」

マダムがほほえみながら訊いた。

「新しいはよかったな。これでも、もう古い仲だよ」

「そう。ちっとも知らなかったわ。粕谷さんていろいろと……」

と、女の子はあわてて自分の口を押えた。

「変なことを言うなよ」

「ほんとよ。この子、口が軽いから」

と、マダムが言ったが、自分でも失言に気づいて、ご免なさい、と笑った。

「どうだ、ママ、この人はぼくの女房だったんだよ」

「嘘」

と言ったが、ママも、女の子も半信半疑で、眼を伏せている登代子を見つめた。

「そこでぱったり遇ったんだよ。ちょっと不思議な気がするよ。なにしろ二年ぶりだからね」

「…………」

ぐるりの女たちは声をのんでいる。登代子の様子に、それがまんざら冗談とも思えなくなったからだ。

「しかし、いろいろ喧嘩をしたが、こうして久しぶりに遇って一緒に酒を飲むというのは、人生、やっぱり愉しいと思うな」

「本当なの？」

ママが用心深く訊いた。

「本当だ」

登代子は、自分が晒者《さらしもの》にされたような感じだが、粕谷の機嫌がよくなったので、話がうまくゆきそうな期待を持った。

その登代子の横顔を女たちは、どうやら本当らしいと、そっと眼を見合せている。

「どうして、こんなおきれいな方とお別れになったの？」

と、ママが粕谷に言った。

「捨てられたんだよ。ぼくのほうがな」

粕谷は、ブランデーを一口流して笑った。

「でも」

と、ママは登代子に話しかける言葉を失って、

「どうも失礼しました。粕谷さんがいつも冗談ばかりおっしゃるので、つい」

「いいえ、いいんですの」

登代子は、眉のうすい、その平べったい顔のマダムを見た。

「本当なんですから。でも、わたくしが捨てたという点だけは訂正したいですわ」

「そりゃそうでしょうとも」

ママは素早くうなずいて、

「でも、いいお話ですわ」と感歎した。

「わたくしも、もし、そういう別れた亭主がいて、途中でぱったり遇ったら、こうしてお友だちのように、お酒でも飲むくらいでありたいわ。そりゃ、人生、いろいろですもの。でも、別れたあとでふいと遇っても、互いに顔を背《そむ》けたり、睨み合ったりして過ぎるよりも、肩でも叩いて笑いながら別れたほうが、どれだけ気持がい

いか分りませんわ。わたくし、なんだか、自分まで愉しくなりましたよ」

「おいおい、あんまりしんみりするなよ」

と、粕谷が口を入れた。

「あら、じゃ、また粕谷さんに里心がつきはじめたの？」

「なんだか、くすぐったい気持だよ」

「なら、よけいいいじゃありませんか。こんなきれいな方ですもの、もし、粕谷さんが心を新たにして、真剣にそんな気持になってらしたら、わたしがこちらの奥さまにお願いしてあげますよ」

「ママの取持ちか」

「時の氏神よ」

「にしては、もう手遅れだよ。とても、この人はもとの鞘《さや》に収る気なんかありゃしない。ね、そうだろう？」

と、粕谷が酔った顔で冗談めかしてのぞきこんだ。

登代子は黙って笑っていたが、粕谷のそんな態度に反撥を覚えながらも、一緒に居たころの、二人でバアに出かけた記憶が断片的に戻ったりした。

「もう一軒つき合ってくれ」と、粕谷はそこから出て言った。

「もう遅いから帰りますわ。それにあんなことをみんなの前で言うの、嫌いだわ」

7

それから、もう一軒、バアを仕方なしにつき合った。

粕谷はいよいよ機嫌がいい。大ぶん酔ってもいるようだった。前は酒がもう少し強かったように思うが、案外、酔いが早いようである。登代子は、粕谷が深酔いをしないうちに話をまとめたかったが、バアの中ではどうしようもなかった。あとは、ここから出て車の中ででも話すよりほかはない。それにしても、こんなに酔払ってはまともに話が出来るかどうか心配になった。

登代子の気のすすまない顔が分ったのか、粕谷もその店は案外早く出た。だが、足もとが少し怪しくなっている。

タクシーを止めて、粕谷を車内に入れたが、こんな動作を他人が見たら夫婦とか思うまい。実際、彼女も、酔っている粕谷の背中を押し、つづいて自分が傍に乗りこんでも、ぎごちなさは少しも感じなかった。いつの間にか昔の慣れが出ている。

「君のアパートに行こう」

粕谷は、運転手が行先を訊いたとき、登代子を見た。

「駄目よ、それは困るわ」

登代子は、酔いすぎている粕谷の魂胆が分った。予感に無かったことではない。

「じゃ、どこだ？」

「…………」

「例の話をゆっくりとしたいんだろう。今のバアみたいな所では、どこへ行っても同じことだし……ひとつ、ぼくの知っている静かな家に行くか？」

粕谷は片眼を見開いて登代子の顔を眺めている。

「真《ま》っ平《ぴら》だわ、そんなとこ」

運転手が、

「お客さん、早く行先を言って下さいよ」

と催促した。登代子は、それで仕方なく観念し、

「じゃ、中目黒に行って下さいな」と言った。

粕谷は、片頰に笑いを泛べている。それから酒臭い息をついて登代子に身体を傾け、彼女の手をいきなり握った。振りほどくのも大人げないので、酔払いの所作《しよさ》だと登代子は諦めた。が、不思議に心は騒がない。やはり二年前にいっしょに居たころの日常性が、どこまでも気持の根にあった。

粕谷は、登代子の指の先を自分の指でこすりつけて、

「だいぶん荒れてるな」と言った。

「昔は、もっと滑らかで柔かな指だったが、やっぱり二年間、君も苦労したのだな」

「苦労もあるけど、年齢《とし》だわ」

「そんなことはない。前よりはきれいになったよ。それに、すっかり落ちつきが出来ている」

「あなたから、そんなお世辞を聞こうとは思わなかったわ」

「いや、本当だ。この前寿司屋で遇ったときも、ちょっと眼を疑ったくらいだ。やっぱり二年間の空白は、君を新鮮にしている。あの頃に無かった魅力が出ているよ」

「中年だから?」

「そういう魅力ともいえる。だから、例の銀行屋さんが夢中になるのももっともだと思った」

「こんな所で変な話はしないで下さい」

「ちっとも変じゃない。ぼくも実は、そのほうがうれしいんだよ。別れた女が恋人

ひとり出来ず、しょんぼりとして居ては寝ざめが悪いからな」

「恋人なんかいないわ」

「ふふふ」と、粕谷は笑った。

「では、いろいろと好意をみせる男たちと言ってもいい。やっぱり女は男にもてないといけない」

「ちっとももてなんかいないけど、親切にしてくれる人はあるわ。女ひとりだから同情されるのね」

登代子は、話の運びから目的のほうへ向けようと思った。なんとかして中目黒に着くまで、はっきり約束させたい。

「あなたは変にカンぐるけれど、坂本さんはいい方よ。だから、あなたがあんなことを言いに行くのが、坂本さんに気の毒で仕方がないの。わたしの立場も考えて。あの人はあなたと違ってサラリーマンですからね。きちんとした銀行勤めだし、あなたのような人にからまれると、ほんとに迷惑なさると思うわ。さっきはちょっと言いすぎたかもしれないけど、お願いだから、もう、あそこには行かないでください」

粕谷は笑っている。

「ねえ、返事を聞かして」

「そんなに気になるのかね？」

「なるから、こうして出て来たじゃないの」

「おかげでぼくは懐しい気分になったよ。君は何とも思っていないようだが」

「そんな話、あとで聞きたいわ。今は坂本さんのことをはっきり言って。それを聞かないうちは、なんだか安心できないわ」

車は六本木を通り、渋谷への坂を走っていた。

「坂本君は、そんなに困ると言って君に電話したのか？」

「それはそうよ。でも、それほど強い調子でなかっただけに、わたしも心苦しいの」

登代子は、ここで思い切って金の問題を持出すことにした。これはなるべく自分から言いたくなかったが、いつまで経っても粕谷が煮え切らないから、仕方がない。

「あなたがあそこに行くのを諦めてくれさえしたら、わたし、いくらかあなたに上げてもいいわ」

「ほう」

粕谷は、わざと眼を瞠《みは》ったようにして、

「ありがたい。ぼくは貧乏しているから、金は咽喉から手が出るほど欲しい。いくらぐらい恵んでくれるんだね？」

「そんな言い方はやめて下さい」

酔っているとはいえ、粕谷の卑屈ぶった言い方に登代子はむかっとした。嘲笑されている。

「ちゃんとまともな話をしましょう。わたしだって、そんなにお金、持ってないわ。そりゃ、初めはあなたと別れるとき貰ったようなものだけど、女だからつましく暮したおかげで少し残っている程度よ」

「君は昔から利殖の才能があった」

「……納得のゆくように話したいわ。あなたもわたしの立場を分っていると思うからくどくはもう言わないわ。ねえ、いくら上げたら気が済むの？」

「まあ、ここでは、そんな話、やめよう」

粕谷は運転手の背中に顎をしゃくった。

「君のアパートに行ってから、ゆっくり相談しようよ」

運転手が聞き耳を立てていることは登代子には分っている。だが、アパートに粕谷を連れて行きたくないから、なんとか車の中で話を済ませたかったのだ。粕谷は、酔った恰好でてんで受付けない。登代子も、これ以上は運転手の耳を憚《はばか》った。

アパートの前までは仕方がないが、中に入れないで、外で話もできると思い返した。そこで粕谷を帰すよりほかなかった。

粕谷は、登代子の手を放さない。ときどき、それを自分の膝の上に持って来て、上からこすりつけている。粕谷の魂胆がだんだん分ってきた。

中目黒のアパートの手前で登代子は降りたかったが、

「なんだ、こんな所で? どうせ、すぐそこだ。運転手さん、もう少しやってくれ」と、粕谷は諾《き》かなかった。

アパートは灯をつけている窓もあった。

「さあ、ここで話をしましょうよ」

と、登代子は入口に歩きかける粕谷を止めた。

「どうしてだ?」と、粕谷は暗い中で反り身《そみ》になった。

「だって、こんな遅い夜にわたしが男を伴れて帰ったと思われては、近所にいやだわ」

「そんなことは構わない」

「いいえ、そうはいかないわ。この前の晩だって、ずいぶんはらはらしたわ」

「他人《ひと》の思惑《おもわく》なんか考えて暮してゆけるかい。大丈夫、大丈夫。すぐに帰るから。第一、こんな暗い所でぼそぼそ話していたら、それこそ君が変に思われるよ。話なら、明るい部屋に上って堂々としたほうがもっといい。早く帰ればいいんだろう」

それも一理だった。

「ほんとに早く帰って下さる？」

「ああ、帰るよ」

「話もちゃんとしてくれるわね」

「聞くよ。ほかに誰も居ないから、じっくり相談しよう」

「本当ね？」

「君もしつこくなったね。もう少し信用してもらいたいな」

粕谷は、そう言いながら、ひとりで入口に歩いた。登代子はやむなく、彼の傍をすり抜け、先に部屋の前に立って、ドアに鍵を差しこんで回した。

「女ひとりの暮しというのも悪くないもんだね。君が違った女に見えるよ」

粕谷がいい気持で登代子を横から見ている。

8

部屋に入ると、粕谷は、そこのクッションに弾《はず》みをつけて腰を落した。

「済まないが、水を一杯貰えないか」

登代子は、コップに水を入れて持って行った。粕谷は下からじっと見上げてニヤリと笑い、コップを左手で受取り、右手を伸ばして登代子の手をつかんだ。

「何をなさるの？」

粕谷は、水を飲み干すまで、その手を放さない。登代子の抵抗で、水がこぼれ、ワイシャツとネクタイにかかった。

「まだ酔ってらっしゃるの？」

やっと、その手を振りほどいて彼を睨《ね》めつけた。

「少し酔いましたね」

粕谷は長い息を吐いた。あれぐらいの酒で、こんなに酔うとは思えない。前に一緒に居たとき、彼がわざと酔ったふりをしたことを彼女は知っている。

「ちゃんと行儀よくかけて話して下さい」

「おまえさんも坐ったらどうだ？」

「君」が「おまえさん」になった。

「さっきからお願いしたこと、どうなんですか？」

登代子は後悔していた。こんな調子では、とても粕谷がまともに話すとは思われない。彼の上機嫌に引かされて、期待をかけたのがいけなかった。やはり粕谷をここへ連れてくるのではなかった。

「ああ、話合いますよ」

「わたしの頼みを聞いて下さるの？」

「聞きましょう」

粕谷は、肩をゆらゆらさせた。

「え、ほんと？」

「聞きますよ、いくらでも」

粕谷は、どっこいしょ、とクッションの上に横になった。登代子は絶望した。

「そんな恰好ではお話しできないわ。起きて下さい」

「そうがみがみ言いなさんな。酔ってしんどくてなりません」

「じゃ、まともには聞いて下さらないんですね？」

「だから、こうして承りますと言ってるじゃありませんか」

「わたしの言うことは、もう無いわ。あなたの返事だけを聞きたいんです」

「返事……そうだな」

粕谷は天井を見ていたが、その眼が次第に睡たげに閉じられ、片手がだらりとクッションの端から垂れた。

「どうも、近ごろ酒が弱くなった」と、粕谷は縺《もつ》れた口調で言う。

「ここで、ちょっと寝させて下さいよ。ちょっと寝ればいいんだ。そしたら、頭がはっきりする」

「いけません」

登代子は、もう我慢ができなかった。

「帰って下さい」

「帰れ？」

「ここはわたしの部屋だわ。今まで男の人を入れたこともないのに、そんなところで横になられては迷惑だわ」

「ふん、坂本君はここに来たことはないのか？」

「ありません」

きっぱり言った。

「どうも、あんまり信用できないな。ぼくの知ってるバアの女も、そんなことを言って、三人ぐらい男を相手にしていたよ」

「そんな人と同じにわたしを考えているんですか？」

「まあ、そう怒りなさんな。ものの譬《たとえ》を言っている」

「とにかく帰って下さい」

「じゃ、あの話は出来なくていいのか？」

「仕方がありませんわ。あなたは、そういう人です。人の弱みを見ると、それにつけこんでくる人です。あの話が出来なければ、それも仕方がありませんわ」

「へええ」

粕谷は眼を半眼にして登代子を見つめた。

「いやに思い切りがよくなったんだな。ぼくは、ここで二、三十分も眠れば頭がすっきりする。それから真剣に話合おうと思っていたのだがな」

「…………」

「おまえさんがそんな気持なら、ま、仕方がない。……しかし、睡い。ちょっと寝せてもらうよ」

粕谷は身を動かすと、クッションの上で本気に睡る姿勢をとった。

「どうしても帰らないんですか？」

「あんまりひどいことを言いなさんな。親切があれば、ちょっとぐらい寝かせてもいいだろう。そのあと、君の話を聞いて、さっさと帰りますよ」

「約束が違うわ。あなたがこの部屋に入るときは、そんなことは言わなかったわ」

「しかし、睡いものは仕方がないだろう。酔っているんだからな」

登代子は突立っていたが、

「おうちで待ってらっしゃる人が心配しますよ」

「ほう妬《や》いてくれるのか？」

「ばかばかしい」

登代子は、ハンドバッグを取上げた。

「あなたがそこから動かないなら、わたしは出て行くわ」

「う？」

「ほんとに卑怯だわ。どういう気持でいるのかしら。そんな甘い手には乗りませんよ。あんまりわたしを見縊《みくび》らないで下さい」

「ほんとに、ここから出て行くのか？」

「ここに居られるわけはないわ」

「話合いをしたいのだがな」

「もう、その言葉には騙《だま》されないわ」

「そうか。じゃ、ぼくが留守番しているから、ゆっくり遊びに行ってらっしゃい」

「鍵は、ここに置いて行きます。あなたが帰るとき、これで閉めて、鍵は牛乳壜箱の中に抛《ほう》りこんで置いて下さい」

登代子は、ドアの手前で靴を穿《は》いた。腹が立って身体が震えそうだった。

ふいに粕谷がクッションから跳ね起きた。あっという間もなく、彼女の背後から走ってきた。

「本当に出るのか？」

粕谷は、酔ったふりをしていたときとは打って変った形相で立っている。

「出るわ」

登代子がドアに手をかけた途端、うしろ衿を取られた。

「何をするの？」

と、言ったとき、重心が後に傾いたまま引戻された。ハンドバッグが飛び、そこにあった器具が音立てて散った。とたんに、髪を掴まれた。そこから一時に苦痛が燃えた。粕谷の荒い呼吸が耳もとで鳴った。

「生意気な！」

粕谷は、登代子の摑んだ髪をぐいぐい後に引いた。

「出るなら出てみろ。あんまりなめるな」

「人を呼ぶわよ」

と、登代子は、それだけ言うのがやっとだった。髪の根が抜けそうに痛く、皮膚が引っぱられて眉も眼も釣上った。

「人を呼ぶ？　呼ぶなら呼んでみろ」

と言うなり、粕谷は登代子の声が出るくらいに髪を強く引いた。彼女の眩《くら》んだ眼の前に天井が揺ぐと、弓なりになった身体が床の上に落ちた。登代子は思わず、ひい、と声をあげた。

「なんだ、これくらい」

と、粕谷は片手で髪を摑み、片手でブラウスの衿首を取ると、床の上をぐるぐると引きずり回した。すぐ上に、粕谷のギラギラ光る眼と、歪んだ顔があった。

登代子は、片手で粕谷の腕を摑み、片手は本能的に裾を抑えていた。足の先が、そのまま床の上を回転した。

と、急に粕谷は、その動作をやめ、今度はいきなり馬乗りになると、登代子の顔を床に押しつけた。彼女は、眼も鼻も潰れるかと思った。

「ここから出るなら出てみろ」

粕谷は抑えつけたまま言った。

「ここはわたしの家よ。あんたは何の権利があってこんなことをするの？」

登代子は、床に押しつけられた顔を僅《わず》かに横に向けて、口の自由を得た。

「…………」

粕谷は黙っている。抑えている力もいくらか抜いた。

「登代子！」

ふいに一声言うと、馬乗りになった身体が彼女の上に倒れ、摑んだ髪をまたぐいと握って顔を下に押しつけ、ファスナーを力いっぱいに引下げた。

「いや」

登代子が抑えられたままでも餇いながら逃げようと藻掻《もが》くと、背のスリップのすぐ上の皮膚に粕谷の唇が強く圧しつけられてきた。登代子は、身がずんとした。

粕谷が痛いくらいにそこを啜《すす》った。登代子の身体に痙攣《けいれん》に似たものが走った。自分の顔ごと圧しつけた粕谷は、彼女の顕れた皮膚の到る所に唇を移し、果は耳朶《みみたぶ》のうしろを歯で嚙《か》んだ。

耳が灼かれたようになった。粕谷の身体が、彼女の上にその全重量でのしかかった。

「あ、あ」

「登代子」

やっと耳を放した彼がささやいた。

「縒《より》を戻そう。一緒に暮さないか？」

粕谷は俯伏せにした登代子の身体を半分引起し、懐のスリップを押しひろげて、手を突っ込んだ。

登代子は、全身の反抗の中に少しずつひろがる無力を感じた。斜面の端に必死に取りついている手を放すまいとしても、その指が痺《しび》れ、ずるずると落ちて行きそうになる。自分でも知らないうちに荒い息となっていた。純粋な肉体の苦痛だけではなく、その中に、意志とは別な火の流れが走っていた。

第三章

1

粕谷が外苑近くの四谷のアパートに戻ったのは、一時近くだった。

自分の部屋の窓だけ灯がついている。粕谷は、恵美子が神妙に起きて待っているのかと思ったが、それだと、もっと暗い灯でなければならない。先に不貞寝《ふてね》しているときは真暗にする。こんなにあかあかと灯をつけているのは遅い彼への面当《つらあて》だと思ったが、部屋の前までくると、小さな話声がしていた。その声で、不動産屋仲間の原田だな、と分った。留守に原田がきて帰りを待っているらしい。

ドアをあけると恵美子は置炬燵《おきごたつ》の前に坐ったままだが、原田は顔をふり向けて、

「やあ、お帰り」

と、元気な声をかけた。

粕谷は、原田の汚れた靴の傍に自分の新しい赤靴を脱《ぬ》いで上る。オーバーのままスリッパを穿いて、キチンの横を通った。六畳の座敷がその向うで、恵美子と原田

は炬燵に対い合って話していたらしい。

原田は炬燵から出て、ズボンの膝を揃えて粕谷を迎えた。恵美子は、じろりと彼を見上げただけで、口を利かなかった。険悪な顔つきになっている。

「今までお邪魔してたんだが、もう、そろそろ帰るつもりでした」

原田保吉は、三十二、三の、瘠《や》せた、貧弱な男だが、いつも外国製の赤い手提鞄を手から放さない。彼も適当な名の会社を作り、専務という肩書きの名刺を振回している。

「二時間前に来たんですがね。もう、ご帰館のころだと、今まで恵美子さんに引止められて、つい、ご馳走になってました」

炬燵の猫板の上には、ウイスキーの角瓶と、グラスが一つ載っている。皿のチーズは二切れ残っていた。

原田が機嫌を取るように世辞笑いしているのは、粕谷の留守中に恵美子と二人だけでいた弁解らしい。

「しばらく会わなかった君が、そんなに長く待っていたところをみると、何か面白そうな口でも見つけて来たのかね」

粕谷は、オーバーをきたまま炬燵の一方に足を入れた。沓下《くつした》の先が恵美子の膝に当ったので、恵美子がつと身体を離した。

「どこに行ってらしたの？」

恵美子は、それをきっかけに初めて口を開いた。

「どうして、そんなことを訊く？」

「なぜでも」

と、恵美子は、今度は露骨に詮索《せんさく》の眼をじっと向けた。

「いちいち尋ねなくても、おれはこういう商売だから、いろいろと人にも会わなければならないし、一緒に飯も食わなければならない。妙なカングリはよせ」

「カングリなもんですか。何をして来たか分りゃしないわ」

粕谷は鼻の先で嗤《わら》ったが、さっきまで登代子と縺《もつ》れてきた思い出が眼をよぎった。そろそろ、この恵美子とも、さようならを言わなければならない。粕谷は相手にならないで、

「水でも持って来たらどうだ。咽喉が渇いているよ」

恵美子は、粕谷の横顔を睨んでじっとしていたが、つと起つと、キチンのほうへ荒々しく行った。

「だいぶん、ご機嫌斜めですね」

と、原田が長い顔を突出し、うすら笑いして、

「あなたの帰るまで、ちょいと讒訴《ざんそ》を聞きましたよ」

粕谷はオーバーの袖を抜いて、うしろに刎《は》ねのけ、裾は臀《しり》に敷いたままで、

「ときに、こんなに遅くまで待ってくれて、どういう話だね？」

原田は、いつも大きな物件を持ってくるが、たいていは崩れる可能性のものばかりだった。

「少し耳寄りの話を聞きましたんでね、あなたなら知恵が借りられるかと思って、お留守中だったが、今まで粘っていたんですよ」

「知恵は無いね。近ごろは逆さにしても知恵どころか、鼻血も出ない」

「女にさんざん金を使ってるからでしょ」

と、恵美子がコップをとんと置いた。その拍子に猫板に水が飛んだ。粕谷は嚇《かっ》となったが、抑えて、

「あんまり変なことを言うな」

コップの水を仰向いて咽喉に流した。

「いや、本当ですよ。恵美子さん。こういう商売は、どうしても人相手ですからね、なかなか勤人《つとめにん》のようなわけにはゆきません」

「そりゃそうでしょう。勤人だったら、三日も四日も無断で家をあけられないわ」

「こりゃいけない」

と、原田は両手を頭にあげた。恵美子は、そのまま見張のように坐りこむ。

「どういう物件だね？」

「それが、その……」

と、原田は恵美子がすぐ横に居るので話しづらいように、口籠ったが、

「わたしが居ては邪魔なの？」

と、恵美子が先回りをした。

「原田君、気にかけないで話してくれ。こいつには口出しさせない」

「そうですか……実はね、埼玉県岩槻《いわつき》の北なんですが、そこに月星土地が分譲地を売出しましたね」

「知らない」

「売出したんです。あれで総坪数が二万坪もあるでしょうか。ところが、東京から一時間のベッドタウンという宣伝文句にもかかわらず、なかなか買手がつかない。もっとも、造成したのは三分の一程度ですが、今のところ、契約出来たのが三百坪くらいというあわれさです」

「ふん、それで？　……おい、煙草」

と、粕谷は言ったが、恵美子は横をむいていた。原田が笑いながら、自分のピースをさし出した。

「月星土地ではすっかり目算狂いで、音《ね》をあげましてね。もともと、そこを買ったのも無理して借りた金らしいのですよ。ですから、向うでは少々損をしてもこの際放したいらしい。なにしろ、金利だけでも大へんで、とても全部が塞るまで兵糧がつづかないらしいのです」

「そんな大きなものを持って来ても、ぼくの手には合わんよ」

「そうですかね。金さえあれば儲る話ですがね」

「一体、どのくらいで？　まあ、聞いても仕方がないがね」

「あの辺の農地委員会や税務署の連中に薬を効かせて、やっと宅地に変更させ、坪当り八千円で買漁《かいあさ》ったようですな。だから、二万坪でざっと一億六千万円。それに造成費用が三百万円ばかりかかっているというんですがね。売出し価格のほうは、平均坪当り一万六千円でやっているらしいんです」

「それをいくらで手放すというんかね？」

「向うでは、買値に少し色をつけてもらえればいいというんですよ。つまり、これまで払った金利だけ見合えばいいというんですがね。だから、二億そこそこじゃないですか？」

「二億？　簡単に言うな」

と、粕谷は無関心だった。

「惜しい話ですがね。いま買っておけば、きっと将来に値が出て儲るんだけどな」

原田は残念そうな顔をする。

「いくら儲けが眼の前にぶら下っていても、軍資金が無ければどうにもならない。第一、今ごろそんな話をおれのところに持って来ても、どうにもならないよ」

「あんたは顔が広いから、なんとかなると思ったんだけどな」

「一向に頼りにならんな」

恵美子が粕谷の横顔を見つめていたが、

「今まで儲った端から女と飲代に使ってしまったんだもの、あるわけはないわ」

「君は黙っていろ」

「わたしだって、それくらいのことは言わせてもらいたいわ。今にあんたもますます落目になって、泥沼を泳ぐようになるわ。もう、そろそろ足が潰っているわね。今夜だって何をしてきたか分りゃしない」

粕谷は顔色を変えて、眼の前の原田の煙草をポケットに仕舞い、はねのけたオーバーをうしろ手に摑むと、袖に手を入れた。

「原田君、出よう」

「え？」

原田が粕谷と恵美子の顔に眼を走らせた。

「こんなところに居ても面白くない。君もどうせ帰りだろう。一緒に出よう」

「しかし、どこへ行くんですか？」

「どこでもいいよ。好きなところに行って泊るよ」

粕谷がばたばたと起ち上ると、その煽《あお》った風が恵美子の顔の正面に当った。女も顔色を変えている。

「どこへ行くの？」

と、声が震えていた。

「どこへ行こうと勝手だ。そんな顔を見ていると、面白くないよ」

「まあまあ、粕谷さん」

と、原田がとりなすように手を動かして、

「もう遅いから、このまま寝《やす》んだらどうです？」

「君はぼくと一緒に出たくないのかい？」

「いや、そういうわけじゃないけど、やっぱり、その、今から出るのはよくないですよ」

「じゃ、君はここに残って、こいつのお守《もり》をしてやってくれ」

「冗、冗談じゃないですよ」

原田はあわてて腰を浮した。

2

原田は気を利かして先に出ると、恵美子が粕谷のうしろに来た。

「どこに行くの？」

粕谷は無言で靴を穿こうとする。

「いま、何時と思うの？　もう夜が明けるわ。これからどこの女のところへ行くの？」

恵美子は粕谷のオーバーをうしろから引っぱった。粕谷は振向くなり恵美子の胸を思いきり突いた。彼女はうしろによろけ、食卓の端に躓《つまず》くと仰向けに倒れた。皿がガラガラと落ちて割れた。

「畜生」

と、恵美子は起上るなり四つ這いになって、粕谷の足を両手で抱きこんだ。

「何をするんだ？」

「女のところに行こうたって行かせないわ」

粕谷はあずけたままの足で蹴り上げたが、恵美子は身体を泳がせても摑んだところを放さない。

粕谷は、さっきから抑えた怒りが一時に出て、恵美子の頰桁《ほおげた》を容赦のない力で殴った。女はヒイと声を上げて板の間に横倒しになる。粕谷は、その足を摑んで彼女を逆さまにし、座敷のほうに引きずった。座敷は板の間から五寸ばかり高くなっている。粕谷は恵美子の両足を持ったまま、かまわず力まかせに座敷へ引きずり上げたから、恵美子の背骨は、その上り框《がまち》にしたたか当った。頭をひきずられている恵美子は、つづいて框の角で後頭部を打ち、ギャッと声を出した。

裾がまくれ、白い腿がむき出しになったが、粕谷は、何んとも感じない。動物をふり回しているような気持だった。

粕谷は引きずり上げた彼女を、やはり足を摑んだまま、また板の間にずり下した。頭が上げられない女は藻掻いて横這いになりかかるが、その隙を与えず、彼はまた、その足を座敷に引上げた。恵美子の頭が、ごつん、ごつん、と音がした。苦しいのか、咽喉から、ぐわっ、と異様な声を出す。

粕谷は相手の苦痛にかまわず、彼女の身体を三角棒の上で転がすように、ごしごしと二、三度繰返してこすった。最後に彼が座敷へ抛り投げたときは、恵美子も息の根が止ったようになっている。口から泡をふかないのが、まだいいくらいなものだった。

「もう、別れよう。君がこの家を出て行かなければ、おれが出るからな」

と、粕谷は、真蒼になっている恵美子の顔に吐き棄てると、オーバーの乱れを直し、表に出た。

原田が、さっきからの物音を聞いてのぞいていたのだが、入ることもならず、ぼんやりと立っていた。

「行こう」

粕谷のうしろに原田が小走りについて来て、

「……凄いもんだな」

と、感歎した。

「なに、あれくらいにして丁度いいさ」

「大丈夫ですか、あちら？」

「心配か？」

「いや、そういうわけじゃないけれど……」

「電車通りに出た。四谷の大通りも街燈だけで、真暗になっている。寒い風が電車道の上を渡っていた。

「あの女とも別れだ」

粕谷はタクシーを呼止めるため立って呟《つぶや》く。原田は何も言わなかった。

空車を止めて運転手に言った。

「麻布の霞町に行ってくれ」

「霞町？」

原田がおどろいて、

「今から横内さんのところですか？」

「叩き起すんだよ」

「じゃ、ぼくは途中までで失礼します」

「おい、何を言うんだ。そいじゃ人数が足りない」

「花ですか？」

「どうせ気がくさくさしている。向うに行って、そんなことでもしよう。君だって今から帰っても中途はんぱだろう」

「中途はんぱってことはありませんよ」

「まあ、つき合いなさい。横内に、またさっきの話でも相談したら、何かいい知恵が出るかもしれない。君の奥さんにはぼくの声で電話しとくよ」

「……………」

二時をすぎると、さすがに車も大ぶん少くなっている。霞町までは、たった十分しかかからなかった。

降りたのは停留所を南に入った所で、角から五、六軒目くらいに、ちょっと大きな構えの、パチンコ屋の看板の出ている家があった。

粕谷が横に付いているベルの釦を押した。通りは人っ子ひとり歩いてなかった。

原田が寒そうに肩をすぼめて、

「おどろいたな。今から襲ったら、いくら横内さんでもいい顔をしないかもしれませんよ」

と、帰りたそうにしている。

「なに、構うものか」

ドアの横に付いているガラスののぞき窓に灯がつき、

「どなたですか？」

疑わしそうな女の声が来た。

「ぼく、粕谷だが、横内さん、居る？」

「居るも居ないもありませんよ、こんな夜ふけに……」

原田が横で苦笑した。

住込みの女店員らしいのが影を引込めると、梯子段を上ってゆく音がする。原田は寒いのか、それともまだ夜明しの決心がつかないのか、足踏みをしていた。

しばらくすると、内側からドアが開いて、寝乱れ髪の中年女が寝巻の上に羽織をひっかけて立っていた。

「やあ、奥さん、今晩は」

「粕谷さん、ずいぶん遅いのね」

「なんだか気がくさくさしてね。ちょいと上らせてもらいますよ。どうしてる、寝てますか」

「いま起されたところです」

胸を突くような梯子段を、二人はどかどかと上った。あとから女房がついて上る。

横の板壁の向うは、パチンコ台のならんだ店になっている。

梯子段を上ったところが、襖一つで八畳の間で、横内辰夫がどてらをひっかけて火鉢の傍に坐っていた。

横内はパチンコ屋も経営しているが、それは半分女房まかせにし、自分は以前からの商売で、不動産売買をつづけていた。肥った五十男である。

近ごろはパチンコ屋で儲ったせいか、前と違って横内は大ぶん貫禄が出ていた。

「なんだ、粕谷さんか。おや、原田君だな。何ンだ、今ごろ？」

と、横内は両方を見上げて迎えた。

「いや、こんな時刻に来て……実は原田君が」

と、粕谷は横内の真向いに坐った。

「ちょいと面白い物件を持って来たんでね、あんたと相談しようと思って」

「そんなに急なのかね？」

横内は眼を光らせたが、

「なに、本当は花でも繰ろうかと思ってな」

と粕谷が言ったので、

「なんだ」

と笑い、女房に、

「おいおい、何か出すものはないか？」

と、二人に座蒲団をすすめた。

女房はビールを出し、夜食の支度にとりかかるようだった。

「しかし、こんな時刻に珍しいな」

横内は改めて二人の顔を見較べた。

「なにね、粕谷さんがちょいと荒れましてね。ぼくは居合せたばかりに、はらはらでしたよ」

「またはじまったのかい？」

と、横内が粕谷を見る。

「あの女、近いうちに手を切るつもりだ」

粕谷はライターを鳴らした。

「前からそんなことを伺っていたが、いよいよおやんなさるのか？」

「あんなやつといっしょに居ては、気が腐るばかりだからな。なに、あと口はいくらでもある」

「そりゃ、ま、そうだろうが、しかし……今度、一緒になれば、何人目だね」

横内はタンスの小引出しから花札の函を取出し、座蒲団を真ン中に置いて、その上に撒《ま》いた。

「さあ、五人目ぐらいかな」

「呆《あき》れた人だ。ぼくは、あんたが前にいっしょに居た奥さん……ほら、登代子さんという人は顔を知らないが、なかなかよくできてたそうじゃないかい？」

「そんな何人も前の女のことなんか、忘れてしまったね」

と、粕谷は手の花札を見る。あまり、ツキはよくないようだ。夜が明けたら、もう一度、登代子のアパートに押しかけるのも悪くはないと、札を睨《にら》んでいるうちに思った。

「原田君、例の物件を横内さんにも話せよ」

「うまく話をかわしたね」

と、原田が、一枚の端に指をかけて、

「これ、レート、いくら？」

「いつものもので行こう。気に入らなかったら、倍にしてもいいよ」

粕谷が言った。

「粕谷さん、今夜は荒れてますからね、そいつはご免だ。いつものもので結構」

と、原田は最初の札を捨てた。

「横内さん、実は、こうなんですよ」

と、彼は話しはじめた。彼がしゃべっているうちにも、座蒲団の上では札が次々と叩かれた。

「なるほど」

横内は札を棄てたり、手もとに引寄せたりしながら、肥った身体を動かし、あぐらをかき直した。

「そりゃちょっと面白いが、二億ではね」

「それなんだ。そんなものを持ってこられても、いま、どうしようもない。それとも横内さんのところにはいくらか有るかね？」

粕谷が言った。

「冗談じゃない。近ごろは不景気で、そう溜らないよ」

「あんたのところはいいよ。日銭《ひぜに》だからな。一日どれくらい？」

「二億の話に日銭の上りを訊くとは寂しいね」

パチン、パチンと、勝負だけは速く進行していた。

3

雀斑《そばかす》の多い、顎の張った横内の女房がときどき酌をするビールを飲みながら、しばらく話も絶えて勝負に費した。帰りたがっていた原田も、負けだしてから、額に汗を滲《にじ》ませた。火鉢の勢のいい炭火が部屋を生暖くしていた。

何度目かの勝負のきり目で、横内の女房が炊き立ての飯を出した。

「やあ、奥さん、寝せないで済みませんな」

と、原田が恐縮した。

「おまえ、もう、寝てもいいよ」

と、横内が言うと、

「もう、夜が明けてますよ。ほら、電車の音がしてるでしょ。今からじゃ昼寝になるわ」

「違いない」

と、原田が耳を澄した。宵のうちにひと寝入りした横内は別として、粕谷も原田も頭が重くなっていた。

「奥さんは親切だな」

粕谷は自分の家のことを考えて思わず言った。この女、男のような顔だが、世話女房には違いなかった。

「粕谷さんも面食《めんく》いをやめて、今度こそいい女《ひと》を貰うんですね」

横内の女房が笑った。その声が終らないうちに、ふいに次の間の電話が鳴った。

「何かしら、今ごろ？」

女房が亭主の顔を見た。

「ふうむ？」

と、横内も不安な顔をしている。いま、花札をいじっている最中である。

粕谷にはぴいんと来るものがあった。横内の女房が起《た》ったとき、

「奥さん、ウチからかも知れないが、来てないと言って下さいよ」

女房は非難するような眼を笑わせ、電話機の横にしゃがんだ。横内は、なんだ、と安堵《あんど》をみせた。

「はいはい……いいえ、いらしていませんけれど」

女房は、そう答えた。同じことをもう一度言ってから電話を切った。

粕谷は、戻ってきた女房に、済みません、と詫《わ》びた。

「どうしたの、今ごろ？　ずいぶんヒステリーみたいな声だったわよ」

と、粕谷を見下した。

「ちょっとあったんでね。……ああいうやつだからな」

原田が箸を動かしながら眼を細めた。が、さすがに、ちょっと白けた空気になった。横内は丈夫な歯で香のものをぱりぱり嚙みながら、

「さっきの話だがね。いや、原田君のさ。……どこか銀行にコネでもないかな。そうすれば儲るがな」

と言った。

粕谷は、その言葉でふと東陽銀行を思い出したが、不動産部では仕方がないし、坂本などでは問題にもならないと思った。

「横内さん、あんたなんか日銭を相当預金してるから、銀行にも顔が利くんじゃないの?」

と、原田が未練がましく言った。

「いくら預金してるといっても、われわれのものじゃ知れてるし、二億を銀行から借出すなんて、とてもとても」

と、横内は茶を咽喉に流した。

「惜しい。実際に惜しいな」

と、原田はいつまでも二万坪の安い出物に心が離れなかった。

とたんに、電話が鳴りはじめた。

三人は一斉に粕谷の顔を見る。

「畜生」

と、粕谷は言ったが、あれだけ痛めつけたのに、まだ、つづけて電話をかけるような元気が恵美子に残っていたのかと思った。這いずりながらダイヤルを回している女の姿が眼に見えるようだ。その間にも電話のベルは断続してつづいた。横内の女房が黙って次の間に行った。

「いいえ、いらっしゃいませんよ。……ええ、嘘じゃありません。近ごろ、ちっとも見えないんです。……わたしたちもどうしてらっしゃるかと思ってるくらいなんですわ。……ええ、ほんと。ほんとに見えてませんよ」

女房は、受話器を置き、戻ってきたが、粕谷に、

「どうしたのよ、一体？　ずいぶん、しつこいじゃない？」

といいながら、そこに横坐りに坐った。

粕谷は腹が立った。駆け戻って、もう一度、あの女を足腰立たないようにしてやりたかった。自分でもこめかみの筋が怒張《どちょう》してくるのが分る。

原田が粕谷の気持をそらすように、声を出してあくびした。

粕谷は、その原田を見る。こいつ、恵美子に少し気があるのかもしれない、と思い、それならちょいと面白いが、と考えたりする。

「どうだな、もう少しいこうか?」

と、横内から言った。

「原田君も今から帰ったって仕方がないだろう。もう朝になったほうがいいぜ」

「そりゃそうだが」

と、原田は横内の切る花札を見つめていた。

粕谷は、札をめくったり叩いたりしているうち、何の連絡もなく小泉のことが泛んだ。

小泉はどこやらの代議士の話をしていた。その代議士は、いま選挙資金を欲しがっている。そいつを担《かつ》いで何かうまい金儲けはないかなどと言っていた。新宿の正子のバアだった。

――代議士と、土地と、銀行。

これで何か出来ないかと、そんなことが頭をよぎったが、こいつは忘れないで、しっかりと頭の中にとどめておこうと思った。これまでふいと泛んだ考えが、案外、すらすらとうまく金儲けと結びついたこともある。そうだ、小泉の奴にいっぺんそれを訊いてみよう。

粕谷は原田に、その話をちょいと押えておいてくれと言いたかったが、横内が居るので、その場では言えなかった。押えるといっても、それは単に、その話のグループから離れるなという意味だ。とても手付など打てるものではない。

八時ごろになって、原田は例の立派な赤い手提げ鞄を持って起ち上ったが、結局、彼は一万円近く負けていた。顔だけは笑っていたが、バカをみたという気持は表情に隠せなかった。

「じゃ、ぼくもそこまでいっしょに出ようかな」

粕谷も起った。

「横内さん、どうも」

粕谷は二万円ほどやられ、横内のひとり勝ちだった。

「やあ、またいらっしゃい」

横内は機嫌がよく、

「これで、一台イカレた機械があるので、新しいのと取替えられるよ」

と、厭味を言った。女房は、とっくに隣の部屋に入って寝ている。

「またうまい話があったら、ぜひ持って来てくれよ」

と、横内はどてら姿で出口まで見送った。

外へ出ると、冷たい空気が痺《しび》れたような頭に快かった。

「君、原田君」

と、粕谷はならんで歩いた。

「さっきの岩槻の土地のことだが、あれ、話からはずれないようにしてくれな」

「何かいい考えでも泛んだのですか?」

原田は、今度はあまりアテにはしないような眼つきで訊き返した。徹夜の挙句だから、眼がしょぼしょぼしている。

「ひょいとすると、いけるかもしれない。もっとも、今のところ、可能性は五分五分だがね」

「そうですか。いや、あれは絶対にぼくも退きませんよ」

不動産売買は、仲間取引が多い。物件が大きければ大きいほど、連累者が多数だ。もっとも、なかにはちょいと話を聞いただけで、一枚嚙んだつもりになっている者もある。成就すれば、少しでも分前が貰えるかもしれないのである。彼らは、そんなアテのないことをアテにして東京中を駆けずり回っている。原田の赤い手提げ鞄の中にも、常に見取図の写しの、また写しが何十件となく詰めこまれていた。

「そうだ。君、明日あたりぼくの事務所に電話してくれないか」

「いいですが、そんなに早く目鼻がつくんですか？」

原田は疑わしそうな顔をした。

「どうだか分らないが、ま、とにかく、連絡だけはしてくれよ」

「そうします」

原田は風の中で返事をし、折から来た空車に背中を曲げて入った。

粕谷は、往来の真ン中に立って、どっちに行ったものかと考えた。アパートに戻って恵美子に腹癒せを考えないでもなかったが、あの女はいつでも追出せる。彼は、登代子のアパートへと考えた。昨夜は目的が果せなかった。ずいぶん乱暴な扱いをしてみたが、登代子はどうしても屈服しなかった。初めはちょっとおとなしくなっていたから自信をつけたが、途中から防禦され、彼は息を切らしただけで終った。唇を押しつけても、歯をがっちりと嚙合せて、彼の舌を中に入れさせない。手でふところを探ろうとしても、別のところにくぐりこもうとしても、登代子は身体をばたばたさせて、転び回った。

が、そんな状態のなかでも登代子には抵抗の意志のないのを彼は感じた。防禦だけなのだ。女が抵抗せずに防禦だけになっているのは、半分はすでに男の行為を許容していることである。もう一押しであった。

粕谷も、昨夜はそれ以上に登代子に無理はできなかった。初めての女に立向うのとは違う。以前同棲していただけにがむしゃらなことができない。また、登代子では、夢中になるほどの新鮮さもなかった。それに、今後、あの女をうまく利用しなければならぬ。あいつの金を何とかして取上げたい。下手《へた》に怒らせてはならなかった。

あのぶんなら、二度目には必ずいけそうだと思う。が、いくら何でも、昨夜の今夜ではあまりに早すぎた。男の貫禄がない。粕谷も曽ての女にはやはり見栄《みえ》があった。

彼は、結局、正子のアパートへ向った。もとより浮気のことで、正子もそれは割切っている。いま不意にアパートに行っても、男がいっしょに居れば居たであっさり引退るつもりだった。それにしても、正子のところを思いついたのは、やはり小泉からの連想である。

粕谷は、次に来たタクシーで高田馬場に向った。

4

午後、粕谷は、自分の事務所に小泉を呼びつけていた。

ビルの中でも、ここは裏側で、絶えず電車が地響きを立てて通る。それに、最近はガードの下の道をひろげたので、始終、車が群れて走る。窓からその混雑を見ただけでも気がいらいらする。

部屋は衝立《ついたて》で二つに仕切られ、広いほうは別の商事会社が使っていた。粕谷の借部屋は狭くて条件が悪い。陽当りも横の突出たビルに遮られて悪い。

事務所では、男事務員のほかに、不器量な女事務員を一人使っている。

「ずいぶん睡そうな眼をしてますね」

と、小泉が粕谷の顔を見ている。

「昨夜遅くまでほうぼうを歩いたんでね」

「これですかい？」

と、小泉は手で飲む真似をした。

「それもだが、二、三、商売のことで歩いた」

「そりゃ熱心なことで……」

小泉は、粕谷が何をいい儲け口に当てたかと、探るような眼をした。仲間は、絶えず相手方がこっちよりうまいことをしているように見える。

「儲け口でしたら、ぼくにも少し乗せてくださいよ」

「さあ、それだがね。ほら、いつか、新宿のバアで君と話したことがあったな」

「ええ、ええ、地下室の……ちょっと粋なマダムのところでしたね」

その正子のアパートに粕谷は行って、十一時ごろまで寝て来ている。あそこでひと寝入りしたから、徹夜の疲れもかなり楽になったが、それでも頭の芯が鈍化していた。

不器量な女事務員が茶を淹《い》れてきた。もう一人の男事務員は、机の上で出物の家の見取図をせっせと書いている。これも直接に取扱っているのではなく、不動産屋仲間から次々と渡って来た物件で、いつになったら商売になるものやら見当がつかない。コピーをほうぼうに見せ回っているうちに、とっくに物件は知らないうちに売れ、せっかく足を運んで契約まで漕ぎつけたときには空《くう》のものになっている。

「あのとき、君が何とかいう代議士の話をしたね？」

粕谷は茶をすすって言った。

「ええ、古賀代議士でしょう。九州出身で、いま、金集めに奔走している……あれですね？」

「そうだ。その人、実力あるの？」

「高井市郎派でも錚々《そうそう》たる中には入ってるようですよ。特に建設省方面には強いです」

「建設省に……」

粕谷はちょいと考えて、

「いっぺん会わせてくれるかい？」

「そりゃいいですが、粕谷さん、何かモノになりそうですか？」

と、小泉は眼を輝かした。

「ああ、ちょっとしたことが浮んで来たんでね。まだ、海のものとも山のものとも分らないが……」

「いやにぼかしますね」

「だって、あまり期待されても困るからね。とにかく、かたちがはっきりすれば、君にも話すし、当然、片棒を担いでもらうよ」

「そりゃありがたいですな。だいぶん大きいですか？」

「大きい、大きい。億のつく単位だ」

「えっ」

と、小泉は大げさにおどろいてみせ、

「そりゃぜひ乗せて下さい。そのかわり古賀さんのほうには、ぼくが出来るだけとりつけますよ」

「君、直接知ってるの？」

「実は、間に二人ばかり入っているんです」

と、彼は頭を掻いた。

「なんだ」

「いや、しかし、大丈夫ですよ。一度だけぼくも紹介されたことがありましてね」

「会うとしたら、どうしたらいいだろう？　やっぱり一流のお茶屋かな？」

「まあ、そういうことになるでしょうね」

「古賀さんというのは酒が強いの？」

「いや、酒は大したことはないようですな。そのかわり女には目がないほうですよ」

「なるほど。代議士っていうのはそういうのが多いと聞いたが、やっぱりね。古賀氏はいくつぐらい？」

「あれで、もう、六十二、三でしょうか。しかし、話に聞くと、達者なものですよ。今でも三人ぐらいは特定なのが居るということですよ。そのほか、芸者でも、ホステスでも、またズブの素人でも、見境なく追いかけるということです。趣味としては、若い子より年増のほうらしいですな」

「そうか」

粕谷は考えて、

「そういう人なら、案外、攻略しやすいかもしれないな」

「なんだか深謀遠慮の顔つきですね。さっき、億のつく物件だと言ったが、こりゃどうやら本当らしい」

と、小泉は額を叩いた。

「ね、粕谷さん、そりゃぜひ実現させましょう。代議士のほうは、今日にでも早速ぼくが連絡取りますよ。……しかし、もう少し、はっきり輪郭を出してくれませんか」

「そのうちに話す」

と、粕谷は、事務員たちに聞かれては困るというような眼配せをした。小泉はうなずく。

そのとき、電話が鳴った。受話器を耳にしていた女事務員が、

「お宅からです」

と、粕谷に告げた。

「居ないと言ってくれ」

「は？」

「いいんだ、それで」

粕谷は不機嫌な顔で煙草を吸っていた。

「ただ今、お出かけでございます。……さあ、いつ、お帰りになるか分りません。……はあ、多分、遅くなるんじゃないかと思いますけれど……え？　はい、分りました」

受話器を置いた女事務員が、再び、傍にやってきた。

「奥さん、今から、こちらに見えるそうです」

粕谷は、

「畜生」

と、舌打ちした。

5

夕方の五時すぎ、粕谷は、小泉と一緒に赤坂の料亭「千成」に着いた。

「千成」は、お茶屋のならんでいる街だが、少しはずれているので、高級車が両側に停っている有名な場所とは違って、通りは静かだった。もっとも、車を置くにもここは路が狭い。しかし、同じような構えの家がならんでいることには変りはなかった。

「千成」は、門を入ると、奥まった玄関まで竹を植込み、白い砂利に浮いた自然石の踏石の横には、低い燈籠が足もとを照していた。

粕谷は、こうしたいわゆる一流料亭に来たことがないので、やや緊張した。うしろから従《つ》いて来ている小泉も心なしか、おどおどしていた。二人とも、待合といえば三流どころしか知らなかった。

横から下足番の法被《はっぴ》をきた男が出てきて、

「どちらさまで？」

と、怪訝《けげん》そうに訊いた。見たこともない客の顔だった。

「古賀先生の座敷ですが……」

粕谷が言うと、下足番ははじめて納得した顔で、玄関に手を叩いた。きれいな女中が出たが、かたちだけ膝をついた。

「古賀先生のお座敷ですが」

粕谷はもう一度繰返した。

「どうぞ」

その女も、芸者だか女中だか分らないような中高な佳い顔で、立派な着物をきている。粕谷と小泉とは、そのあとに従ったが、階段を上って部屋に着くまで何となく気圧《けお》され、足の運びにも心をとられた。

女中が案内したのは十畳ぐらいの部屋で、控えの間には平安朝式の几帳《きちょう》が懸り、本間《ま》には細長い朱塗りの卓を挟んで座椅子が二つずつ置かれてある。見ただけでぴんと心が緊るような座敷だった。

女中は下座に両手をついて挨拶したが、フリの客のせいか、にこりともしなかった。粕谷と小泉とは、どこに坐っていいか分らないように立っていた。

「ぼくは粕谷という者ですが……一昨日、電話しておきましたが……」

彼は女中に遠慮気味に言った。

「はい、お客さまは古賀先生だということでございますが……」

女中は中高の顔で、眼尻が釣上っている難を除けば、上背はあるし、なかなかの器量だった。

「そうそう。古賀先生は、ずっとここをお使いになってますね？」

「はい、ご贔屓になっております。今夜のことも先生からお電話を頂戴しておりますので……」

「そうですか。やがてもうお見えになると思いますが」

「はい。それまで、どうぞごゆっくり。ただ今、お茶を持って参ります」

粕谷は、この女が女中頭みたいに思えたので、廊下の襖際《ふすまぎわ》まで追って行き、用意した千円札二枚を、その手に握らせた。

「もう、そんなものは結構でございますから」

女中は押返した。

「まあ、そう言わずに……これからもときどきご厄介になると思いますから、よろしく願います。……あ、それから、如才《じょさい》ないでしょうが、今夜のきれいどころは、古賀先生のご贔屓筋をお願いしますよ」

「承知いたしました」

女中は片頬に微かな笑《えみ》を泛べたが、粕谷は、こんなところに来た自分の不馴れを見抜かれて女中に小ばかにされたような気がした。

戻ると、小泉が座蒲団の上にも坐らず、畳の隅に落ちつかない顔であぐらをかいていた。

「どうも、こういうところは初めてだから勝手が違うな」

と、粕谷はぼやいた。今の女中も結局は二千円を帯の間に挿んだが、軽く頭を下げただけだった。

「どうも、来つけないところにくると緊張しますね」

小泉が気分をほぐすように、ポケットから残り少くなった煙草を取出した。

「君、梅村さんというのは古賀さんと一緒にくるんだろうか？」

粕谷は臀《しり》をつき、片足を投げて訊いた。せめて、こういう恰好でもして、この気分を砕きたかった。

「いや、少し早目にくるとは言ってましたがね」

小泉は、煙を吐いて答えた。

「梅村という人は大丈夫だろうね？」

「そりゃ、大丈夫です。あまりぱっとしない会社の重役ですが、古賀さんとは同郷というだけの間柄で、そんなに根性のある人じゃありません」

「あとで、われわれの仕事にイチャモンをつけたり、一口乗せてくれというようなことはないだろうな?」

「そんな人柄じゃありませんよ。ぼくも、その梅村さんは、彼が今の家を買うときに仲に入って知ってるんですが、気の小さい人です。その点は安心していいですよ。今夜のことも、古賀さんを応援したいから、と言うと、深いことは訊かずに、早速、先方に段取りをつけてくれました。同郷人というだけで、古賀さんがどんな人やら、詳しいことも知ってないんです。だから、橋渡しの役には丁度誂《あつらえむ》向きですよ」

「そうか。そんならいいけどな」

粕谷も煙草を取出した。

——粕谷は、原田の持ってきた土地の話を聞いてから、古賀代議士への接触を思い立ったのである。彼に魅力を感じたのは、与党の実力者高井市郎派に属していることと、近く行われる総選挙の軍資金の調達にかなり焦っているということからだった。

尤も、古賀代議士の話を小泉から漠然と聞いたときは、まだ何も考えていなかったが、その後、原田が埼玉県岩槻附近の二万坪の土地を持て余している月星土地のことを持って来てから、俄《にわか》に古賀代議士のことを言った小泉の話が頭の中で眼を醒ましたのである。

他の議員ではない。古賀が建設方面に強い高井市郎の直系だからこそ、呼んで来たのだ。この接着は成功するかどうか分らない。なにしろ、二億の金が絡んでいることである。

しかし、粕谷は、もし、これが目算はずれに終っても、仕方がないと覚悟していた。大体、不動産屋という商売がそういうものだ。いつも数十件の取引を抱えているが、ものになるのは、その何割かである。いうなれば、他人の土地と他人の金をアテにした商売である。今度の場合は、それがちょっと大規模だというだけだ。売手、買手を訪ねる際、手土産を持参したり、お茶をご馳走したりするが、今度のは、そんな元手を少々大きく張ったというだけだと思っている。その代り、当れば大きい。

今のところ、海のものとも山のものとも知れないが、粕谷が引いた頭の中の図面は、まず、途中までは、実現出来る自信があった。ただ、その設計には一つだけ難点があるが、これさえ乗切れば、七、八分どおりは成功すると考えている。

古賀代議士への接近は、いきなり名刺を持って議員宿舎に押しかけても駄目だと思った。それでは円滑を欠きそうである。それで、粕谷は、小泉に言いつけ、小泉に古賀代議士の話を洩らしたという梅村に、かねて古賀先生には尊敬の念を持っているので、一席設けてご高話を拝聴したい、と申入れさせた。

小泉がその使となり、梅村に話を持って行ったところ、それなら、この「千成」がよかろうと、向うで指定した。小泉が、その家には紹介者も伝手《つて》も無いので、と尻ごみしたところ、なに、それは古賀代議士が電話を一本入れておけば大丈夫だ、ということだった。何のことはない、古賀は、初めての人間の金で馴染の家で遊ぶわけだった。

粕谷の心配は、仲介者の梅村武夫という人物だった。小泉によれば、中小企業の重役をしているそうだが、こちらの話が軌道に乗ったころに梅村に割込まれてはかなわないのである。妙な奴が紛《まぎ》れこんだら、出来る話もこわれてくるし、トラブルも起る。規模は小さいが、これまでの商売で、そういう苦さを彼は度々経験している。真偽は分らないが、小泉は、その心配は絶対に無いと言い切っている。今も、それが気になって彼に念を押してみたのだ。

粕谷と小泉とが、馴れない場所で何となく黙っているとき、女中が襖を細めにあけて、

「お一方《ひとかた》お見えになりました」

と告げた。

二人は、あわてて起ち上った。

女中が押し開いた襖から、禿げた頭の、眼の細い、顔の長い男が、ひょこひょこと現れた。

「ああ、梅村さん」

と、小泉がその場に近づき、膝をついた。

「どうも、今夜はお世話になります」

「いやいや、わたくしこそ、とんだご相伴《しょうばん》にあずかって恐縮です」

粕谷は、ふところから名刺を出して、小泉の紹介で挨拶した。

粕谷がみたところ、梅村は案外に人がよさそうだった。名刺の肩書には「鎮西物産株式会社」とあった。

「九州の物をこちらに入れるのが商売で、取扱っている物もいろいろです」

と、梅村という男はにこにこして自分の仕事のことを言った。

「博多人形、有田焼、伊万里焼、上野《あがの》焼、薩摩焼、まあ、おもに陶器ですが、何でも取扱っています。けど、このごろは、みなそれぞれ商売がうまくなって、直接、販売店を東京に設置したりしてきたので、ほとんど儲けはありませんよ」

と笑った。それから、自分で古賀代議士との関係を言ったが、その説明は小泉の話と違わなかった。粕谷も、その人物を見て、まず無難だと考えた。人を見る眼は近ごろ、肥えてきている。

6

床柱の前をあけて梅村を坐らせ、三人で茶を呑んだ。粕谷もようやく座敷に馴れてきた。雑談は、当り障りのない互いの商売の不景気話だった。

六時を五分すぎて、廊下で足音と女中の笑う声とが聞えた。見えましたな、と梅村が腰を浮した。粕谷と小泉は襖の脇に膝を揃えた。梅村は

古賀代議士は、白い髪をきれいに撫でつけた、赭ら顔の、恰幅《かっぷく》のいい男だった。六十を少し出たくらいで、梅村の紹介を受けると、どっかと坐り、短い膝を折った。

粕谷と小泉とは手を突き、名刺を出した。

代議士は、ゆっくりと自分の名刺をふところから出したが、襟の金バッジが二人の眼を吸いよせた。

「今夜はどうも恐縮ですな」

古賀代議士は鷹揚《おうよう》にこたえた。その様子には少しも恐縮したところはなかった。代議士は、二人の名刺の肩書をじっと見ている。専務だとか、営業部長だとかしているが、不動産屋だということははっきりしている。むろん、仲介者の梅村もそれを取次いだことだが、代議士は、二人の商売のことには、一口もふれなかった。

粕谷は、たかが不動産屋風情と思われているとははっきり分っている。これがもっとまともな商売なら、古賀代議士もそれにふれてくるはずだった。が、代議士はどうでもいい雑談ばかりして、愛嬌にも話題にしなかった。

その雑談も、芸者が入って来てからは、相手はもっぱら彼女らに向っていた。最初に来たのは五人だったが、二時間もいる間に入替り立替り、粕谷が秘かにかぞえただけでも十四、五人はたっぷりと呼んでいる。これも一切この家の勝手な計らいで、粕谷の意向などは何一つ訊きもしなかった。つまり、日ごろから馴染みの古賀の好みにだけ合せていた。

さっきの女中頭のような女も、古賀には打って変った態度で、よく笑い、よくしゃべった。

芸者たちも粕谷などの初めての客によそよそしく、古賀のぐるりにばかり集っていた。もっとも、招待したほうの粕谷からすれば、客の古賀が大事にされるのは悪いことではない。が、代議士が小唄を歌ったり、贔屓らしい芸者が弾き三味線でそれに調子を合せたりするのを見ると、少々、癪に障らないでもなかった。

一体、今夜の勘定はどれくらいになるであろう。横の小泉も心配そうな顔をしている。初めの約束で、粕谷とは七分三分の分担になっていた。

紹介者の梅村も、初めは古賀と郷里の話などしていたが、これもやがて完全に古賀から無視された。それで、梅村も仕方なしに粕谷や小泉と話したが、やはり憮然《ぶぜん》とした顔だった。それほど古賀はひとりで遊んでいた。

八時ごろになって痩せた芸者がきた。古賀の贔屓らしく、その女が彼の横にくると、ほかの芸者たちも、座をあけて迎え入れた。

若い妓《こ》は、その女を雪乃姐《ねえ》さんと呼んでいた。彼女は坐ったときだけ、ちょいと粕谷たち三人に眼で挨拶しただけで、あとは古賀の傍から離れなかった。代議士はいよいよ傍若無人となり、その妓の顔を膝の上に倒し、マッチの軸で耳の垢など取ってやっていた。

ほかの芸者たちは、やりきれないわ、とか、見ていられないわ、とか言いながらも、当然な顔をしていたから、古賀と雪乃の間を粕谷は想像した。

粕谷と小泉のところには、ほかの芸者が義務的に酌をしに回ってくるだけでそれも、お座なりの愛想しか言わず、うちとけたところは少しもなかった。

しかし、粕谷は、古賀に話しかける機会を窺《うかが》っていた。この場の様子では、それが切出せないかなとも案じた。古賀代議士は、招待された理由を一向に訊こうともしない。全然、その意志が無いように見えた。どうせ未知の男が金を出して呼んでくれたのだから、その辺の察しはついているはずだが、ひたすら芸者たちと騒いでいる。

もっとも、代議士は、その間に一度だけ中座した。手洗に行くと分って、粕谷が膝を起しかけたとき、傍の雪乃が起って、古賀の背中を押しながら一緒に出て行った。粕谷は起しかけた膝を戻した。

傍の小泉が、粕谷のその様子を見て、耳の傍に来た。

「どうも、今夜は駄目らしいですな。あの様子じゃ、肝腎の話は持出せませんね」

粕谷はうなずいた。

「今夜は無理だろう。だが、こうして顔つなぎしておけば、あとで話を持って行けばいい……」

「そうですな」

それでも、小泉は落ちつかない顔色だった。

あとで話を持って行くにしても、もう一度どこかに招待ということになるのではなかろうか。粕谷は、そういう費用を胸の中で計算した。今夜の勘定がどれくらいになるか分らないが、まず、六、七万は下るまい。これが二度、三度と重なるとなると、その金をつくるのが苦労だった。

しかし、古賀代議士は大事な筋である。このまま逃したくはなかった。あとの費用も仕方がないだろう。しかし、なるべく速い効果を狙いたかった。

しばらくして古賀代議士が戻ってきた。雪乃も傍から離れなかった。

二時間も経ったころ、別の若い女中が粕谷の傍に来てささやいた。

「お料理は、これだけでございますか？　ご飯になさいますか？」

粕谷は、古賀のほうをそっと窺った。代議士は真剣な顔で雪乃やほかの女を相手に笑い合っている。前に置かれた料理は、犬があさったように食い荒されていた。

食べ尽したあとの倦怠《けんたい》といったものが卓の上に漂っていた。粕谷は迷った。

「もう少し経ってからにして下さい」

女たちと興じている古賀の気分を測って答えた。

すると、古賀が黙ってまた起った。雪乃がうしろから従ったのも前と変りはない。

粕谷は、古賀がこれで帰るのだと直感した。話すのは今の間だとも思ったが、今夜は黙っていたほうがいいとも思い、襖の向うに二人が消えても、すぐには腰が浮かなかった。

彼の眼には、雪乃を伴れた古賀が玄関に向って歩く姿が泛んだ。効果は速いほうがいいと考えたさっきの思案が、とうとう、粕谷を座蒲団から離した。

廊下に出て、階段を降りたが、古賀の姿は無かった。

向うからくる女中が冷い顔で、

「お手洗でございますか?」

と訊いた。

「いや」

粕谷は、玄関の方向に足早に歩いた。

突当りから折れ曲ったところに、雪乃の手を握った古賀のうしろ姿が見えた。女が横に付いていることで粕谷もためらったが、思い切ってうしろから呼びかけた。

「古賀先生」

まず、女が振り向いて古賀の背中をつついた。

「やあ」

古賀は平然として粕谷に笑いを投げた。

「どうも、ご馳走さま」

女の指を握ったままだった。

「もう、お帰りでございますか？」

「もう一つ会合がありますのでね。途中だが、失礼させてもらいます。わざと挨拶しなかったが、どうぞ、あとはごゆっくり」

「先生」

粕谷は、眼を雪乃の顔に流して、

「……恐れ入りますが、ちょっと申しあげたいことがございます」

「そう」

古賀は太い顎を僅かに引いて、さすがに雪乃には向うへ行くように言った。

粕谷は古賀の酒臭い顔に近づき、もう一度頭を下げた。

「……先生にお近づきねがって、ほんとうに光栄でございます」

「いや……」

「つきましては、ぜひ、先生にお力添えを戴きたいことがございます。詳《くわ》しいことは、またあとでご都合を伺わせて戴いたうえ参上いたしたいと思いますが」

「そう」

古賀は曖昧《あいまい》な表情だったが、彼も粕谷の言う用件の輪郭をいくらか知りたそうな様子だった。粕谷は、それを見逃さなかった。

「実は、先生にお力添えを戴ければ、失礼ながら、先生の後援会に若干のお手伝いをさせていただけると思います」

古賀は無感動に、

「それはどうもありがとう」

と言った。

「詳しいことは、その節申しあげますが、われわれの仕事からお察しでございましょうが、土地のことで先生の政治力にお縋《すが》りしたいのでございます」

「土地？　ほう、どこのだね？」

「東京の近くでございます。いろいろ面倒なことがございまして、とてもわれわれの力では及ばないので、途方に暮れております。それは、ぜひ、先生のお力にお頼りしなければと思いまして……」

「土地か」

と、みなまで言わせずに、古賀代議士は大口をあけて笑った。

「はははは」

その高笑いを粕谷は、代議士の、曖昧だが一つの承諾だと受取った。

7

粕谷は、その晩の支払を七万二千円取られた。こちらは、初めての客だからと思って気をつかい、現金で支払を申入れたのだが、帳場では、計算がすぐには出来ないといって四十分も待たせた。

梅村は先に帰り、粕谷は小泉とぼんやり「千成」を出た。

「七万二千円とは、さすがに高いな」

と、小泉はぼやいた。これで小泉の負担がほぼ二万円をちょっと超したことになる。

なんとか、この失費を取返さなければいかんと、彼は歩きながら呟いた。

「一体、あの古賀代議士は頼もしそうに見えるが、どうなんでしょうね？」

「君から持込んできたことだぜ」

「そりゃそうだが、それだけぼくも責任を感じて心配になりましたよ。粕谷さんには負担をかけた」

「まだまだ、これからだ。代議士というのは、他人《ひと》の金で遊びつけているから、何とも思ってやしない。まあ、こっちの話を納得してくれるまで、今夜のような散財を三、四回は覚悟しないと駄目だろうな」

「それじゃ、こっちの身上《しんしょう》がつぶれる」

小泉は顔をしかめていた。

粕谷は、古賀と廊下での立話のことは小泉に話さなかった。小心な小泉に大きな期待を持たれては困るからだ。まだ、古賀の気持は海のものとも山のものとも分らない。脈があるとは思うが、それも具体的な話の段階になると、どう変るか分らなかった。

小泉は、この辺の芸者はちっとも面白くないとか、小ばかにしているとか、しきりと八ツ当りをして、

「粕谷さん、気分直しに、新宿の例のところへ行きましょう？」

と誘った。

正子のバアだが、粕谷も気が重く、寄る気はしなかった。

小泉も強いては逆らわず、

「じゃ、ぼくも今ひっかかっているところへ当りに行ってきますよ。少しでも今夜のモトデを取返さないと……」

と、その辺にきたタクシーに手をあげ、

「ぼくは極力梅村をつついて、あの代議士に早いとこ話をつけるようにします。そっちのほうがはっきりしたら、すぐ連絡しますよ」

と言い残して、車で走り去った。

粕谷は冷い風の吹く往来で、どっちに行ったものかと迷ったが、小泉も居なくなると、よけいに気持の索漠《さくばく》さが深まった。こんな気分で真直ぐアパートに帰る気がしない。アパートには、恵美子が眼を光らせて待構えていると思うとよけいだった。

昨夜、喧嘩をして飛出したまま一晩家をあけているので、彼女の荒れかたは想像できた。横内の家でも、夜中に何度も電話をかけてきたし、事務所に出れば、そこにも電話を寄こして、いまにも押しかけてくるようなことを言っていた。そんな女を見る気がしない。

しかし、案外、これが別れるいい機会にもなるかなとも考えた。

このいらいらした気分も、また恵美子を虐《いじ》めることで、かえってすっきりさせることが出来そうである。もう一度、あの女を思いきり痛めつけてやったら、今度こそ、あいつも呆れて出て行くかもしれない。しかし、夜、その騒動を起すのも面倒になり、また、二晩つづきでは近所への手前も考えられた。

今夜はどこに泊ろうか。またぞろ横内の家でもあるまい。横内の女房も昨夜は我慢していたようだが、つづけて押しかけたのではこれもふくれるに決っている。

粕谷には、ふいと登代子が泛んだ。

すると、躊躇《ちゅうちょ》なく、今の自分の行き場はそこしかないように思われ、すぐに空車を止めた。

「祐天寺の近くに行ってくれ」

妙なもので、登代子の家に行こうと決めてからは、少し気持が落ちついてきた。しばらく戻らなかった女房のところに帰るような気分がしないでもない。

それに、この前は登代子に手痛く反抗されて目的を遂げることができなかった。あれも心残りである。この前は、反抗の底に、彼女の諦めともつかぬものがたしかに感じられた。いわば、それは長い間の身体の狎《な》れといったもので、その習慣的なものに彼は乗りかかったのだが、登代子にもそれはひそんでいた。彼女が抵抗したのは、意地のようなもので、あの頃、浮気して帰った彼を寄せつけなかったのと似ている。

今夜は三度目の襲撃《しゅうげき》だった。前回で、下地はつくってある。最初と違い、今夜は登代子もそれほど激しくは手向わないだろう。粕谷は、タカをくくった。

この前の場所で車を棄てた。

十時を十五分すぎていた。粕谷は、寝静まった横丁を歩いた。わが家に帰るような気楽さがあった。

突当りを左に曲ったところで、粕谷は、不意に足を止めた。前方に人影が二つ出て来たのを見たのだった。

無意識に、眼についた狭い路次に身を隠した。

塀の角から眼だけをのぞかせると、思った通り、街燈の光の下に浮んでいるのは、登代子の頭と肩だった。普段の着ものままだ。その登代子の横に、これも見おぼえのある男の姿があった。銀行員の坂本である。いつぞやの寿司屋で初めて見て以来、その銀行に訪ね、その特徴は明確に摑《つか》んでいる。

二人は肩をならべて、ゆっくりと歩いてきている。見ただけで、その仲が分る恰好だった。

登代子は顔を少し俯けている。それに坂本はさしのぞくようにして、小声でしきりと話しかけていた。黒い影でよく分らないが、どうやら手でも握っているようであった。

粕谷は、そこから聞き耳を立てたが、声が低いのでよく分らなかった。自分の隠

れている場所の前を二人が通り過ぎるのを待構えたが、どうやら登代子はそこまで
で立停ったようである。
「どうぞ、気をつけてお帰り下さい」
という登代子の声が聞えた。
「あなたもお大事に」
坂本の声が言っていた。
しかし、すぐに別れるのではなく、二人ともそこに佇《たたず》んだままだった。粕谷は、
さすがに心臓を速めて見戍《みまも》った。今度は、男がはっきりと登代子の手を握っている
のが分った。男は今にも接吻しそうな具合だったが、登代子は顔を下げて避けてい
た。
また、ぼそぼその坂本の声が聞える。
「とにかく心配しないで下さい。ぼくが万事うまくやってあげますから……迷惑な
どはちっともありませんよ。こういうときこそ何でも相談してもらいたいんです
……あの人だって、よく話せば分ってくれると思います……だから、一切をぼくに
任して、よけいな心配をしないで。いいですか。それに、何度も言う通り、あなた
のところにしつこく彼がくるようだったら、必ずぼくに報らして下さい。これだけ

は頼んでおきます」

坂本は低い声で綿々と説き聞かしている。

粕谷は、ふふん、と笑った。紛《まぎ》れもなく坂本は彼のことを話していた。登代子は、彼が銀行に坂本を訪ねたことに腹を立てていた。この前、それを罵ったが、それだけではまだ不安だったのだろう。坂本のところへ今後のことを相談に行ったに違いない。坂本は喜んで彼女の救助にすすんでいる。惚れた女の苦境を助けることに坂本は喜びを覚えているのだ。

——粕谷の隠れている前を、坂本がこつこつと歩いてすぎた。粕谷は首を出さなかったが、すぐには家の中に入る登代子の足音が聞えないところをみると、坂本が角を曲って消えるまで見送っているのかもしれない。粕谷には、振返り振返り手を振っている坂本の姿が想像できた。

登代子の下駄の音がアパートに戻った。粕谷は、路次から出た。坂本の姿は無く、一方の登代子は、飛出してきた粕谷を見て立ちすくんだ。

——このとき、粕谷は、自分の頭の中に引かれた設計の唯一の難点……実行面での難関が、はじめて解決できたような気がした。

第四章

1

粕谷は、彼の姿を見て立竦《たちすく》んでいる登代子に笑いかけた。

「また邪魔をしに来たよ」

登代子は黙って彼の顔を見つめている。その表情から、いま坂本と別れたのを粕谷に見られたと覚っているようだった。彼女の片方の眼に街燈が光を溜めている。

「中に入らせてもらうよ」

と、粕谷はアパートの入口に足を向けた。

「困るわ」

「なに、すぐ帰る……ぼくだって客だからな」

客という言葉に粕谷は坂本を利かせた。果して登代子は黙った。

粕谷がこの前の部屋に入りかけると、登代子がばたばたと彼の横をすり抜け、いち早く部屋の中を片づけている。今まで客のいたらしい椅子の位置、テーブルの上の茶碗、そこには静かな談話の跡しか見当らなかった。粕谷は、奥の畳の間をのぞいた。座蒲団はない。登代子は坂本をそこまでは通さなかったらしい。

粕谷には、安堵《あんど》と同時に期待はずれなものが襲ってきた。銀行員の律義な、そして小心な姿が泛んでくる。

粕谷は、構わずに畳の間に入りこんであぐらをかいた。

「何の用事できたの？」

登代子は中に入らず、スリッパをつっかけたまま床の上に立っている。

「頼みがあって来た」

「頼みなんかあるはずないわ。この前話した通り、あなたとはもう何の話合いもないはずよ」

「まあまあ、こっちに坐んなさい……今夜はおとなしくしている。いや、先夜は失礼した」

登代子は彼の顔を見つめて、

「帰って頂戴」

と、冷く言った。眼も口も精いっぱいの意志を表わしている。

「帰るよ。しかし、君という女は、ぼくの顔を見さえすれば帰れと言う人だな」

「当り前でしょう」

「客に変りはない……さっきの人は、どのくらいここに居た？」

「……………」

「銀行屋さんだろう。もう少し早くここにくれば、ぼくも挨拶するところだった。この前銀行に訪ねて顔見知りになってるからな」

粕谷は、ふところから煙草を取出した。

「なにもわたしの所でほかの人と会うことはないでしょう。用事があれば外で会ったらいいでしょう」

「不思議なことを聞く。この前、君は、絶対にあの銀行に行ってくれるなと言ったではないか。話が違う。どっちが本当なんだい？」

「……………」

「じゃ、ぼくが銀行に行くのは構わないんだな。外で会えといえば、こちらから銀行に出向くよりほかはない」

「あなたはわたしをおどしに来たの？」

「とんでもない。実は、それを頼みに来たんだ。君の了解を取りにね。坂本さんには今後とも世話になりたい。理由は、この前くどいほど言ったはずだ。ところが、くる早々、君はぼくに勝手に会ってくれと言った。話は早い。いわば、こちらから言い出さない前に君のお許しが出たわけだ」

「…………」

登代子は動かない瞳を粕谷の顔に据えている。粕谷は完全に余裕《よゆう》が出てきた。

「それでいいわけだね？　よかった。これで君といやな口争いになるかと思ったら、案外簡単に済んでよかった。ありがとうと言って帰るところだが、せっかくだ、お茶でも戴きたいな」

「帰りなさい」

「茶も出さないというのか。客ではないわけだね。よろしい」

粕谷は吸いかけた煙草を棄てようとしたが、灰皿がなかった。灰の伸びたままを持って起ち上り、離れた卓の上に置かれた灰皿へ歩いた。その灰皿には、坂本のものらしい吸殻《すいがら》が行儀よく四、五本載っていた。

思いがけない動揺が起った。四、五本の吸殻が登代子と彼との時間を見せている。彼は全身の血管が急にふくれてくるのを覚えた。それでも、煙草は灰皿の上に消した。前の吸殻の上にわざと押しつけた。登代子の眼がそれを見ている。

「念のために、もう一度たしかめるが」

粕谷は、今度は椅子を引いて坐り、登代子に顔を向けた。唇の端に軽い笑いが出ている。しかし、頭の中は、これからの作戦を忙しく考えていた。こみ上ってくる感情と、計算とが別なところで格闘を起していた。

暗い路次を坂本が通り過ぎたとき粕谷に起った想像は、もっと、この女と坂本との間の激しい場面だった。彼の設計にある難関は、そのことから容易に解決の途《みち》がついたと直感したのだ。しかし、部屋の中は、それが思い違いであることを知らせている。思い違いはプランの狂いでもあった。これからどう突破するかだ。いや、建直しだった。

銀行員は思ったより臆病だったのだ。この臆病さが粕谷の想定を狂わせた。もっとも、そのことによって彼は安堵し、次には静かなその時間に感情を波立たせた。頭脳の計算と感情とは、ここで別個になっている。矛盾《むじゅん》だが、矛盾はなかったと見える。

「もう一度たしかめるが、銀行に行って坂本君に直接交渉してもいいね？」

「あなたという人は、どこまで卑怯だか分らないわ」

「卑怯はないだろう。当然の筋だ。ぼくは君が今言った言葉に縋っているんだからね」

「変な言い方はよして。あなたとわたしとは何の関係もないわ。それを、いかにもわたしのことを意味ありげに坂本さんに言って、それで因縁をつけようというのね」

「坂本君は君に惚れている。正直言って、そのほうが効果があるのだ。それ以外には、一介の町の不動産屋が大銀行に出向いても相手にされるわけはない。こりゃぼくの戦術だ」

「卑怯な戦術」

「何と言われても、ぼくは生きなければならないからね。もちろん、君はぼくとは何の関係もないと言いたいのだろう。今はそうだ。しかし、世間はそうは思わない。過去を問題にする。坂本君だって、その過去をかなり重く考えているのだろう。だから、君に惚れた弱みで親切にぼくから君を守ろうとしている。いかにも銀行屋らしい常識的なやり方だ。ぼくと話合って解決しようというわけだ。万事は自分に任せてくれと、やさしい声でささやいたに違いない」

「そこにあなたはつけ込もうというのね」

「乱暴な言葉はよしてくれ。ぼくは商行為でゆく」

「別れた女を囮《おとり》にした商行為ね。立派なものだわ」

登代子は向きを変えた。粕谷を相手にしないように背中を見せた。

そのとき粕谷の眼が光った。女の白い項《うなじ》に小さな鬱血が見える。耳朶の下と衿との間だった。

粕谷が椅子を音立てて起ち上った。その勢いに登代子がはっとしてこちらを向いた。本能的な防禦の表情だった。

粕谷は、その肩を強く突いた。女はよろけてうしろに足を泳がし、床と畳との間の高くなった所に躓《つまず》いて倒れた。

「何をするの?」

粕谷は、畳から起上る女を上から見下していた。

「坂本とここで何をしていた?」

「何もしてないわ」

登代子は、裾前を直して立ったが、彼女も粕谷の表情に気がついて狼狽が走っていた。それを隠そうとして強気な顔になっている。

「その頸の痣《あざ》は何だ?」

「…………」

「ふん、きれいごとばかりならべても駄目だ。その赤いマークが全部を白状している」

「変なカングリはよして」

「まだしらばくれるのか？」

「しらばくれはしないわ。でも、たとえどんなことがあったとしても、あなたには関係ないことよ」

「関係がなければ、なぜ、初めからきれいごとばかりならべる？」

「誤解のないように言うけど、たしかに、これはキス・マークよ。でもただそれだけだわ」

「分るものか」

「解釈は勝手だわ。ただ事実を言っておくだけよ。けど、それとこれと、あなたに何の関係がある？　棄てた女がほかの男とどうしようと、あなたが口を出すことはないわ」

「坂本を毎晩ここに連れこんでいたのか？」

「自分のしていることをほかの人間もみんなやっていると思ってるのね」

「生意気な」

粕谷は、登代子の身体に襲いかかると、その頸に腕を捲いた。

2

銀行に電話をかけると、坂本の声が出た。事務的な口調が、登代子の声を聞いて急に勢いづいた。

「どこに居るんです？」

「すぐ近所ですわ」

「それなら、これから会えますね」

「お話がありますの」

「あと三十分待ってくれますか？」

銀行の退《ひ》け時間を考えて電話したことだ。近くの喫茶店を指定して、登代子は電話を切った。

かっきり三十分、表から坂本が肩をゆするようにして入ってきた。

「昨夜は失礼」

と、坂本は登代子の顔をちらりと眩《まぶ》しそうに見た。頸の赤い痣《あざ》は、うしろ髪を下して隠している。

――昨夜、坂本は登代子の部屋から出て行くとき、急に彼女のうしろから抱きつき、頸に口をつけて吸った。咄嗟《とつさ》のことだし、防ぎようがなかった。そのあとで坂本は荒い息を吐き、済まない、と頭を下げた。軽率だった、とも言った。勘弁してほしい、とも詫びた。今も眼の前の坂本は、それを詫びている。だが、うれしげな表情だった。昂奮した顔は、昨夜のつづきのように見える。

昨夜の、そのあとで粕谷が来た。粕谷にどうされたか、登代子はそれを隠すつもりはない。

「何か？……」

と、坂本が登代子の顔を見た。話があって来たのか、と問う眼だった。

話は昨夜からのつづきである。どうして探し当てたか、坂本が夜の八時ごろに来て、粕谷とのことは自分に任せてくれ、と言った。これも、粕谷が銀行に乗りこんで以来、坂本が熱心に彼女のために取計らうと申込んでいることだ。夜の彼の不意の訪問は、煮え切らない登代子にそれを説得するためだった。

女だけでは解決のつかないことだし、自分が裁《さば》いてあげよう。ああいう人にまつわられたら、あなたの将来はどうなるか分らない。持ってる金も巻上げられるだろう。危くて見ていられない。こういうことは、余計なことだが、男が出ないと解決のつかない問題だ。この際、あの人を絶ち切るには、きっぱりした話合いが必要だ、とも言った。

坂本は遠慮そうにそれを述べた。自分がそうすすめるのはあなたのためだと、つつましげな調子で語った。町の不動産屋の正体は、自分にも分らないことはない。まあ、任せてもらいたい。どうせ粕谷という人の気持は読めている。大きな銀行と取引しているという体裁を作りたいだけだ。それだったら別に実害はないし、軽く裁くことができる。——

そのあとで不意に狂ったような坂本の動作だった。

そのときの痣が、さらにもう一人の男の狂暴を誘発した。登代子の眼には、大いびきをかいて自分の横に寝ている粕谷の脂の浮んだ顔が蘇《よみがえ》る。眼尻に皺がふえた。その日その日の生活と闘っている疲れた顔だった。絶えず欺瞞と貪欲を持たなければ負けそうな不安定な生活。……

「昨夜、よく考えてみました」

と、登代子は俯いて言った。

「粕谷のことはお願いすることにしましたわ」

坂本の眼が登代子の伏せた瞼の上に灼きついている。

「それがいい。そうなさったほうがいい」

と、坂本は喜んで言った。

「とてもあなた一人で解決できることではない。わたしが粕谷さんに話してあげる」

「けど、ご迷惑では……いいえ、ご迷惑をかけそうですわ」

「分っています。ああいう人の扱いは、これでも心得ているつもりです。……あれから考えたんですか？」

あれから、という言葉に坂本の特別な意味がありそうだった。頸の痣が登代子の気持をぐいと引寄せたように思っている。坂本の声は弾《はず》みを帯びた。

「じゃ、早速、そのようにします。名刺は貰っていますから、明日にでも電話をして粕谷さんに来てもらいましょう」

「でも、気をつけて下さい」

と、登代子は顔をあげた。坂本の眼が強く見つめている。昨夜の遠慮そうな小心の眼ではなかった。登代子の気持を得たという確信が大胆にさせている。

「しかし、よかったですな。ぼくも懸命にやりますよ」

「一筋縄《ひとすじなわ》ではいかない男ですわ」

「分っています。しかし、なんですな、たとえ、どんなことがあったとしても、一時は一緒に生活した人を、そう悪く言ってはいけないな」

坂本は赧《あか》い顔で微笑した。この人は粕谷に嫉妬を持っていると、登代子は思った。

「どうです、今からどこかで食事を？」

「ええ」

「どこにしましょうか？　好きな所でもあれば……」

「さあ」

「東京都内はどこでもおなじようなものだし……そうだ、いっそ横浜あたりまで行ってみますかな」

「そんな遠い所？」

「車で行っても一時間とちょっとぐらいです。都内と大した違いはない。気分が変っていいですよ」

坂本は、いいことを思いついたように、ひとりで気乗りをみせた。登代子を得たような前祝いのつもりかもしれなかった。

タクシーで夕昏《ゆうぐれ》の街を走ったが、五反田を出るところから日が昏れた。

外が暗くなったのに安心したか、坂本が手を伸ばしてきた。振り払わなかった指に坂本が力をこめた。

「あれから、粕谷さんから何か言って来ましたか？」

と、坂本が指を握ったまま訊いた。

「いいえ」

登代子は思わず小さく答えた。

「あ、そうですか。あの人は、もう、女よりも金でしょうな」

「…………」

「あれくらいの年齢になると焦りが出ている。そう言ってはまた悪口になるが、不動産屋というのは明日の分らぬ商売でね、いつも焦っている。一種の賭けごとみたいなもので、その賭けを絶えず明日に賭けて生きている。だから、少しも気が安らない。見かけは楽そうにみえる商売ですがね、気持の中は馬車馬みたいに脇目も振らず、明日の金儲けを追っかけている。年配になれば、思わず考えこんでしまう商売です」

横浜では、暗い海と汽船の灯の見えるホテルの屋上で食事をとった。

「銀行の連中がね」

坂本は一杯の水割に額を赤くさせながら、

「ぼくとあなたとが大ぶん仲がいいように取沙汰しています」

と、登代子の反応をみるように微笑した。

「あら、それ、ご迷惑じゃないんですか？」

「ちっとも……平気ですよ。なんといっても、ぼくは不動産部を任されていますからね、普通の銀行業務とは違う。部下にもよけいな陰口は利かせませんよ」

坂本は、飲めないのに二杯目のウイスキーを注文した。

「ぼつぼつ帰りましょうか」

と、坂本は自分から言い出した。案外、切上げが早い。二時間をちょっと過ぎた程度だった。

食堂から廊下に出て、エレベーターを待った。同じ所に若い男女が待合せている。男のほうがキイをぶら下げているから、泊り客であった。坂本が二人をじろじろと見た。

その男女は、四階でエレベーターから出た。

一ばん下に降りて、ロビーから玄関に出た。坂本は何か考えている。タクシーを呼止めた。

「どちらへ？」

運転手が訊くと、坂本は妙にためらって、

「東京のほうへ」

と言った。東京とは言わない。

登代子は、少し奇異《きい》に思った。

第二京浜にかかったとき、坂本が腰を浮して運転手のうしろに顔を近づけ、何かささやいた。運転手は黙ってうなずく。何を言ったのか登代子には聞えず、坂本がふっと太い息を吐いて、座席に臀を戻した。それから、急に思い出したように登代子の手を探り、力を込めて自分の膝の上に置いた。

車の方向が変った。狭い路を走っている。東京の方角に間違いはなかったが、見馴れないコースだった。両側に小さな家がならび、池が見えたりした。

「同じ道を戻ってもつまらない」

と、坂本は登代子の疑問を解くように説明した。

家並みが切れて、両側に小高い黒い丘がつづく。坂本の息が切なげになった。登代子に或る予感が来た。

「静かな路ね」

と、登代子は言った。家の灯が乏しく、車の灯だけが流れている。

「そう」

坂本は別なことを考えているのか、上の空のように応えた。

「登代子さん」

と、坂本は熱っぽい声で言った。

「疲れた……」

「…………」

「どこかで休みたい」

その声と同時に、坂本は握った登代子の手の甲を膝に押しつけた。

「いけません」

予感が当った。運転手に言ったささやきがそれで分った。

「黙って従《つ》いてきて下さい。お願いです」

「でも」

「頼む……ぼくの気持は分ってるはずだ。あなたのことは全部自分が責任を持つ。浮気で言ってるのではない」

登代子の網膜にまた粕谷の疲れた寝顔が泛んだ。うすく無精髭《ぶしょうひげ》を生やし、口をあけている顔だ。よほど疲れていたらしく、死んだようになっていた。前の晩は、どこで何をしていたか――その瞬間に登代子の時間が逆戻りしていた。一緒にいた頃、女のもとから帰ったときの粕谷そっくりだった。ただ、二年の間に、その男は老けをみせている。商売上、身ぎれいにしているせいか、あの頃と変らないように見えたが、寝ているときに、その醜さが分った。

3

何という土地の名前だか分らない。その路をはずれて、商店街のようなところを抜けると、このような土地にと思われるくらい旅館の灯がならんだ一郭に出た。

その一軒の玄関に坂本のうしろから従いて入るとき、登代子の抵抗は無くなっていた。

昨夜、粕谷がこなかったら、こういう心理にはならなかったかもしれない。

坂本は、狭い、見窄《みすぼ》らしい畳の部屋で俯きかげんになっていた。女よりも震えているようだった。

茶道具を置いて女中が姿を消したとき、坂本は両手で登代子の手首を握り、頭を肩に擦《す》りつけた。

「よく従いてきてくれましたね」

と、彼は泣くような声で言った。

「まるで夢のようだ……」

登代子は、坂本のする通りになっていた。彼の唇がまた首筋に匍《は》った。

「昨夜のが残ってるね」

彼は赤黒い痣を見つけて言った。

「見られたわ」

「えっ、誰に？」

「あの人よ」

「あの人？」

坂本は瞬間に見当がつかないようだったが、それと気づくと、ぎょっとなって彼女の身体を突放し、その顔を見据えた。

「粕谷さんが来たのか？」

「ええ、あなたが帰ってすぐあと……」

「本当か？」

と、坂本が眼を剝《む》いた。

「ぼくが君の家を出て行くのを、あの人は知っていたのか？」

「知らなかったでしょう」

「ぼくは途中で遇わなかった」

「だから見られたはずはないわ」

坂本の不安が顔から引いた。彼の小心さが登代子にはっきり分る。隠さないで話すつもりが、急に心から消えた。

「どのくらい時間が経ってからだ？」

「よく分らないけど、三十分くらいだったかしら」

坂本は、その時間の間隔を考えている。それで絶対に見られなかったと安心したようだった。

すると、今度は彼の眼に猛々《たけだけ》しい光が起ってきた。

「訪ねてきて……何か言ったのかね？」

「いつもの通りですわ。わたしが銀行に行ってはいけないと止めたものですから、それに文句を言いにきたんです」

「それだけか？」

「それだけよ」

「その痣を彼に見られたというんだね？」

「ええ」

「誰にそれをつけられたかと訊かなかったか？」

坂本の眼が、その返答を真剣に待っていた。

「訊きましたわ。でも、別れた男にそれを答える義務はないと言ってやったわ」

「それで、彼は黙っていたのか？　ぼくではないかと訊かなかったか？」

「そんなこと口に出す人ではありません。思っていても言いませんわ」

「なぜ？」

「男のプライドだってあるでしょう？」

「粕谷さんは、そういう人ですか」

「見栄坊ですわ。昔から、そんなところがあったの」

「ぼくだったら、どこまでも問詰める」

「…………」

「それだけかね？　ほかに何か……しなかったか？」

「いいえ」

登代子は言った。この男に本当のことを言うのが残酷だと感じられた。——むろん、昨夜粕谷とのことが無かったら、こんな家に坂本などとくることは無かったであろう。彼に電話をかけたとき、近い将来、こういう羽目になるかもしれないという気持はあったが、それには粕谷との昨夜の一件を話す気持がついていた。そっちの意志だけが今は喪失《そうしつ》している。

「本当に何も無かったんだね？」

「信じないの？」

「信じる」

坂本はあわてて言った。

「君がそう言うなら、そうだと思う。君は真面目な人だからな」

登代子は肚の中で笑った。

「ありがとう。粕谷さんのことはぼくが全力を尽す。どんな犠牲を払っても、あの男を君から追っ払う」

「どんな犠牲とは？」

「いや、たとえばだ。うち明けた話、あの人に金をやってもいい」

「そんなことまでして？」

「金でなければ解決のつかない相手だ。ハエのようなものでね。そう言っては悪いが、実体はそうなんだ。何か与えなければ逃げはしない」

「それ、あなたのポケットマネー？」

「うむ」

坂本はうなずいたが、正直な男だけに眉の間に苦しげな皺が出た。

「それ、あなたの給料から？」

「少しは貯蓄がある」

それだけで足りるだろうか。粕谷は、何か大きな考えでその銀行の不動産部にとりつこうとしている。彼の性格は分っていた。坂本が粕谷を甘く見ているのではなかろうか。

「もし、それで足りなかったら、わたしの預金から少しぐらい出してもいいわ」

「いけない」

と、坂本は力を込めて言った。

「そんなことをしてはいけない。君には絶対に損はかけない。せっかくの預金だ。ぼくがふやしてあげているのに、その努力が無駄になる。君には損はかけないよ」

「でも、粕谷は、こんなことになると、少しぐらいの金では引退らない男よ」

「話合いで何とかなる。何とかね。安心しなさい」

「…………」

「さあ」

と、坂本が登代子の腋の下に手を入れ、坐っている所から引起てようとした。すぐうしろに安手な襖が閉《た》っている。その向うに坂本の心が急いでいた。

4

粕谷は、栄楽不動産の狭い事務所から外を眺めていた。遠くに城のようなデパートがならび、アドバルーンが上を泳いでいる。だが、こっちの近くにはごみごみした小さな家がならび、この汚いビルと融け合っていた。

遠くのデパートにつづいて新しいビルが出来ているが、こことはまるで無縁な世界だった。すぐ前は木造の汚いアパートで、窓には、これも貧しい洗濯物が溢れている。見ただけで臭気を覚えさせた。

今日は午後三時というのに珍しく人がこない。女事務員は、よそから回ってきた物件の図面を引写ししている。

いつもだと、この時刻には仲間がやって来て、取引とも雑談ともつかぬことをしゃべり合っているのだが、今は一人も居ない。粕谷があくびをしたとき電話が鳴った。ひろげた手の片方を、そのまま受話器におろした。

「栄楽不動産ですか？」

「そうです」

「粕谷さん、居ますか？」

仲間の声ではない。客かと思って、粕谷の声は丁寧になった。

「わたしが粕谷ですが、どちらさまでしょうか？」

相手は低く、あ、と言って、

「粕谷さん、ぼく、坂本です」

と告げた。

粕谷は、二、三度坂本に電話しているので声は分っているはずだが、いきなり先方からかかって来たので思い出せなかった。と同時に、坂本が電話をしてくる理由が三つくらい分れて頭の中に浮んだ。

「やあ、この間からいろいろと……」

粕谷は、事務的な、しかし親しげな声で応じた。

「早速ですが、今日六時ごろ、あなたにお会いできる時間がありますか？」

何か勢いこんだ調子だった。はてな、と思ったことだ。いつもこちらから銀行に電話すると、坂本は逃げているような調子だったが、今度の声はかなり積極的である。

「はあ、ちょっと待って下さい。いま予定を見ます」

と、粕谷は手帳を見る真似をした。

「お待たせしました。今日はあいていますが」

「そう」

先方は、よかったというような調子で、

「それだったら、ちょいとあなたに話したいことがあるんですがね」

「分りました。伺います。六時というと、もう、銀行のほうはそろそろお帰りになるころですね？」

「いや、銀行ではなく、外で話したいんです」

坂本の声がちょっとあわてていた。

「結構です。どういうお話か知りませんが、それはかなり長くなりますか？」

こちらは忙しいということをにおわせて。閑《ひま》を持てあましていると感づかせてはならない。これは同業者への電話でも同じことだった。

「そうお時間は取らせないつもりですがね。しかし、或いは都合で、ちょっと長くなるかも分りません」

「構いません。どこに伺ったらいいでしょう？」

「そうですな」

六時というと、夕飯時である。簡単な飲屋だろうかと思った。いや、話というからには、そんな場所ではあるまい。どこかの小料理屋の二階を想像した。相手は銀行の課長だった。

「じゃ、こうしましょう。田村町の交差点から左へ入ってすぐサクラメントというのがあります」

「レストランですか?」

「いや、喫茶店です」

粕谷は思わず笑い出すところだった。その時間に喫茶店とは、いかにも野暮で、坂本らしい。

「分りました」

電話を切ったあと、粕谷はまた眼を窓の外に向けた。陽のかげんでデパートの片側が眩しいくらいに輝き、宏壮な立体感を出している。近くのアパートの窓では、老婆が腰を伸ばして干しものを取入れていた。

あいつ、一体、何を言いたいのだろう。粕谷は、椅子に戻って煙草を吸いながら考えた。

この前から坂本に会いに行っているが、話の裏に登代子のことを絡ませると、彼は嫌な顔をしていた。そして、こちらを見る眼つきも、ごろつきを眺めているようだった。しかも、登代子との仲を、坂本はかなり気にしている。一度など、もう、あの人をそっとしてあげたらどうですかと、忠告めいたことも言った。

あの男は登代子に惚れている。ただ、どこまで二人の間が進行しているかだ。この前の晩、坂本が登代子のアパートから出てきたところを目撃して、もしやと思ったが、その直後に、登代子を押えつけて訊くと、まだ、そこまで行っていないらしい。それは、あのときの彼女の身体が証明していた。

まだ何もないだけに、坂本は登代子に逆上《のぼ》せているのではあるまいか。今夜の話というのは、登代子のことで何か積極的な話を持出すのかもしれない。男は、惚れた女への同情がつい義侠心に似た野心に変るものだ。あの男は、それを買って出るのではなかろうか。

それならそれでまた面白いと思った。向うがそんな気持を出すからには、或る程度の犠牲を覚悟してのことだろう。まさか口先だけで解決がつくとは思っていまい。

つまり、坂本はこっちの要求を容《い》れて、あの銀行の不動産部に出入りさせるくらいの譲歩は考えているのかもしれぬ。もし、そうだったら、岩槻の土地の片棒を担がせよう。少くとも幾らかの金は引出させるようにしよう。あいつは不動産部の課長だから、自分の権限内での裁量《さいりょう》で出来るだろう。

粕谷は、銀行が出す最初の融資額を想像してみたが、仮りに五百万円くらいは出すとして、それをきっかけに、またあとから三、四度はつづいて引出せると思った。それだけの自信は粕谷に出来ている。

六時までの時間を持てあましていると、仲間の原田から電話がかかってきた。電話では話せないことがあるから、すぐ、これから行くという。

「粕谷さん、耳寄りな話を持って来ましたよ」

と、その原田が彼の横に坐った。

「例の月星土地のことだがね、あれはまだ目鼻つきませんか?」

「もう少し待ってくれ。あまりアテにはならないが、いま当っているところがある」

粕谷は身体を回し、両脚を机の端に載せて言った。

「そうですか。ぜひ、それは成就《じょうじゅ》させたいものですね。ところが、その勢いで、もう一つ何とかしてもらいたいものがあるんですよ」

「今でさえ難儀しているのに、もう一つは無理だよ」

「いや、それが不思議なことでね、月星土地の隣が国有地になっているのを知ってますか？」

「知らないね」

「ここに略図を持って来たがね」

と、彼はポケットからくしゃくしゃになった五万分の一の地図を取出した。

「ほら、ここが月星土地の所有地です。ところが、すぐ隣から、この辺一帯までが……」

と、彼は汚れた指の先で地図の一個所に弧《こ》を描いた。

「ね、広いでしょう。約四万坪ですよ。これは、もと陸軍省の所有地でね、糧秣《りようまつ》本廠《ほんしよう》が管轄《かんかつ》して軍馬の糧秣場にしていたんです。戦後になって、そいつが調達庁に移り、今は農林省の外郭の林野庁の中に入っている。これの払下げをほうぼうで狙っているけれど、まだモノになってないのです」

原田は説明した。

「というのは、四、五年前だったか、一度運動してみたが、駄目だった。そんなことがあってか、とてもあそこは望みなしという先入観で、みんな諦めているんです。ぼくはあんたから、この前、小泉が引張ってくるというどこかの代議士の話をふいと思い出してね。その代議士の力で、なんとかこれを手に入れられないもんですかね。こうなると、月星土地なんか問題ではなくなる。なにしろ国有地だから、値段もずっと安い。土地も広いから、凄い儲けになります。大手会社などに呼びかけたら、すぐに工場を建てるに決ってます」

原田は、いささか昂奮して唾を飛ばしていた。

「いい話だがね。しかし、君が考えるくらいだから、他人《ひと》も同じことを考えるだろう」

「ところが、いろいろ探ってみると、誰も駄目だろうというわけで、かえって放ってあるんです。これが三、四年先になると、また、熱が再燃するかもしれませんね。……ね、粕谷さん、あの代議士先生を動かしましょうよ。今のうちなら、この土地は盲点です」

「あの代議士なんかじゃ駄目だろうな。政務次官ぐらいの履歴では政治的な工作はできないよ」

「しかし、親分は高井市郎でしょう。なんとか渡りがつくんじゃありませんか。高井だと保守党の実力者だし、閣内にも子分を送り込んでいる。どうですか？」

「君は、そう簡単に言うがね」

と、粕谷は片脚を机からおろした。

「金だよ。さしずめ、その金はどっから持ってくる？　いくら、あの代議士を動かすといっても、手ぶらじゃ出来ないからね。それに、いざ土地がこっちのものになると決ったとき、その軍資金をどこで調達するつもりだ？」

「だから、だからさ、粕谷さん、あんたに智恵を頼みに来たんだ」

「おれだってそんな力はないよ」

5

田村町の「サクラメント」は、いかにも坂本が指定しそうな目立たない喫茶店だった。時間なので、会社帰りの勤人の男女でほとんど広くもない店内が占められている。粕谷は、その一ばん奥の隅にこちらを向いて起ち上っている坂本に気づいた。

「やあ、どうも、先日から……」

と、粕谷は如才なく頭を下げたが、坂本は初めから硬い表情だった。それを無理に柔げるようにして、

「お忙しいのを呼出したりして済みません」と言い、女の子を呼んで、コーヒー二つを頼む。

「銀行のほうはお忙しいでしょうな?」

粕谷は煙草をポケットから取出したが、ふと遇った両方の眼に小さな火花が散った。粕谷は意識しないつもりだが、どうしてもこの二人の空間に登代子の身体が存在する。

「いや、われわれのほうは、ま、のんきなもので、あなたがたと違って閑ですよ」

と、坂本も世間話をした。四十男は額がうすくなり、眼尻に皺が寄っている。背が低いので、よけい貧弱だった。粕谷は、多少の憐憫《れんびん》を感じた。

「羨しいですな。われわれは、巨きなバックを持ったあなたがたと違い、その日その日が真剣です。少しも気が休まりませんよ。それも、うしろに何も無いからです」

暗に東陽銀行へのコネの希望を含ませた。

坂本は、運ばれてきたコーヒーに眼を落した。ゆっくり搔《か》きまぜていたが、何か決然とした表情で顔をあげた。

「ときに、粕谷さん」

眼に光があった。

「今日お呼びしたのは、実は、ひとつ、あなたに折入ってご相談があるんですがね」

「ははあ、何でしょう？」

粕谷は、コーヒー茶碗を握った。

「率直に云いますが……登代子さんのことです」

「なるほど」

と、粕谷は唇を焼きそうな熱さに茶碗を下に置いた。来たな、と思った。

「これはよけいなことかも分りませんが、ザックバランにお願いします。今後は、登代子さんにいろいろ接近しないでいただきたいんですがね」

「…………」

「こう言うと、変なお節介《せっかい》をするようですが、実は、登代子さんはあなたのことで困っておられるんです。いや、ぼくは多少、銀行の仕事で、お客としての登代子さんと接触をしていますがね」

「それはこの前ちょっと伺いました。あのひとが利殖のことでお世話になっているそうで」

「いや、利殖と言っては誤解があるが、ま、女性ひとりが幾らかの金を持っていれば、できるだけ有利な利回りにして保存したいのですからね」

「そりゃ、何も、女に限りません」

「そういうわけで、つい、わたしに困ったことを打明けられることがある。そこで、この前から出ているのが、粕谷さん、あんたのことです」

「なるほど」

「聞けば、あんたとはもう完全な第三者の間柄になっている。それなのにあんたが前の、何というか、まあ、夫婦みたいな関係に戻そうとしている。それを登代子さんは困っているわけです」

さすがに言いにくいか、坂本は訥々《とつとつ》として述べた。

「そりゃ、あの人の何かの誤解じゃないでしょうかね」

粕谷は、一応、そう言った。が、まるきり否定しては、こっちの胸算用に不都合がくる。

「ぼくは、そういう気ではないんですよ。ぼくも男ですから、いったん別れたとなれば、そんな未練は起しません。また、あの人はぼくが小金でも狙ってるように取ってるかもしれませんがね、いくらぼくだって、そんなケチな根性は持っていませんよ」

「なるほど」

坂本は、少し安心したようにうなずいた。

「じゃ、登代子さんの心配は杞憂《きゆう》というわけですね?」

と、たしかめるように凝視した。

「そういうわけです」

「しかし、それにしては少し辻褄《つじつま》が合わないようですね。というのは、これは登代子さんの一方口だけど、あんたはよく、あの人のアパートをうかがいにくるそうじゃありませんか」

何を言うか、と粕谷は肚の中で坂本に冷嘲を浴びせた。自分こそ、こそこそとあのアパートに足を向けているではないか。しかし、それは顔色には出さず、

「それはですな、何というか、今から考えてみると、ぼくもあのひとにはいい思いをさせなかった。もう、事情をお聞きかもしれませんが、あの頃はぼくも放蕩してね、苦労をかけたんです。そんなことで寝ざめが悪いものだから、つい、この前、或ることであのひとを見かけたり、そのアパートを知ったりしたので、いくらか詫びのつもりで近づいているんです。本当ですよ。それ以外に何の他意もない。いってみれば、いい友だちになってあげたいんです。どうやら、あの人も女ひとりで暮してる様子、ぼくで出来ることがあれば、ときには力になってあげたいと思い

ましてね……」

「いや、それがですね、粕谷さん、それが登代子さんとしては困るらしいんですよ」

「ははあ」

粕谷は心外そうな顔をした。

「あんたの気持は分らないではないが、どうです、もう、そんな気遣いはしないで、さっぱりと交際を絶ってもらいたいんですが」

「はてね？」

「率直に言います。登代子さんはあなたがくるのを怖《おそ》れている。前のことから、あなたに恐怖観念を抱いているんです。それがぼくも見ていられない。だから、こうしてよけいなお願いをしているわけですがね」

店内では甘いメロディが流れ、若い人がささやき合っていた。

「いかがでしょう、お願いできませんか？」

粕谷は、わざと考えるようにした。もう、これ以上、きれいな心を説明する気持にはなれなかった。かえって相手の思惑どおりに見せたほうがいい。

粕谷は、ここで条件を出そうとした。つまり、登代子にはかかわらないが、その代り銀行に出入りをさせてくれるかという提案だ。もっとも、それほどはっきりしたことは言わないが、暗にそれと分るように出すつもりだった。

すると、坂本は、自分の膝の脇から、小型の細長い新聞紙包をいきなり卓の上に置いた。今までは見えなかったが、初めから用意してきたものらしい。それを坂本は手で彼のほうに押しやるようにして言った。

「粕谷さん、機嫌を悪くしないで下さい。これをひとつおさめてくれませんか」

「え？」

粕谷は、それに眼を注いだ。初めて、そのかたちから札束と分った。

坂本は、あたりの客に気づかれないように、眼をきょろきょろさせて低い声になった。

「あなたは商売で何かと資金が要《い》るでしょう。いや、お金は、はるかにぼくよりお持ちになっているが、商売ともなれば、回転資金がいくらあっても足りません。これは、その一部にでも使って下さい」

「何ですか、これは？」

「憤《おこ》っては困ります。実は、一万円札で百二十枚あるんです」

「…………」

「百二十万円です。あなたの手元に納めて下さい。さ、早く。ほかの人に見られたら困ります」

「しかし、坂本さん、これはどういう性質のものですか？」

粕谷は、意表を衝《つ》かれてさすがにうろたえた。坂本の言葉だと、百二十万円の目の前の札束がタダで自分のものになりそうである。身体が急に熱くなった。

「これはぼくのヘソクリです。長い間ためた金です」

と、坂本は鼻を詰らせた声で言った。

「だが、登代子さんの困っているのを見るに忍びないんです。ぼくは、あの人に同情しているんです。こう言えば、あなたにも事情がお分りでしょう。どうか黙ってこれを受取って、今後絶対に登代子さんの傍にこないで下さい。いや、道で遇っても知らぬ顔をしてもらいたいんです」

「…………」

粕谷は、坂本の押出した新聞紙包をふらふらと受取った。上にはゴムバンドがかけてある。

「ありがとう。受取ってくれましたね」

「…………」

「そこで、まことに申しにくいが、念書《ねんしょ》を書いてもらいたいんです」

「え、念書？」

「今後一切登代子さんには近づかないということをね、ぜひ書いてもらいたいんです」

坂本の眼は、熱でもあるように潤《うる》んでいた。

6

坂本と別れたあと粕谷は、しばらくは足が浮いた気持だった。上衣の内ポケットは札束の新聞紙包で重くふくれている。その重量感がつづいている間、その処分と、坂本と登代子の問題が意識から放れなかった。

坂本は、どうやら登代子と出来ているらしい。まだ、そこまでは行っていないと思ったのは、こっちの甘い判断だった。男が女のためにこれだけの大金を出すからは、もう、それは決定的といってよかった。一銀行員にとっては、百二十万円はたしかに大金である。他人《ひと》の金ではなく自分のものだ。しかも、坂本自身がはっきりとヘソクリだと言っていた。この金を出したときの万感迫った彼の表情が眼に泛ぶ。たしかそういえば、坂本自身も、これでご想像がつくでしょう、と言っていた。

に二人は出来ている。

あんな魅力のない奴に、と思ったのはやはり男の判断で、女には別なものに見えるのかもしれない。坂本のとりえといえば、彼の親切だろう。前にさんざん男の浮気の苦労を味わった登代子だから、あんな律義な男に惹《ひ》かれたのかもしれぬ。

だが、あの両人はいつからそんな関係になったのか。この前、アパートから出て行く坂本と、それを見送っていた登代子の姿からは、そんな深い関係は想像できなかった。してみると、その後かもしれない。

(あとというと、おれが登代子を抱いた以後となる)

粕谷は唸《うな》った。計算が狂ったという気持だった。

あの女が、いつ、そんな術を得たのか。いっしょに居た頃の登代子を思い出して、別人を見るような思いだった。

こう分ってくると、ポケットの金が少しもありがたくなくなった。こいつをメチャクチャに使ってやろう。そうすれば、どんなに気持が爽快になるか分らない。

と、いったんは思ったが、粕谷はなんだか坂本に妬《や》いて自棄《やけ》を起しているような自分に気づいた。どうも少しヤキが回ったらしい。あんな男など問題にしていなかったつもりだが。

しかし、面白いではないか。あの両人がそう決った以上、今度はこちらも打つ手はある。そうむざむざと引込めるものか、と思った。

たしかに相手の要求どおり念書は書いた。自分の名刺の端に「登代子とは無関係にて、絶対に接近いたすまじく」といったような文句だった。念書とは嗤《わら》わせるではないか。

かえって、これからも登代子にまつわったほうが坂本を引きずり回すことになりそうだ。むろん、坂本は念書を楯《たて》に違約を迫るだろう。逆上もするに違いない。そうだ。相手を憤らせることだ。向うが狂えば狂うほど、こちらが鼻面を取って引回すことになる。

そうなれば、あの男は、この金を返せと迫るだろう。いや、まさか、そんなことは言うまい。言えば、かえってあいつは、おれと登代子の復活を認めることになる。それは、あの男にとって忍びないことだ。坂本はおれの前に膝を折って懇願する。あの男のことだ、涙を流して両手をつくかもしれない。すると、金は、まだまだ、あの男から引出せると思った。

粕谷は、渋谷に出て雑沓を歩きながら、手でときどき上衣の上を押えた。スリにとられてはならないという警戒が、つい、そんな動作になる。

もし、今後、坂本から金がまだ出せるとしたら、あいつは銀行の金に手をつけるわけだ。いや、すでに、この百二十万円も銀行の金ではあるまいか。あの男は、自分のヘソクリのように言っていたが、少なくとも半分ぐらいは行金から出したように思える。

ここまで考えたとき、粕谷に一つの着想が泛んだ。

彼は、その着想から思案を発展させた。これはいける、と思った。この前まで、いかにして計画を実行段階に移そうかと悩んでいたが、これではっきり道がついたと思った。

出来る。たしかに出来る。——目の前に広い幅で一直線に通じた新道路のように、この計画も具体的な道がついた。

粕谷は、小料理屋の二階に上って酒を呑んだ。女中の居ないとき、ふところの新聞紙包を取出してひろげた。百万円の束には帯封がかかっていた。ちゃんと東陽銀行の判が捺《お》してある。運のいいときは何でも都合よくゆく。彼は一万円札のバラ二十枚を自分の財布の中に入れ、札束はそのまま新聞紙にまた包んだ。ゴム輪をきっちり嵌《は》め、内ポケットに戻した。

彼は、十時まで呑んで、タクシーで祐天寺に向った。

アパートの前に出て外から見ると、登代子の居る部屋の窓に明りがついていた。今夜はてっきり坂本が来ていると思ったが、窓の下に近づいても話声が聞えなかった。

玄関に回って靴を脱ぎ、勝手の分った廊下を歩いた。坂本が来ていれば、そのときのことだ。構うものかとドアの外からノックすると、それが細めにあいた。

登代子が粕谷の顔と知ってすぐドアを閉めようとするのを、彼は素早く自分の片足を中に挿み入れた。

「何の用で来たの？」

と、登代子は閉らぬドアの間から凄い顔を見せて言った。

「ちょっと重大な用事があってね」

彼はニヤニヤ笑った。

「あんたとはどんな話も無いことよ。帰って頂戴」

「いやに邪険《じゃけん》なんだな」

「ふん、そんな言葉、聞きたくないわ」

「まあ、ちょっとだけ入らしてくれ」

粕谷は身体でドアを押しひろげ、中に入ると、あとをぴったりと閉めた。

「今夜は乱暴しないから、そんな険《けわ》しい顔はしないでくれ」

彼は勝手にオーバーを脱ぎ、横に立っている登代子の前を悠々と過ぎて、畳の間にあぐらをかいた。

「今夜はまだ坂本君はこないのかい？」

と、彼は離れている登代子にうす笑いを投げた。

「そんなこと知らないわ。早く帰ってよ」

登代子は、そこから動かずに答えた。

「帰れというのは、坂本がくるからかい？」

「誰がこようと、あんたに関係ないでしょ」

登代子は視線を彼から逸《そ》らした。

このぶんなら、まだ登代子は百二十万円のことを知っていないなと、粕谷は思った。してみると、あれは坂本が独断で出したものらしい。どこまで初心《うぶ》な男かしれない。いずれは彼も打明けるだろうが、今日のことを登代子に話してないのは、彼も見上げた純情ぶりだと思った。登代子が彼の言うことを聞いたのも無理はない。

事実、今の登代子の顔色は歴然とそれを白状している。

いま、ここで懐ろの百万円の束を出して、これ、坂本君から頂載したよ、と登代子に見せたら、この女、どんな顔つきをするだろう。また逆上《のぼ》せて、この金を取返すため摑みかかってくるかも分らない。それをからかう面白さが眼に見えるようだったが、粕谷は抑えた。

「ときに、坂本君はいくら給料を取っているんだい？」

粕谷は煙草を吸い、片膝を起てて訊いた。

「そんなこと知るもんですか」

登代子は、やはり遠くから答えた。

「ぼくは心配してるんだよ。もし、君といっしょになったとき、やはり経済問題が第一だからな。少いサラリーだと、君が苦しむよ」

「わたしがどうなろうと、あんたにはよけいなことだわ」

「ほう。そいじゃ、君はもう坂本君の女になっているのか？」

「…………」

登代子は返事をしないで彼に眼を据えていた。

「出来合っているなら、なるほど、おれの言うこともよけいなことだった。……何かい、相当貯金はしている人かい？」

「…………」

「銀行マンといえば実直な人が多い。坂本君はだいぶん貯《た》めこんでいるだろうな」

「変なことばかり言うのはやめてよ。そんなにあの人に金があるはずはないわ」

と、登代子が思わず言った。

「ほう。しかし、少しはあるだろう。三百万か五百万ぐらいはね」

「あんた、また何を考えてるの？」

登代子は急に眼の光を増した。

「まさか、あの人から金をしぼり取ろうとするんじゃないだろうね？」

今度は粕谷が焦らすように黙った。登代子はたまりかねたように、彼の前につかつかと歩いてきた。そこで立停って粕谷を睨みつけ、

「あんた、悪人だから、そんなことを考えているのね？　でも、はっきり言っておくわ。あの人なんかに、そんな大金はないわ。少い給料で奥さんと三人の子供を養っているんだもん、安い給料取りよ」

「安いって幾らぐらいだ？　月給は七万円か八万円か？」

「そんなに取ってないわ」

「へえ。そいじゃ、君も苦労だな。じゃ、逆に君のほうから貯めた小金を彼に提供するのかい？」

「もう、帰って」

と、登代子は堪りかねたように叫んだ。

粕谷は煙草を吹かしながら、いま登代子の言ったのが本当だと思った。坂本には貯金が無い。給料も安い。すると、いよいよ、この百二十万円は彼が行金に手をつけたのだと分った。おそらく、これは給料の中から済《な》し崩しに月々こっそり返済して帳面を合せるつもりだろう。

いよいよ、こっちの想像どおりだと、粕谷は身体中に力が漲《みなぎ》った。

「ま、よろしくやってくれよ」

と、粕谷は煙草を棄てて起ち上った。登代子は、彼が案外素直に帰るのでほっとした顔でいる。その前を通りすぎる振りをしてくるりと向きを換え、粕谷は、不意に登代子の肩を摑んだ。

「いや。何をするの?」

粕谷は、有無を言わさず彼女の前衿を押しひろげると、首筋に嚙みついた。

「あ?」

藻搔く女をしっかり押え、血が出るくらいに皮膚を吸いつづけた。

登代子は懸命に逃れようと藻搔いたが、粕谷の力の中に抑えられている。女のその反抗的な藻掻きは、次第に別な戦慄に変ってきた。

粕谷は口をはなすと、ばたばたする女を抱えて床のあるほうへ曳きずった。

7

古賀重蔵の家は、目白近くの下落合にある。

朝八時に粕谷は古賀の邸前に車を乗りつけた。冠木門《かぶきもん》の日本家屋で、玄関までは砂利が敷いてある。案外質素で、そう広くもない。それに、かなり古い。

ベルを押すと、女中が格子戸をあけてのぞいた。

「粕谷という者ですが、先生にちょっとお目にかかりに上りました」

と言って玄関の中をのぞくと、靴が夥《おびただ》しくならんでいる。そういえば、塀の脇には自動車が三台停っていた。こんなに朝早くても、政治家となれば来客が詰めかけているらしい。

「あらかじめお約束なすったのでしょうか？」

と、女中は初めての顔に訊いた。

「いや、それはしていませんが、ぜひ、先生にお届けしたいものがありまして参りましたと伝えて下さい」

話があると言えば、いっぺんに断られるに決っていた。届け物と言えば、渋々でも会うに違いない。政治家というのは、そういう点では心卑しい。

果して女中が奥から戻ってきた。

「五分以内なら、と申されていますが」

「結構です。すぐ済みますから」

どうぞ、と言われて、女中のうしろに従《つ》いて通されたのが狭い応接間だった。陽当りが悪く、うす暗い。彼はじろじろ見回したが、調度は案外立派なものが置いてある。これも貰いものかもしれない。部屋のほうがずっと貧弱だった。

遠くから多勢の話声や笑声が聞える。別に応接間があって、古賀はそこでほかの来客と会っているらしい。粕谷は、煙草を吸いながら冷い部屋で待った。小さなガスストーブがあるが、火をつけてくれない。それで待遇が分る。

一時間近く待ったとき、せかせかと足音が廊下に聞えた。ドアをあけて古賀が着流しで入ってきた。顔が少し赧《あか》くなっているのは、別な客と酒でも呑んだらしい。

「先生、この前は、まことに失礼いたしました」

と、粕谷は起ち上がって最敬礼をした。

「やあ」

古賀は、やくざのように羽織の裾をまくって、真向いの椅子に臀《しり》を落した。

「今朝は何だね？」

この前の馳走の礼も言わず、無愛想だった。

「はあ、実は、依頼されたものを先生にお届けに上りました」

「何だろう？」

古賀代議士はきょろきょろ眼を動かしたが、粕谷の傍には鞄が一つしか置いてない。

「はあ、実は、これでございます」

と、彼は、その鞄を引寄せ、中をあけて新聞紙の包を取出した。

「先生、どうか、これをお納め願います」

卓の真ン中に置くと、古賀はじろりとそれを眺めた。包の恰好から、彼もそれが金であることは分ったらしい。

「誰から？」

古賀は不思議そうに訊いた。

「はい、東陽銀行の東京支店のほうから、先生に敬意を表したいということで、わたくしが使になって参りました」

「東陽銀行？」

「はい。東京支店ですが、いわば本店以上に営業していますので」

「しかし、ぼくは東陽銀行などに縁は無いが」

「はい、先方も先生にはこれまで全くお近づきができなかったと言っております。それで、今後はよろしくと申しておりました」

「東京支店長からかね」

「はい」

古賀代議士は、この不動産屋と東陽銀行とがどんな関係かと、訝《いぶか》るような眼をした。

「実は、わたくし、この前先生に見知っていただきましたように、不動産業をいとなんでおります。取引上、この東陽銀行東京支店にはいつも参っておりまして、向うの幹部とも知合いでございます。それで、この前、わたくしが先生とお会いしたことを申しましたら、いいえ、これはわたくしの自慢で申したのですが、支店長は、それなら、自分たちもかねて古賀先生にはお近づきを願いたいと思っているので、ひとつ、敬意を表したい。ついては、おまえ、使に行ってくれないかということで、わたくしが参ったのでございます」

「ふむ」

古賀重蔵は鼻をふくらまして、知らないところから金を貰う不審というよりも、こういう貰いものには馴れている表情だった。ただ、その金の裏側にあるものを考えているようだった。

「支店長は何という名前？」

「黒川千太郎と申します」

「黒川君ね？」

「はい。但し、このことを支店長に提案したのは、不動産部の坂本吉雄という課長です。つまり、わたくしと坂本とは取引上よく知っていて、彼が支店長に提案しましたので」

「ははあ。すると、君、この前、お茶屋で君が言った、どこかの土地のことに関係があるんかね？」

古賀代議士は早くも察した。

「いいえ、それはもう絶対にございません」

「なに、無いとは？」

「都合によりまして、あの土地のことはもう取下げにいたします」

「じゃ、諦めたのか？」

「というわけではありませんが、あの物件をよく調査しますと、いろいろ面倒な因縁が付いておりますので、この際、もう少し静観することになったのでございます」

「ふむ」

古賀代議士は再び詮索する眼になった。やはり、その裏側にあるものを思案する顔だったが、

「なんだか知らないが」

と、古賀は微笑を泛べて言った。

「これは何も面倒臭い条件は付いていないだろうね？」

「とんでもございません。ほんの僅かで申しわけございませんが、初めてご挨拶する名刺代りだと申していました。ですから、どうぞお気軽にお納め願い度う存じます。ま、先生のファンの一人としての一燈だと思召して」

「じゃ、たしかめるけれども、これは政治献金だね？」

「政治献金と申しますと、この通り僅かな額でございますからおこがましいんですが、ま、そういう性質のものでございます」

「政治献金ならありがたく頂戴するよ」

古賀は新聞紙包に初めて手を出したが、中を開くでもなく、無造作に懐ろの中に入れた。

「帰ったら、どうか、支店長によろしく言ってくれたまえ」

「かしこまりました。ご受納《じゆのう》いただけて銀行も光栄に思うと存じます。おかげさまで使にたったわたくしの面目も立ちます」

「いやいや、後援者の方には、いつも感謝するよ」

古賀は初めて明るい笑いを洩らした。

「では、わたくしはこれで……どうもお忙しいところを」

「いや、朝は忙しいものだから、つい、会う時間が少くて気の毒だな。またいつか、ゆっくり飯でも食おう」

「ぜひ、その機会を持たしていただきとう存じます。そのうち、ご都合を伺いにお電話でも差上げてよろしいでしょうか」

「ああ、二週間ぐらい前に連絡を取って下さい。先約が詰ってるからね」

「ごもっともです。じゃ、そうさせていただきます」

粕谷はいったん腰を浮しかけたが、忘れものを思い出したようにまた下した。

「先生、まことに恐れ入りますが、わたくしは使いの者でございますから、ご名刺の端にでもちょっと、しるしでも書いていただけませんでしょうか」

「受取かね？」

古賀代議士は不満な顔をした。

「こういうものには受取は書いたことがないがね。それがわれわれの慣例になっているが」

「よく存じています。この次からは一切、そういうご面倒はおかけしません。が、今回は初めてですから、使いのわたくしがどうかしたと銀行に思われても心外です。よろしくお願いします」

と、粕谷は頭を二、三度つづけて下げた。

それで初めて代議士は懐ろの包を取出し、新聞紙を開いた。

「ほう、東陽銀行の帯封がしてあるね」

と眼敏《めざと》く帯封の判を見て呟《つぶや》いた。

「はい、それはすぐ棄てていただきとう存じます」

しかし、その帯封の文字が代議士を大きく安心させた。粕谷の言っていることを、それで信用したという表情がありありと出ている。

「こういう受取はあんまり書いたことがないが、じゃ、君の立場もあろうから、書いて渡すよ。但し、支店長に見せたら、すぐに破棄《はき》してほしいなあ。あんまり残したくないんだ」

「おっしゃるまでもありません。必ずそうします」

粕谷は、代議士が女中に名刺を持ってこさせ、それに万年筆を走らせるのを快く眺めていた。

第五章

1

粕谷が東陽銀行東京支店に電話をかけると、坂本の声はすぐに出た。

「一昨日は、どうもお世話さまになりました」

粕谷は、百二十万円の礼を匂わせた。

「いや、どうも」

と、坂本の声は明るい。いくらか鷹揚に聞えているのは、金を渡した立場の優越感からかもしれない。これで粕谷が登代子とは完全に縁切りになったという安心が大きいのであろう。粕谷は、肚の中でせせら笑い、

「今からちょっとお伺いしたいんですが、ご都合はよろしいでしょうか？」

と、なるべく丁重《ていちょう》に言った。

と、坂本は不審そうな声で、まだ何か用事があるのか、と訊きたげである。

「いや、ぜひ、お目にかかってお話ししたいことがあるんです」

「…………」

「こう申しあげたからといって、別にご無理を言うわけではありませんよ。ただ、ほんの五、六分だけお目にかかれば結構なんです」

これ以上金を請求するのではない意味を匂わせたので、坂本も安心したらしく、

「では、どうぞ」

と、承諾した。五、六分の用事だと言ったので、先方も大したことではないと取り、あるいは一昨日の締めくくりのために粕谷が会うくらいに解釈しているようだった。

粕谷が銀行の支店前に車を着けたのは午前十一時半ごろだった。

応接室にすぐ通された。この建物は、本来の業務と不動産部とがいっしょになっ

ている。地銀としては東京が営業の中心になっているから、支店ながら建物は壮麗である。

坂本は、まもなくドアを開けて入ってきた。一瞬、坂本と眼を合せたが、どういうわけか、金を出した彼のほうがさきに視線を逸《そ》らした。

坂本は、一昨日、百二十万円出してきれいに話をつけたと思いこんでいるから、早速、昨夜にも登代子のアパートに行って誇らしげに報告しているかもしれない、と粕谷は思った。

（これで、もう、あんたも心配することはないよ。ちゃんと片を付けたから安心しなさい）

と、大きな顔をしたことだろう。そのあと、この男と登代子の間に何がはじまったか分ったものではない。複雑な思いの登代子の顔も浮んでくる。ついでに縺れ合っている二人の姿態も眼の前にひろがってきたが、粕谷は、このお返しは必ずするつもりでいる。

「一昨日は、どうも大へんにありがとうございました」

「いいえ、お受取りいただいて、こちらこそありがとうございました」

と、坂本も丁寧に答えた。なんだか、彼のほうがバツの悪そうな表情であった。

「そのことについて、改めてお礼のことづけを持ってあがったんですが」

粕谷が言うと、坂本は眼をキョトンとさせて、

「ことづけ？　ことづけというのは何ンですか？」

ときいた。が、すぐ、それを登代子からの礼だと勘違いしたらしく、瞬間、険しい顔つきになった。

ははあ、この男、先回りをして考えているなと粕谷は内心で苦笑し、

「はあ、古賀代議士からあなたへよろしくということなんです」

と、はっきり聞えるように、やや高い声で言った。

応接室は三つ続いて、それぞれが仕切られているが、隣の部屋は人が入っていないらしく静かだった。遠くでタイプライターのように鳴るキイパンチの音が微かに聞えている。

「え、古賀代議士？」

坂本はわけの分らない顔をしていた。

「ほれ、あなたから昨日戴いた百二十万円ですが、あれを古賀さんの政治資金の一部として、あなたの言葉を添えて納めて来ました。どうぞ、これを」

と、粕谷は懐ろから名刺入れを出すと、その中から古賀に書いてもらった受取代

りの一枚を取出した。

呆然《ぼうぜん》としている坂本の前に、彼はその裏側を見せた。受領金額に、判コの朱色が鮮やかについている。

「そこには百万円としてありますが、実は、ぼくが二十万円ほど、なんといいますか、お使賃として頂戴しておきました。ご覧のように、宛名は東陽銀行東京支店長殿とあります。間違いなく百万円はお渡ししてありますから、よくご覧になって下さい」

粕谷は、相手の表情など構わずに言った。

「普通なら、こういうものを政治家は出さないんですが、ぼくはあなたのほうの支店長からあなたを通じ、金をお預りした使ですから、無理に古賀さんに言って貰い受けて来たのですよ」

と、ポケットの煙草を捜した。

坂本はようやく事態が分ったとみえ、顔色を変え、眼を剝き出した。

「粕谷さん、こ、これは、一体、どういうことですか？」

彼は舌をつらせた。

「どういうことって、いま申しあげた通りですよ」

と、粕谷はゆっくりライターを鳴らした。煙を坂本の耳の脇にふうと吐きかけ、

「ほら、お宅の支店長から古賀代議士に政治献金として差上げてくれとことづかったでしょう。そのことですよ」

と、微笑さえ泛べて言った。

「そ、そんなことを、ぼくは頼んだおぼえがありません」

坂本は蒼くなっていた。瞳を灼《や》きつくように粕谷の顔に当てている。

「何を言うんです。冗談言っちゃいけません。ぼくはあんたから頼まれたから、金を届けたんじゃありませんか、だれが酔狂《すいきょう》で百万円もの大金を人に届けるもんですか」

「いや、絶対にそんなこと言ったおぼえはない」

坂本は必死に口を尖らせた。

「これは弱ったことになりましたね」

粕谷はいよいよ落ちついて、

「あなたは頼んだおぼえがないと言い、ぼくはたしかに頼まれたと言っている。これは水掛論になってしまった。録音でもあると、はっきりするんですがね」

すると、坂本はあわてて内ポケットを探り、これも名刺入れから一枚取り出した。

「こ、これですよ。これは、あんたが登代子さんと今後何の関係もないという念書《ねんしょ》です。ぼくがあんたに渡した金は、この件ですよ」

と、突出すようにした。

「なるほど、それは書きましたよ」

と、粕谷はじろりと自筆の念書を眺めたあと、

「しかし、これはですな。あんたがあまり執拗《しつこ》くおっしゃるから書いたまでですよ。ほら、あんたは言ったじゃないですか、ぼくが古賀代議士と親しいといったら、古賀さんにはかねてから支店長がお近づきになりたいと思っているので、橋渡しをしてくれってね。そして、この百二十万円を出してくれましたね。この念書は、そのついでに登代子のことを頼まれるままに書いたまでです。つまり、銀行としては、ぼくが政治資金の預り証を書くのは、具合が悪いようでしたからね」

と、相手の顔色に構わず、一気にまくしたてた。

「あんたの言うことはさっぱり分らん」

と、坂本は憤激と困惑とをまぜて言った。

「……ぼくはそんなことを言ったおぼえは絶対にない。出鱈目《でたらめ》にもほどがある。あの金は、この、あんたが書いた念書の通り、登代子さんと今後無関係にしてもらう

代償《だいしょう》ですよ」

「代償？」

粕谷は相手を強い眼で見返した。

「あんたこそ、変な言葉を使いますね。それじゃ、まるで、ぼくが登代子のヒモみたいだ。え、そうですか？」

「…………」

「ぼくは、そのつもりでこの念書を書いたのではない。あんたがあんまり言うから、それに従ったまでですよ」

「それじゃ、あんたは今後も登代子さんには、いろいろ絡んで行くつもりですか？」

「そんなことは答えの限りじゃありませんよ。なにしろ、あんたが出した百二十万円は、これ、この通り、ちゃんと古賀代議士の政治資金として届けてありますからね。たしかにあんたは、支店長がそうしてくれと言ったと、わたしにことづけたはずだ。ほれ、この通り、古賀さんもちゃんと、東陽銀行東京支店長殿と宛名を書いている」

「あんたという人間は、なんという人だ。それじゃ、まるでぼくを騙《だま》したようなものだ。登代子との縁切りを、そんなまやかしで誤魔化《ごまか》すつもりですか？」

「誤魔化す？　冗談じゃありませんよ、坂本さん。だれが自分のものにもならないのに大金を他人に渡すものですか。よろしい、あんたがそう言い張るなら、この古賀さんの領収書をいまから支店長にお見せしましょう」

「え、支店長に？」

「ついでに、ぼくの書いた念書も支店長に見せてもいいんですよ」

坂本は見る見るうちに土色になった。

計られた、と彼ははじめてさとったに違いなかった。やはりあの百二十万円は全部が坂本の金ではなかったのだろう。坂本は必ず行金に手をつけている。だからこそ、百万円の領収書を支店長に見せると言ったら、忽《たちま》ち気が動転したのだ。

つまり、支店長にそれを見せたら、二人の水掛論は別として、まず金の出所が問題になろう。そのためには、粕谷は、古賀代議士にも百万円の札の帯封についた東陽銀行のゴム印をちゃんと確認させてある。坂本が自分の貯金から全部出したのでないことは、それだけでも証拠になるではないか。

その上、女と縁を切ると粕谷の書いた念書を、坂本は支店長に見せる勇気はないはずだ。それを出せば、彼は忽ち登代子との関係を追及される。

銀行員が出入りの得意先の女性とそのような関係を持つのは、銀行で最も禁じていることである。在来の例では、クビになるか飛ばされるかしている。その上、家庭争議も起る。粕谷は、言葉を失って慄《ふる》えている坂本を快げに眺めた。

2

「粕谷さん」

と、坂本はがっくりとなって、まるいテーブルの縁に両手を当ててうつむいた。うすい髪毛《かみのけ》が前にばらりと垂《た》れているように見えた。

「お願いですから、その領収書は、うちの支店長に見せないで下さい」

彼は嗄《しやが》れた声で謝るように言った。

「ほう、それはまたどうしてですか?」

粕谷はいかにも怪訝そうに問い返した。

「いや、見せてもらっては困るんです。……とにかく、あんたの言うことは分っている」

「分っているとおっしゃると?」

「いやいや、もう、何も言わないで下さい……」

と、坂本はどう言っていいか分らないような悶《もだ》え方で、罠《わな》に落ちたと知った人間の苦悩だった。

「……わたしも言葉が過ぎたかもしれぬ」

と、坂本は恐しい相手に言った。

「そうですか。分っていただければ、それでいいんですよ」

と、粕谷はうすら笑いした。

「じゃ、あんたが支店長の命令で古賀さんに政治資金を出してくれたのは、認めるわけですね？」

「…………」

さすがにそれには坂本もすぐにうなずくことができなかった。

「どうですか、坂本さん」

と、粕谷は急追した。

「……なんとか返事して下さい。ここではっきりと聞いておかないと、あとでまた水掛論になりますからね。そうだ、あんたの返事を貰うよりも、ひとつ、念書を書いてもらいましょうか？」

「念書？」

坂本は、あきれたように眼をあげた。

「そうです。ま、こうして古賀さんから領収書を書いてもらってるからいいようなものの、もう一つたしかに百万円を昨日の日付で古賀代議士に渡すようぼくにことづけたと、書いてくれませんか」

「…………」

坂本の指先が震えていた。円テーブルの上に貼ったガラスが微かな音を立てた。

粕谷は、ここでそれを取っておかないと、坂本が今日中にも行金の穴を埋めるかもしれないと思ったからである。手をつけたものが補塡《ほてん》されてしまえば、今度は向うが強くなる。そんなおぼえはないと主張されれば、どうすることもできなくなる。たとえば、今夜のうちに坂本が登代子に事情をうち明けて金を借りてくるかもしれないのだ。その予防としてこの新しい念書の要求となった。

「坂本さん、あんたがそれを書いてくれなければ、ほんとにぼくは困るんですよ。頼んだあんたが、たった一日で、そんなおぼえはないなどと言われたら、こちらも頼りなくて仕方がない。まるでぼくが細工をして、何かをたくらんでいるようにもとられるからね。たとえば、これが警察のほうにでも聞えたら、ぼくは詐欺か何かの疑いをかけられるかもしれない。こっちの身の安全も考えたいんですよ。でなかったら、ぼくは古賀さんの領収書をすぐに支店長のところに持って行きますよ。支店長から直接確認を取らないと、ぼくは安心できませんからね」

今日のうちに支店長に見せれば、坂本が行金の穴埋めをする余裕もなく、忽ち支店長によって不審を持たれ、帳簿が検査されるに違いなかった。

粕谷が席を起とうとする気配をみせたので、坂本はあわてて顔を上げた。

「そ、それだけはやめて下さい」

「じゃ、ぼくの言う通りに念書を書きますか？」

「………」

坂本は、最後の決心がつかぬように苦しげな顔になっていた。

「ね、坂本さん」

粕谷は、急に猫撫で声になった。おどかすばかりでは効力がない。

「その代り、あんたが心配している登代子のことですがね。つまり、ぼくが今後登代子に近づかなければいいわけでしょ。え、そうでしょう？」

坂本は一瞬、とまどったようだが、ようやく微かにうなずいた。

「それは、どうかご安心下さい。あんたの気持も分っているから、絶対にぼくは今後、登代子には何もしません。むろん、彼女のほうではぼくを嫌っているので、ぼくさえ積極的な行動に出なければいいわけです。それは約束しますよ」

「…………」

「ぼくも別れた女に、そういつまでも未練な気持は持ってません。実は、今も別な女がいますからね」

粕谷は笑ってみせ、

「登代子のほうでも、どうやら、あんたを好きなようです。もう、ぼくなんかの出る幕じゃないと、こう悟っているから、あんたもその点は安堵して下さい」

粕谷は、諭《さと》すように何度も繰返した。

坂本は、外から見ても急に崩れたように感じられた。登代子のことを言われて、それまで粕谷の恫喝《どうかつ》に怯《おび》え、一本の糸でやっと自分を支えていたようなのが、切れて、がっくりとなった。

「粕谷さん、それは本当でしょうね?」

信じられない相手に、信じることを確認するような調子だった。

「もちろん、これだけは言えますよ。それでなくては、こういう念書なんか、たとえあんたに頼まれたところで、ぼくが書くわけはありませんよ」

粕谷は心の中で勝どきをあげた。

「……ぜひ、それはお願いします」

坂本は嘆願した。

「いいですとも」

「領収書のことは支店長には見せないでしょうな」

「ぼくはまだ支店長を知りません。あなたを信用するだけですよ。だから、あなたが希望するなら、支店長には見せません」

「しかし粕谷さん、あんたは一体どういうつもりで古賀代議士に金を渡したのですか」

「いや、それはですね」

と言いかけたが、粕谷は危うく口を閉じた。その答えは自ら強弁を崩す。

「ま、その辺は触れないことにしましょう」

と誤魔化したが、坂本は、

「しかし、古賀代議士も、よく銀行の一支店長の政治献金を信用して受取りましたね。こういう金は支店長の権限ではなく、本店の役員会、それも頭取の裁可《さいか》がなければ出せないんですがね」

と、さすがに粕谷のいたいところを突いてきた。

「なに代議士なんかに、そんなデリカシイがあるもんですか。ああいう人たちは金を貰いつけているから、頭取からであろうが、役員からであろうが、支店長からであろうが、一向にお構いなしですよ」

と粕谷は早口で言い、

「とにかく、お互いのために、さ、早く念書を書いて下さい」

と押しつけた。

坂本は恨めしそうな顔をしていたが、ようやく渋々と自分の名刺の裏に、たしかに支店長から依頼されて古賀代議士に百万円渡すよう粕谷殿に託した、と覚束《おぼつか》なげな字で書き終えた。彼はまるで遺書を書くようなふうに見えた。

粕谷は、それを受取ってつくづくと眺め、ちょっと推しいただくようにして名刺入れの中に入念におさめた。坂本は眼を背《そむ》けている。

「坂本さん、ま、安心して下さい。これは念のためにぼくがお預りしているだけで、あなたの許可なしには、決して、支店長はおろか第三者にも見せませんからね。それから、念を入れるようだが、登代子のことは安心して下さいよ」

坂本は椅子に力なく凭《よ》りかかり、操《あやつ》り人形のように顎を引いた。その顔を見て粕谷は、哀れというよりも一種の嫌悪を覚えた。風采《ふうさい》の上らない四十男は、低い鼻に汗をかいている。額の皺も、鼻の両脇の深い線も、乾いた唇も、すべて見苦しい初老近い顔だった。その顔が女に懸命になっているだけに一層醜悪に見える。

登代子がこういう男に傾いているとは、少々可哀想でもある。これは嫉妬からではなく、どこがよくてこの男を寄せつけているのだろうかと不思議な気持だった。坂本の親切にほだされたには違いないが、それにしても興味のない男には気持も動かぬものだが。

——登代子も坂本の親切に気弱になりながらも、まだまだ、おれのほうに魅力を感じているのではないか。いや、その証跡《しようせき》は、登代子を抱いたときの反応でもよく分る。

(坂本さん、そう簡単に女をあんたのほうにばかりゆかせるわけにはゆきませんよ)

粕谷は銀行の玄関から寒い外に出て呟いた。

3

その晩、粕谷は、新宿のバア「マサコ」に小泉を呼んだ。電話で九時ごろに来てくれと言うと、小泉は二つ返事だった。彼は、マダムの正子に気があるらしい。粕谷はあれ以来、この店には遠のいているが、正子には何の未練もないものの、もし、何かの気持が動けば、女の言うままに、もう一度ぐらいは相手にしてもいいと思っている。あれから正子は事務所に電話を三、四回かけてきたが、そのうちにと、粕谷はいいかげんな返事をしていた。これ以上深くなるのは面倒だし、第一、知りすぎた女には、興味索然たるものがある。ただし、女のほうから想わせておくぶんにはあとで利用することもできるし、悪いことではなかった。

九時すぎ、粕谷が狭い地下の階段を降りて、狭い店のドアを肩で押すと、小泉はすでに来ていて、正子を相手に何やらうれしそうに話していた。

「あら」

正子は、その特徴の、大きな眼を見開いて、忽ち粕谷のほうに寄ってきて迎えた。

「まあ、お久しぶりね」

女の顔には商売気をはなれたよろこびが出ている。笑顔というのは不思議なもので、気持があるときは笑いに輝きが出る。営業用ではそうはゆかない。

「やあ、早いな」

粕谷は、正子にはちょっとうなずいただけで、顔をもたげている小泉の傍に近づいた。

「いや、ちょっとついでがあったものだから」

とか言って、小泉はいくぶん照れ臭そうにしていた。

正子がカウンター越しに粕谷の真正面に移ってきた。

「粕谷さん、ずいぶんお見限りねえ」

正子の眼は酔っているとは思えないのに、うっすらと赧《あか》く潤《うる》んでいた。この前の情事の名残りがこめられて、それと分るように粕谷に伝えたいふうだった。

「ええと、ハイボールにしようかな」

「はい」

あたりを見回したが、ずっと離れたボックスに若いサラリーマンのような連中が三、四人いるだけで、カウンターには客の姿はなかった。

バーテンのつくった酒の入ったグラスを、正子が心をこめたように粕谷の前に置いたが、彼女もあまり粕谷ばかりにむかっても悪いと気がついたのか、

「いま、小泉さんと面白い話をしていたところよ」

と、小泉も引立てるようにした。

「そうか」

粕谷は、小泉のほうにだけ眼をむけて、

「何か耳寄りな話はないかい？」

と、商売のことに入った。正子の顔が眼の端にかすんでいる。

「さっぱりですね。どうも、こっちにもだんだん不景気風が吹いてくるようになりましたね。儲りそうな仕事はデカすぎて、われわれには資金がないし、鶏みたいに走り回ってみても、近ごろは小粒なものを拾うにも骨ですよ」

酒に弱い男で、彼はもう酔いが回りかけているようだった。もっとも、正子に気があるから、早くいい気持になったのかもしれなかった。

「そうそう、この前、古賀さんとこに行ったよ」

粕谷は小さな声で言った。

「え、古賀代議士？」

と、小泉はカウンターに据えたグラスを両手で囲ったまま、意外そうに問い返した。

「紹介者の君に言うのがあと回しになったがね」

「へえ、おどろきましたね。それで、すぐに会えましたか？」

「忙しいようだったが、会うには会ってくれたよ」

「何か見込みがつきましたか？」

「つかないこともない。そのことだが、ちょっと君に相談したいんだよ。だいぶん大きな仕事で、ぼく一人では手が回らなくなった……」

と話している途中、正子がじっと自分の顔を見ているので、粕谷は窮屈《きゅうくつ》になって、

「ちょっと密談がある。その間、あっちのお客さんのサービスに行ってくれよ」

と、顎をしゃくった。

「はいはい。でも、よからぬ相談らしいわね」

「どうせわれわれのことだ、良識ある話ではないよ」

「駄目よ、ほかの女の人に誘惑されるようじゃア。……ねえ、小泉さん、そんな話なら断って頂戴」

「おや、ママは、そんなに粕谷さんが心配かい？」

と、小泉が片方の眼を光らしたので、正子はうろたえて、

「違うわよ。あなたのことだって、誘惑されないように粕谷さんに頼んでおくわ。お二人ともわたしの大事な人だから」

と誤魔化し、カウンターの下をくぐってボックスのほうに行った。バーテンは、向うの組の注文を受け、忙しそうな手つきでシェーカーを振っている。

「おい、小泉君、大事な話なんだが、大丈夫か？」

粕谷は、彼のほうに上体をねじ寄せて言った。

「大丈夫ですよ。いくら酔ってても、金儲けと聞いたら、ぴんと真剣になるからね。武士が鍔音《つばおと》を聞いて、ガバと跳ね起きるようなもんだ」

「うむ、そうか。とにかく真面目に聞いてくれ。……東陽銀行の東京支店長のやってることを、少し探ってもらいたいんだ」

「へえ、あの銀行の支店長、女でもいるんですか？」

「そんなありきたりのことじゃない。つまりだな、仕事の上で何かミスをやってないかというんだよ」

「というと、使いこみか何か？」

「違う違う。ま、そういうのもあればだが、そう簡単に使いこみなどはせんだろう。……つまりだな、銀行の支店長というのは、たいてい、貸出金の焦《こ》げつきを大小にかかわらず持っているものだ。そいつをなるべく早く調べてほしいんだ」

「なるほどね。しかし、そういうのは、なかなか外部には分らないから、どうかな」

小泉は、自信のない顔だった。

「東陽銀行の支店長の名は黒川千太郎というのだ。社歴はすでに二十五年になっている。現在四十八歳。まだまだ働きざかりだ。将来、役員になる可能性は十分にある……」

「調べたんですか？」

「出身は滋賀県。近江商人としての血はいくらか流れているのだろう。手腕家だ。それだけに、いまミスがあれば将来の夢のつまずきとなる」

「……………」

「仕事が出来るだけに、また、出世コースに乗っているだけに、銀行内では敵もある。ミスがあれば当然つけこまれるだろう。もともと、仕事は積極的だ。この人が来てから、東京支店の営業成績はぐんぐん上っている」

「……………」

「積極的な仕事をする人間にありがちな欠点は、キメが粗《あら》いということだ。よく言えば放胆。したがって、貸出し先にも当然焦げつきがある。また、預金面が急激にふくれているから、導入資金ぐらいはやっていたのかもしれぬ。いま、銀行間の競争は激しい。無理をしてでも預金をふやしたいし、それを有利に回転させたい
……」

「いろいろ講釈《こうしゃく》は聞きましたがね」

と、小泉はグラスを持ったまま、じっと眼を据えて、

「その焦げつきというやつが、どうしてつかめるかということですな。銀行の信用にかかわるから、絶対極秘でしょう」

「そこが君の腕の見せどころだ」

「自信はないな。そりゃ、そのくらいの支店長なら、あんたの言うように、担保《たんぽ》をオーバーした貸出しもするだろうし、導入資金で裏利を払っているようなこともやってるかもしれませんが、問題は、その実体をどうしてつかむかということですよ。興信所や秘密探偵社ではどうですか？」

「だめだ。そんなところに尻尾《しっぽ》をつかまれるようなヘマなことはやっていないよ」

「それじゃ、ますます、ぼくの手には負えない」

「いいか、高利貸のところに行くんだ」

「高利貸？」

「高利貸でも相当なところになると、金融界の裏の裏まで知り尽している。蛇《じゃ》の道はヘビだから、どこの銀行がどれだけの焦げつきを抱《かか》えているか、どこの支店が無担保の不良オーバー・ローンをやっているか、全部分っている。彼らも必死だから、

調査網は発達しているよ」

「なるほど、それは思いつきですね」

小泉がうなずいた。

「ただし、君なんかがふらりと行っても、そんなことを教える道理はない。金を持って行くのだ。ぼくが十万円出そう。それを包んで手土産代りにするんだよ。なに、銀行全体の大きな極秘事項だと簡単に教える道理はないが、支店長クラス程度なら耳打ちぐらいはしてくれるだろう。ヒントだけでもかまわない」

「耳打料が十万円も要るんですかね……」

「ばかだな。向うは商売根性でかたまっている。それくらい出さないと口を開《あ》けないよ」

「高利貸って、だれがいいですか？」

「安藤正樹がいいだろう」

「安藤正樹。なるほど、あの男なら広い調査機関を持っているというし、やり方もあくどいから、面白いかもしれませんね」

「安藤は、自分が高利貸をしているせいか、庶民の味方だといって、正義を口にしている。そこをうまく煽《おだ》てて、黒川支店長の焦げつきの実体を教えてもらうんだよ。

君の、その飄々《ひょうひょう》とした調子でゆけ。安藤は、案外、面白がって教えるかもしれんよ。明日にでもすぐ行ってくれ。十万円は、ここに持ってきた」

と、粕谷はポケットから封筒を出した。坂本から取った百二十万円のうち、古賀へ渡した百万円の残り半分だった。

「あんたはどうする？」

小泉が粕谷の真剣なのにびっくりしたように訊いた。

「おれがそんなところに顔を出すのは、あとあとの都合もあって、ちょっと拙《まず》い。それに、明日、日帰りで行くところがあるんだ。できれば、その間にこっちのほうをうまく頼むよ」

正子が、向うのテーブルをはなれて戻ってきた。

4

翌る日午後二時ごろ、粕谷が池袋駅に行くと、西武デパートの入口のところに正子が待っていた。今日は和服で、上にモヘヤの黒いコートを羽織っている。案外、粕谷にはそれが新鮮に映った。

「昨夜はありがとう」

と、正子は急いで人ごみの間から寄ってきて笑った。

「小泉は何時ごろまで粘っていたかい？」

「そうね、あれから一時間ぐらいも居たかしら」

「君を送って行くとは言わなかったか？」

「まさか」

と言ったが、正子の顔つきでは、やはり誘われたようである。

「今朝、急にあんたから電話が来て、びっくりしたわ。これで、大急ぎで支度して来たの。和服は着つけないから、支度に大騒ぎだったわ。似合うかしら？」

と、上眼づかいに訊いた。

「うむ、悪くはない。洋服より色っぽい」

と、粕谷は賞めたが、まんざら口先だけではなかった。どう見ても素人ではないが、銀座のバアのマダム並みには見えそうである。

「どこに行くの？」

「ま、ついて来てくれ。今日はピクニックのようなものだ」

「珍しいことがあるもんね」

正子はおどろいたように眼をあげたが、うれしそうだった。

粕谷が大宮までの切符を二枚買い、電車に乗りこんだ。

「今日は帰りがちょっと遅くなるかもしれないよ」

「いいわ、どんなに遅くなっても」

と、媚《こ》びた正子の眼は、粕谷の言葉の意味を知っている。

大宮で降りると、駅前のタクシーを拾った。

「運転手さん、岩槻の少し北のほうに行ってもらいたいんだ」

粕谷の言うのを聞いて正子が、

「そんなところに何かあるの？」

と、不思議そうに訊いた。

「商売だよ」

「ああ、土地の」

と、すぐに了解したが、

「ピクニックだなんて、実はそうだったの？」

「ま、半分は遊びのようなものだからね。それで君を伴《つ》れて来たんだよ」

正子は袂《たもと》を前に出して、その陰からかくれるように粕谷の手を強く握りに来た。

大宮から岩槻までの道路は、畑の中を一文字に通じている。どこを見ても山はなく、海面《うみづら》のような田野《でんや》がひろがっているだけだった。それでも、ところどころ新しい住宅があったり、団地が見えたりしていた。

「お客さん、岩槻はもうすぐだが、どの辺かね？」

と、運転手が訊いた。

「待ってくれ」

と、粕谷は正子の手をはなし、ポケットから五万分の一の地図のたたんだのを取出した。

「白原というところを知ってるかい？」

「ああ、それなら、岩槻の手前から左のほうに入るんですよ」

枯れた桑畑の向うに岩槻の町の屋根が見えてきた。車はずっと狭い路を入る。むろん、舗装も何もないデコボコ路なので、車は激しく揺れた。正子は、もう運転手への遠慮もなく、粕谷に身体を膝ごと押しつけてきた。

いくつかの小さな聚落をすぎた。この辺は、高いケヤキの防風林に囲まれて、農家がかたまっている。

「ここが白原ですがね、お客さん」

運転手がそれからの行先をたずねた。

「昔の陸軍省の糧秣本廠《りょうまつほんしょう》の用地だったところを知ってるかね？」

「ああ、それなら、あと二キロぐらい先ですよ。へええ、そんなところへ行くんですか？」

「ちょっと用事があってね」

「お客さんは農林省のお役人かね？」

「そうじゃないけど。……しかし、君はよくこの辺のことを知ってるんだね？」

「生れがこの近くだからね」

「ああ、道理で……ついでに、月星土地の分譲地というのを教えてくれ」

「それは、その旧陸軍省用地の隣ですよ。帰りに寄ったほうがいいでしょう」

「そうか。君の車に乗って仕合せだったよ」

と、粕谷はほめた。

「そんな土地を買うの？」

と、正子がまた手を握って低く訊いた。

「いや、買うわけではないがね、ちょっと下見に来たんだ」

その会話が運転手の耳に入ったとみえ、

「お客さんは不動産屋かね？」

と、また訊いた。何でも興味を持つ運転手だった。

「そうではないがね」

「あの土地はだめですよ。農林省が絶対に払下げしないから」

「今まで運動した者がいるのかね？」

「ずっと前だが、一時、競争で払下げを運動したときがありましたよ。だが、結局だめでしたね。それに、なんといっても土地が広いやね。一体、どのくらいあるか、ぼくらには見ただけで、気が遠くなるくらいですからな」

両側の桑畑がどこまでもつづいた。その間には、採り残しの萎《しぼ》んだ白菜畑や、切株だけの田がはさまっていた。

悪路のせいで、それでも目的地に着くまで三十分はかかった。此処です、と言うので、粕谷は降りた。草履の正子は歩きにくいので、彼の腕に手を巻きつかせていた。

路から少し小高くなっているところに立つと、前面は黄色く枯れた一面の草地だった。ずっと遠方の森が霞んでいるところまで遮《さえぎ》るものがない。僅かに点々と木立があるのと、旧陸軍省時代の兵舎らしい小屋が朽ちて残っている程度だった。馬に与える給水用の井戸から、蛇口をつけたらしいコンクリートの壊れたのが、一層荒涼とした感じを与えた。この広大な地域を囲む古い杭《くい》と、錆びた有刺《ゆうし》鉄線。「農林省用地」の木標。――広い天地から吹きつけてくる冷い風に正子は、コートの衿をかき合せ、唇を白くしていた。

粕谷は少しも寒くはなかった。彼は、この平坦な荒蕪地《こうぶち》から、さまざまな幻影が立昇るのを見ていた。心は弾み、自分の身体まで急に大きくなったように感じられた。枯れて黄色く縮まった草も、砂漠の中の廃墟《はいきょ》のような朽ちた兵舎の残骸も、侘《わび》しいコンクリートの残塁も、悉く彼の眼から消え、壮大な団地都市が築かれていた。

その白い都市が築かれるには、まず、彼のところに億という金が入ってこなければならない。すべては、それを前提としての成立だった。鉛色の重苦しい厚い雲は、彼の眼から取除かれ、暖い陽が燦々《さんさん》として、この将来の夢の町に降り灑《そそ》いでいた。黄色い草地は青々とした芝生に変り、その間を真白な道路が放射型に通じている。美しき町の構築は、その業者の設計に任せよう。こちらは土地を売るだけだった。彼の視野には、荒廃した原野の上に碁盤の目が白々と筋になって描かれていた。

「何をいつまでも、こんな寒いところに立って見ているの」

と、正子が辛抱できないように彼の肩をつついた。

「おい！」

「なに？」

「おれといっしょになるかい？」

「ナニ言ってるのよ」

と、正子は言葉では言ったが、一瞬、表情が半信半疑になった。

「どうせおれはハンパ者だからな、まともな結婚はできん。今もいっしょに居るやつがいるが、もう、サヨナラの寸前だ。どうだい？」

「変なことばかし言うのね」

正子の顔が少し硬張《こわば》ってきた。

「君だってそろそろ、そういう生活が欲しいころだろう。店の家主にいやな野心を持たれてモタモタしてるよりも、そのほうがよくはないか」

「…………」

「君さえ承知なら、必ず実行するよ。そして、おれを男にしてくれ」

「え、どういうこと？」

正子がびっくりしたように大きな眼を向けてきた。

「君はぼくの女房になる。女房は亭主を男にしてくれる。君はそれが出来る女だ」

風が吹いて、正子の髪が顔に乱れかかった。

5

小泉が粕谷の事務所にやってきた。外は雨が降っている。

「お茶を出したら、君、外に行ってお茶を喫んでこいよ」

粕谷は女事務員に百円玉を三つ出した。

「すみません」

女の子は喜んで出て行った。二十二になるが、色が黒くて鼻が低い。色気は少しもなかった。その代り仕事は几帳面にする。仕事をテキパキやるのは、その性格のせいだけではなく、粕谷に微かな好意を寄せているからだ。あれで、もう少し魅力があったら、ちょっとぐらい手を出してもいいと粕谷は思うが、そんな気持の少しも起らない子だった。

「あの子、粕谷さんに惚れてますね」

と、女事務員が出て行ったあと、小泉は眼尻を笑わせて言った。

「冗談じゃないよ。そんなにおれが女に飢えていると見えるかね?」

「あんたは手が早いからな」

小泉は何気なく言ったのだろうが、粕谷には、この小泉が自分の惚れている正子にひっかけているような気がした。小泉は、もちろん、まだ二人の本当の仲を知らないが、多少は疑いを持っているようでもある。

「女の話はあと回しにしよう」

と、粕谷は言った。

「高利貸の安藤正樹のところへ行ってきたかい？」

「安藤正樹というのは、高利貸の範疇《はんちゅう》を超えていますね」

と、小泉はまず感歎した。

「あれくらいになると、一つの企業会社ですな。おどろきましたよ。さすがに政界方面にもコネがあると噂されてるだけに、会ってみても圧倒されました。あれじゃ、ほかの商売をしてもひとかどの経営者にはなれるはずです」

「ばかに感心したもんだね」

「まあ、一度、あんたも会ったらいい。予想以上だったですよ。ただ、高利貸の共通した性格というか、事務所がえらく汚くて、何十億もの金を回転させている場所とは思えないな。せいぜい、中小企業の事務所だ。この事務所よりは多少マシだがね」

「へらず口を叩かなくともいい。肝腎の点はどうした？」

「変った男でね。金を借りに来ている連中が、待合室みたいなところにいっぱい詰めかけている。味も素ッ気もない場所で、噂では水一杯出さないというんです。しかし、連中、金を借りたさに神妙に控えていましたよ。で、女事務員みたいなのがやって来てね、カードみたいなものを呉れて、営業名と、住所、会社名、ならびに氏名を書けと言うんです。つまり、医者でいえば、受診票みたいなもんだね」

「先生が直接会っても、そのぶんだけ手間が省《はぶ》けるわけだな」

「ぼくは、氏名は正直に書いたが、自分は金を借りに来たのではない。ちょっと社長に……社長というのが安藤のことだ。教えてもらいたいことがあって来たと書いたね。事務員、妙な顔をしていたが、そいつが安藤の眼に止ったのかもしれない。先客よりも先にぼくのほうを部屋に通してくれましたよ」

「そうか。君は人相がいい」

「ところが、安藤のいる部屋は凄くデラックスでね。この辺も安藤の演出のうまいところと感心したね。みすぼらしい待合室から、途端に眼も醒めるような部屋に通されて、借りたい奴は度胆《どぎも》を抜かれる。よっぽど安藤は金を持っているに違いない。すぐにでも貸してくれそうな心理になる。そこで、安藤の法外な高利、十日に一割という無法な条件を思わず呑んでしまうというしくみでしょうな」

「で、君のほうはどうした？」

「早速、東陽銀行東京支店長の黒川千太郎の名前を出してね、あんたの言ったように、かなりの焦げつきはないか、不良貸付はないか調べてほしいと言ったんです。理由は、と言うから、これには少々事情がある。それは一切聞かないでほしい。ただ、こちらとしてはどうしてもその必要がある。ただし、タダで教えて貰いにはこない。まことに少いけれど、と、あんたから貰った十万円の包を出しましたよ」

「その顔色では成功したね？」

「偉いもんですね。秘書みたいな男に言いつけると、ちゃんとそういうカード式のものが出来ているのか、色の浅黒い、三十二、三くらいの活潑そうな男が、メモに書き出して持ってきましたよ。先生、それをぼくのほうには隠して、ひとりで眼を通していたが、ほら、とばかりぼくの前にひらひらと投げましたね。それがこれですよ」

と、小泉は手帳の間に丁寧に折った紙を差出した。

「うむ」

粕谷は手に取った。便箋の紙に十件ぐらい横書きに書きこんである。貸付先、年月日、金額、期限、抵当物件とその評価、さらに手形書替えした年月日、それがみんな五、六回以上繰返されている。

「君、そこでソロバンをおいてくれ」

粕谷が言うと、

「トータルは取ってある。総額一億八千五百二十七万六千円なり」

と小泉は言った。

「まあ、おいてくれ」

粕谷が一つ一つ金額を声に出すと、小泉はパチパチはじいていたが、同じ金額を読み上げた。

「間違いなし」

粕谷は合計額を鉛筆で書き入れ、もう一度改めて全部の欄に眼を通した。

「安藤が言うには……」

と、小泉が横から言った。

「このうち前支店長時代の未整理が初めの三口で、あとは全部黒川現支店長がやったものだそうです」

「本店には、もちろん、判っているんだろうな?」

「それは全部報告されている。ただし、支店長は、あと一年以内にこの片をつけるよう重役に言われてるそうですよ。それで、支店長先生、いま、回収に必死だがね、なかなか、それが思うようにならないで悩んでいるそうですよ。もし、回収が半分にも達しなかったら、可哀想にクビだからね。その代り、或る程度回収出来たら、次は本店の調査部長ぐらいになるかもしれない。安藤に言わせると、いい学校は出ているし、やり手ではあるし、ここをうまく切抜ければ出世出来る男らしい。だから、支店長はいま明暗二つの岐れ路に立たされてるわけでさ。……咽喉が渇《かわ》いた」

小泉は冷くなった茶を呑んだ。

粕谷の胸に来たのは、成功という予報だった。もとより、結果はまだ雲煙の彼方にある。だが、彼には、茫漠とした人生の向うにも、その最後を予想できるように、それに似たものが泛んできた。

「ご苦労だったな」

粕谷は思わず顔をほころばして、そのメモをたたもうとした。

すると、彼は妙なことに気がついた。その便箋が安藤のものであることだ。もとより、それは初めから判っている。秘書がメモ代りに社用の便箋を一枚ちぎって書き流してくれたものだ。だが、罫線の端に小さく印刷された「安藤正樹用」が、使い途によってはいかに大きな効果を持つかに初めて思い当った。粕谷は、眼を洗われたようになって、驚嘆した。十万円は決して高くはなかった。いや、その五倍も十倍も払っていい。

粕谷が指先を震わせるようにして、その便箋を大切そうに手帳の間におさめるのを小泉は見ていた。だが、この男にはまだ、その値打の意味が判るまい。

「君、もう帰ってくれ」

粕谷は言った。

「あれ」

と、小泉は眼をまるくした。

「もう用なしですか?」

「少し、ひとりで考えたいんだ」

粕谷は紙入れを取出して、一万円札を抜いた。この際の一万円は痛いが、小泉の労に対して十分の価値があった。ただし、本人がそれを知らないだけである。

「これで今夜は呑んでくれ」

小泉の顔に二重のおどろきがひろがった。

「申しわけないな」

神妙に一応は遠慮して、

「また何か調査があれば、遠慮なく言って下さいよ」

「君には協力を頼まなければならない」

粕谷は笑った。

ふと、今夜は正子のバアに行くだろうと思った。

6

翌日、粕谷は東陽銀行に坂本を訪ねて行った。

坂本は粕谷の顔を見るなり、あわててカウンターの奥から出てきた。

「粕谷さん、外に出ましょう。どこか、その辺で話をしましょう」

と、アガリ気味だった。

粕谷は初め、なぜ、坂本が狼狽《ろうばい》するのか分らなかった。銀行の外に出て近くの喫茶店に歩く間も、粕谷の顔をぬすみ見て、妙におどおどしている。

粕谷には、その様子から初めて察した。坂本は、粕谷が登代子のことで脅しに来たくらいに思っているらしい。それは、坂本が逆に登代子と肉体的な関係を持ったということであろう。

粕谷は、思ったほど胸が波立たなかった。風雨が過ぎ去ったあとのさわさわした感じといえば、負け惜しみになるだろうか。事実の行われる前よりも、それが通過したあとのほうが気持が乱れないのである。

もちろん、当然、そういう結果になるとは粕谷も予想していたし、例の念書で手続的にも坂本に承諾を与えたのと同じだった。だが、粕谷は、彼ら二人の実行が遂げられるまでの遠さをまだ希望していた。どこかでそれを防ぎたいという意識がなくもなかった。しかし、すべては彼の見えないところで早急《さっきゅう》に終った。

坂本が妙に怖気《おじけ》づいているのは、その弱みがあるからだろう。そのことは坂本にとって負い目ではない。彼は胸を張って粕谷に会えばいいのだ。が、坂本は銀行の中に女の事実が知れ渡るのを惧《おそ》れているのだ。粕谷が大きな声を出せば、坂本に女のいることが銀行に知れる。それが坂本の恐れるところだった。

だから、彼は粕谷の顔を見てあわてて外に連れ出した。

だが、それだけでもない。登代子の「前夫」が粕谷だったところに、坂本の受ける圧迫感があった。たとえ、そこに時間の断絶があり、坂本がその以前の事実を知らないで女に接近したとしても、女を偸《ぬす》んだ意識が坂本を怯《ひる》ませていた。

坂本が登代子と肉体的な関係がなかった間は、彼も粕谷に対して強く出ていられた。が、彼女と完全な関係の出来た現在、坂本のような男にはどうしても粕谷に怯みを覚えるらしい。まして、この前から粕谷の強引なやり方を知っていることだし、粕谷がどのような人物か、坂本も気味悪く思っている。

そんな坂本の気持を、粕谷は彼の様子から読み取っていた。

コーヒーをとっても坂本は、粕谷がどんな口の切り方をしてくるか、不安そうにした。登代子のことか、それとも銀行取引で、もっと難題を吹っかけてくるのか、さらに両者を絡み合せた新しい要求が出されるのか。その心配が、たびたび坂本に粕谷の顔色を窺《うかが》わせている。

粕谷はニヤニヤした。

(どうです、坂本さん、登代子の味は如何ですか?)

つい、そんな卑猥《ひわい》な言葉を吐きかけてみたくなる。

登代子の身体は、粕谷自身が最も知悉《ちしつ》している。坂本と違って、それには歴史があった。たしかに登代子の肉体の上には、その変遷が遂げられてみられた。だれよりも粕谷がそれを実感している。

つい最近の登代子の反応が、一つ一つ泛んできた。こちらでおどろいたくらい豊饒《ほうじょう》な成長だった。しかし、果して登代子は坂本にもそれと同じ反応を与えているだろうか。

粕谷は、眼の前にいる坂本の、小柄で貧弱な身体つきを仔細に眺めた。軽蔑が起ってきた。

「坂本さん、ちょっと、今日はお願いがあって来たんですがね」

「はあ……」

坂本は心配そうな眼を向けた。

「ほかでもありませんが、黒川支店長にわたしを紹介してくれませんか」

「支店長に？」

坂本は頬の筋肉をピリリと動かした。

「いや、ご心配になることはいりません。例の念書のことは、絶対に支店長さんには見せませんからね」

「…………」

「ぼくもあなたのご承諾で、天下の東陽銀行に出入りできるようになったことはたいへんありがたいです。これで業者への肩身も広いですよ。また、お客さんにもうんと信用がつくわけです」

と、粕谷はわざわざ頭を下げた。

「いや、どうも」

と、坂本は中途はんぱな受け答えをした。

「そこでですね、ぼくも支店長さんに一度ご挨拶をしたいんです」

「…………」

「東陽銀行に出入りしているというのに支店長さんの顔を知らないのは、だれかにその辺を調査されたとき疑われますからね。せっかく箔《はく》をつけてもらったのだから、支店長さんとも顔見知りになっておきたいんです。断っておきますが、支店長さんに会ったからといって、別にこちらから無理なお願いをするわけではありません。いや、お願いをしたからといって、われわれなんか支店長さんのほうで相手にされないでしょうからね」

粕谷はわざと自嘲《じちよう》をみせた。

坂本は黙っている。黙っているのは粕谷の言葉に必ずしも同感したからではなく、その口実で何を企んでいるのか、それをさぐっているように思えた。眼の利かない人間が杖の先でまさぐっているような、また、昆虫が忙しそうに触角を動かしているような、そんな坂本の表情だった。

「どうでしょう?」

と、粕谷は坂本の顔をのぞきこんだ。

「今夜あたり、早速、その機会をつくって戴けませんか」

「今夜？」

「急ぐ事情があるんです」

と、粕谷はかぶせるように言った。

「ぼくが東陽銀行と取引をはじめたと言ったら、同業者の中で疑うやつが出てきたんです。ぼくのハッタリだと思ってね。ご承知の通り、とかく同業者はジェラシーが強い。商売仇が少しでも有利な地位を獲得すると、寄ってたかって、叩き落そうとするんです。東陽銀行に出入りしているのは、おそらく、われわれの仲間には一人もいないでしょう。ぼくがそういうことになって客に信用を増せば、当然、彼らはそのぶんだけぼくに圧迫されてくるわけですからね。なんとか中傷しようと狙《ねら》うわけです」

「はあ、それは分るけど……」

「ね、お分りになるでしょう。それで、連中、明日にでもぼくのことを調べるらしいんです。いろいろ予定はあるんでしょうが、ほんの五分か十分、支店長さんに会わせて下さい。ほんとなら、どこかでお食事を差上げたいのですが、まだ見ず知らずのぼくからそんなことをしては、かえって支店長さんのほうで気味悪く思われるかも分りません。ま、そういう機会はあとでもあることだし、どうでしょう。坂本さん、今日、銀行が退《ひ》けてから、応接間でもいいんですが、ちょっと、ぼくを紹介して戴けませんかね」

粕谷は一気に言った。

「そうですな」

坂本は下を向いていたが、断り切れぬと思ったか、

「一応、支店長に言ってみますが」

と、しぶしぶ言った。

「そうですか。それはありがたいですな。よろしく願います」

粕谷は両膝に手を当てて、几帳面なお辞儀をした。

「ところで、粕谷さん、ほんとに支店長に挨拶されるだけでしょうね」

坂本は念を押した。

「ええ、もちろん、そうなんですが」

「いや、こんなことを念押して気を悪くしないで下さい。ぼくはやっぱり、あの念書のことと、それから……」

坂本は言いしぶっているが、登代子のことである。それを言ってくれるな、と頼んでいる。さすがに坂本は、粕谷の前ではもう素直に登代子の名が口から出ないでいた。

「ああ、彼女のことでしょう」

と、粕谷は淡泊な口調で先回りをした。

「その点、ご懸念《けねん》なく。ぼくもそれほどヤボじゃありませんよ」

と、笑った。

7

坂本は、その晩八時ごろ、目黒のアパートに行った。登代子の部屋の窓に明るい電燈がついている。だれかを待ち受けているような暖い色だった。

坂本は脱いだ靴を片手に提げ、廊下に立ってノックする。横のガラスに影が動いてドアがあいた。訪問者がはじめから分っているような大胆なあけ方だった。

「いらっしゃい」

逆光だが、登代子の歯が白く見えた。姿勢をうしろに引くような恰好になって坂本を誘いこむ。

男から靴を受取り、ドアを閉め、鍵をかけた。いかにも二人だけの秘密の空気になった。

登代子は坂本からコートを取った。それを抱えて奥に行く彼女を、坂本はうしろから足早に寄って肩を抱いた。軽く抵抗するのを顔をねじ向けさせ、唇を吸った。

「ぼくから離れないだろうね？」

と、彼は肩を放さないで言った。

「どうして、そんなことを訊くの？」

登代子がコートを両手で抱いたまま訊き返した。

「たしかめたいのだ、君の気持を……」

「あなたの気持が変らなければね」

登代子は答えたが、その言い方が少しあっさりしすぎているように思える。坂本には、それが不足だった。こんな場合、女はもっと熱の籠《こも》った言い方をするのではないか。横顔を見せた登代子は、これまで坂本が一度も得たことのない美しい女だった。坂本は、自分の及ばなかった相手を無理に得たような気がしている。若いときから、金で買う女以外には恋愛に縁のない男であった。それがいつしか女に対して羞恥《しゅうち》と劣等感を覚えさせている。殊に登代子のような女が自分の手に落ちるとは思えなかった。不安が絶えず胸に揺いでいる。

坂本は長椅子にかけた。

登代子は台所で茶を沸かしている。

ときどき、外で車の停る音がした。アパートに帰る人が足音を鳴らしていた。

茶を持ってきた登代子が、

「どうかしたの？」

と、坂本の様子を見た。

「いや、どうもしない」

坂本は物思いからさめたように湯呑を握った。

「変だわ」

登代子は見つめて、

「顔色も少し悪いし、何かあったのね？」

と言った。

何かあったというのは、むろん、粕谷に想像をはせてのことである。それ以外に登代子に心当りはなかった。

「ねえ、あの人が今日も来たの？」

と、その場にきっちりと坐った。正面から問い詰めているようだった。

「うむ」

坂本は隠し切れない。隠すつもりだったが、一方ではうち明けたい気持でいた。

「また何か言ったの？」

登代子の眼が心なしか生彩《せいさい》をおびてきたようだった。今まで坂本に見せた眼の表情とは違っている。粕谷の名前が出た途端に生き生きとなったのは、どうした次第だろう。粕谷がまた何か悪いことをはじめそうだという心配で、そんな眼の色になっているのか。表情まで違っていた。

「ねえ、どう言ってきたの？」

鬱《ふさ》いでいる坂本を、年上の女がすかしているようだった。

「支店長に会わせろと言っていた」

坂本はぽつんと言った。言ってしまって、胸に閊《つか》えていたものが一どきに降りてゆくようだった。

「支店長さんに？　どういうことかしら」

登代子は眉《まゆ》をひそめた。何か極度の感情を見せるとき、その眼が少し凋《しぼ》み、丁度、近視眼の人間が遠くを無理に見つめるような具合になる。

「顔をつなぎたいと言っていた」

坂本は声を落して言った。

「紹介してくれというのね。また何か企んでいるんだわ。断ったでしょ？」

「………」

「断らなかったの？」

「あの人の商売上、顔見知りにしてもらったら、それでいいというんだ」

「それ、手だわ。それだけじゃないわ。何か考えてるんだわ」

登代子はまた遠くを見つめる眼つきになった。

「それで、引合せたの？」

「断れなかった。理由を訊いてみると、うちの銀行に出入することで不動産業者として信用がつくというんだ。だから、ほんの名刺交換だけでいいといっていた」

「いつまでもしつこいのね。あなたもあなただわ。どうしてちゃんと、それを断らなかったの？」

不甲斐ない、という口ぶりだった。だが、登代子は粕谷のことをもっと聞きたがった。成行きを心配しているのか、それとも粕谷のことが強い関心になっているのか分らなかった。

「だがね、別な場所で会うというわけではなし、銀行の応接間でほんの十分ばかりも話しただけだ」

「支店長さん、ちゃんと会ってくれたの？」

「仕方がない。ぼくがそう頼んだんだ」

「しょうのない人ね。そして、ただ挨拶だけだったの？」

「そうだろう」

「そうだろうというのは？」

「はじめの二、三分は、ぼくも横にいた。支店長も名刺を貰って、ああ、そうですか、と言うだけだった。そのうち粕谷君が、ちょっと支店長に内密で耳に入れたいことがある、と言い出した」

「…………」

「そう言われると、ぼくだってそこに残っているわけにはいかない」

「まさか、わたしのことを支店長さんに言ったんじゃないでしょうね？」

「ぼくもそう思って、席をはずしたものの心配でならなかった。まさかとは思うが、相手が相手だ、常識はずれのことをする人だからな」

「で、結局？」

「席に戻ったが、ぼくらのことではなかったようだ」

「それはそうでしょうとも。ちゃんと今後無関係という金まで取っているんだもの。そんなことをしたら、男ではないわ」

「だが、様子がどうも変だった」

「変とは？」

「粕谷君が帰ったあと、支店長の様子がおかしいんだ。妙に複雑な顔つきでいた」

「複雑というと、それ、どういう意味？」

「何ていうのかな、えらく物思いに耽《ふけ》っているような具合だった。とても不安そうな顔なんだ」

「何を言ったんでしょう？」

「ぼくにもさっぱり見当がつかない。支店長も何も言わなかったからね」

「支店長さん、あの人が帰ってから、あなたを呼んだの？」

「呼んだ。粕谷さんというのはどういう人だと訊いた。ぼくも紹介した責任上、よく知らないとも言えない。だから、どこかで知合いになったのだが、不動産業者としては相当やっている人のようだと、曖昧《あいまい》に言っておいた」

「支店長さんはそれで納得なすったの？」

「納得したのだろうな。それ以上深くも訊かなかったから……だが、それで支店長がさっぱりとなったのではない。やはり何か考えこんでいたよ」

「ひどく心配そうだったの？」

登代子は、粕谷が銀行の弱点を握って恐喝《きょうかつ》でもしたのではないかと思った。

「いや、それが必ずしもそうでもないんだ。考えこんではいたが、暗い顔ではなかった。むしろ、ときどき、希望に満ちたような顔になっていたよ。いや、ちょっと、それでは意味が違うかな。どう言ったらいいか、うまく言い現せないが、いくらか昂奮していたことはたしかだ」

登代子には見当がつかなかった。粕谷は何を言いに行ったのだろう。支店長と顔見知りになりたいというのは、むろん、口実に決っている。坂本を遠ざけて、支店長と二人きりになるのが粕谷の目的だったのだ。いろいろな想像が湧いたが、そのどれにも確信はなかった。

「粕谷というのは、ほんとに何を考えてるか分らないわ。あなたも警戒をゆるめないでよ」

登代子は坂本を戒《いま》しめるように言った。

警戒をゆるめるなというのは、どういう意味だろうか。登代子は坂本の味方のように聞えるが、一方では、粕谷の悪に不思議な魅力を感じているようでもある。たしかに坂本は善良な男だった。小心で、律義で、善意に溢れている。登代子は、このような男の親切に心が開いたといっていい。誠実で、困ったときには、たしかに頼りにしていい男だった。病気のときは、必ず十分な看護をしてくれるに違いない。貧乏なときは自分のものを剥いでも金に換えてくれるだろう。なりふり構わず、体裁《さい》も考えず、どんな仕事でもして登代子が困らないために働きそうである。坂本は、そういう男だった。

その坂本にどうしても惹《ひ》かれてゆけないのは不思議だった。

「そのままにして」

坂本が起ち上って上衣を脱ぎはじめた。

と、登代子は上衣の上から抑《おさ》えた。

「どうして？」

奇妙な顔をして坂本が登代子を見た。

「どうしても……」

理由を言わないで、男に微笑を投げた。

「今夜は話だけして帰って。ね、お願いだから」

坂本が脱ぎかけた上衣を元に戻し、襟を揃えた。落胆がその顔に露骨《ろこつ》にひろがっていた。

「何かおいしいものを作るわ」

8

代議士古賀重蔵は、終始寒そうな顔をして、だだっぴろい旧陸軍用地を眺めていた。うすい髭の上に水洟《みずばな》がのぞいていた。背をまるめ、両手を外套のポケットに突込んで、絶えず枯草の上を小刻みに歩いた。

粕谷が代議士の横についていた。

「この土地が有効に生かされないというのは、どうも国家的損失です」

代議士には、車の中でさんざん予備知識を与えてきた上でのことだった。何回、国家的損失が粕谷の口から出たか分らない。

「前にお願いした月星土地の造成地より、こちらのほうがどんなに立地条件がいいか分りません。東京の人口はふくれ上っています。現在の交通量では、学校の生徒の通学も安全が確保されていません。文教都市にもなるし、団地もできるでしょう。土地は素晴しい発展になります。先生のお力で……」

先生のお力でという言葉も、何回となく粕谷の口から飛出していた。

代議士は、絶えず水洟をすすっていた。鼻の頭が赤くなっている。それほど仔細に視察しているわけではない。代議士の眼に映っているのは、元兵舎の寒々とした廃墟と、荒涼とした枯草のひろがりだけに違いなかった。

粕谷は怯《ひる》まない。代議士がどのように無関心であろうと、興味なげな表情でいようと構いなく、活気のある言葉を吐きつづけていた。

「高井先生なら、必ずご理解戴けると思いますが」

高井市郎は、この古賀代議士の親分で、政界の実力者だし、実行力に富んでいた。かずかずの神話が高井市郎の実力について語られている。いまの農相も高井市郎の配下だった。

粕谷が、高井先生なら必ずご理解いただけると思います、と言ったのは、代議士にだけ通じる意味であった。国策のことではない。利益の授受が匂わせてある。いかなる公共企業も代議士にかかれば、利権そのものだった。

「しかし、君、ここは国有地じゃからね」

古賀代議士は足踏みしながら言った。寒いのと、面白くもない風景に、一刻も耐えがたいようだった。早く暖房のきいた車に帰りたがっている。いや、その車が回る先に心が走っている。粕谷が代議士の興味をそそるようにその理由を作り上げてきたものだった。

「国有地となると、いろいろと面倒なことがある」

と、代議士はつづけた。

「そこを、ひとつ、先生の政治的お取計らいで……」

粕谷は言った。

「政治的取計らいか」

古賀は声を出して笑った。

「お寒いでしょう。ぼつぼつ、次に参りましょうか」

あまり長居はさせられなかった。代議士はわが儘である。古賀は待っていたように、運転手の開いた車のドアの中に背をかがめて入った。狸が穴の中に入る恰好に似ていた。

粕谷は古賀の横にならんだが、窓外の風景に古賀の眼がちらちらと向いた。冬枯れの景色を観賞しているのではなく、この土地の値ぶみをしているような眼だった。

「君、金はあるんだろうね？」

と、古賀は煙草をくゆらして訊いた。

「はあ、そっちのコネはございます」

「ふうむ。どこ？」

「東陽銀行です」

粕谷が答えると、

「ああ、あそこ……」

と、古賀はうなずいた。微かだが、口もとに笑いが泛んだのは、先日持って行った札束の帯封を思い出したとみえる。

それからしばらく黙った。車は田舎道を抜けて、ようやく舗装した国道に出た。家数が多くなった。家々には灯がともり、防風林と森とが夜空に黒々と残っていた。

「先生、何か希望はございましょうか？」

粕谷は古賀を見て言った。車内の暖房で古賀の胴震いはやみ、威厳をとり返してゆったりとクッションに背をもたせていた。

「そうだな、まず、知事と町長……いや、あそこは村長かな？」

「町でございます」

「知事と町長とを動かすことだ」

と古賀は説明した。

「はあ」

「こういう問題は、まず、地元からの声をあげさせなければならん。上からばかりでもまずいんだ。そのほうが話が早くまとまる」

「地元の発展のため、とかいうことでございますね？」

「理屈は何でもいい。そのためにに、要すればこっちで青写真でもこしらえて見せておくことだな」

「なるほど。しかし、そういう方面のコネが……」

「それは問題ないだろう。この区の代議士は井出君だ。派閥は違うが、持ちかければうまくゆくだろう。井出君から地元に言ってもらえば、これはわけはない」

「ははあ、なるほど」

地元の代議士を一枚加えるところまでは、粕谷もまだ気がつかなかった。そうすると、分け前を与えるのが一人ふえてくる。いや、一人だけでは済むまい。地元出身の代議士連中には党派を問わず、しかるべき挨拶はしなければなるまい。粕谷には、無限に入費がひろがってゆく思いだった。

しかし、それはやむを得まい。この計画が潰れるよりはましだった。

「先生、その辺の手配もどうかご教示下さい。ぼくは全くその方面には無知なものですから」

「そうでもないだろう」

と、代議士は煙草を唇から放して笑った。

「君も相当な人だと思うよ」

「どういたしまして」

「東陽銀行に金を出させるなんざ、大したものだ」

古賀は、そのことで安心しきっているようだった。

「申し忘れましたが、この前先生にご挨拶した支店長が、近いうちにぜひ直接お目にかかって、改めてお近づきを得たいと申しております」

粕谷は、三日前に銀行の応接室で見た、黒川支店長の額の広い顔を泛べた。ついでに、おどおどして、その横にいた坂本の顔も泛んだ。登代子の姿が次に重なった。

「ああ、そう。いや、この間ご丁寧なことをしていただいたので、ぼくも一度はお会いしたいと思っていたところだ」

古賀も百万円の会釈《えしやく》をしたいらしい。あるいは、それをきっかけに、東陽銀行そのものと独自の接触をはじめたいらしかった。

「では、わたくしが、ぜひ、その席を持たせて戴きます。先生のご都合を伺った上で先方に連絡をいたしますから」

「そうだな、いま、ちょっと予定が分らないから、二、三日して電話でもかけてくれ給え」

「承知いたしました」

道には車が輻湊《ふくそう》しはじめた。それだけ東京に近づいている。信号で待たされたとき、代議士はぽつりと言った。

「君、来年の二月ごろまで、少しまとまった金が入らないものかね？」

気の乗らない世間話でもしているような口調だった。

来年春には総選挙が予定されている。二月までというのは、むろん、その資金のことだった。古賀代議士が選挙費用を欲しがっているのは、前々から小泉より聞いている。たしかに、代議士にとっては粕谷の持ちかけは耳よりな話であった。

だからこそ、代議士はこうして視察にきた。忙しい中を、粕谷の懇請を容《い》れて時間を割《さ》いてくれた。古賀にとっても金儲けであった。表面、不機嫌そうに寒い荒蕪地に立ってはいたが、彼は見るべきものは、ちゃんと見ていたに違いなかった。

帰りにはもてなさなければならない。代議士はそれを当然のこととしている。他人の金で、料亭の遊びに馴れた男だった。派閥の会合には親分が金を出してくれる。

赤坂でも新橋でもみなタダ遊びだった。関係している業者も招待してくれる。衆院の何かの委員会に属していれば、関係官庁の役人が丁重に呼んでくれる。ある種の代議士には代議士とはそういう商売だった。

「運転手さん」

と、粕谷は身を乗出して指示した。

「そこを左に曲って下さい」

車は、粕谷が高い金を出して雇った外車のハイヤーだった。「視察」をしてもらうからには当然の礼儀だったが、粕谷は、先生の車でないことにしましょう、秘書の方もご遠慮ねがいます、と古賀に言っておいた。

なぜ、抱えの運転手も秘書も断ったのか。代議士は、その理由を暗黙のうちに承知しているはずである。だからこそ、うん、うん、とうなずき、さっきも寒い風に吹かれて立っているとき、早く次に回りたいふうを見せたのだった。

夜目にも鬱蒼《うつそう》とした森が見え、巨きな鳥居が浮んでいる。

「ほう、夜のお宮詣りか」

と言ったとき、車は神社の境内をよぎった道に進んだ。

池が見えた。水面には、池畔を取巻いた家の灯が映っていた。

「大宮というところは初めて来たが、なかなかいい料理屋《うち》もあるんだな」

と、古賀が呟いた。

粕谷には、その一軒の座敷に待たせている正子の姿が泛んだ。

(和服でくるんだ。なるべく粋《いき》な恰好できてくれ)

粕谷は昨夜、正子と一つ床の中で、そう命じておいた。

第六章

1

料理屋に着くと、古賀代議士はすぐに風呂に入った。今日は粕谷君に引張りまわされて寒かったから、ゆっくりと暖らなくちゃ、と代議士は洋服を脱ぎ、どてらに着かえて女中のうしろから出て行った。着物になると、代議士は、急に老人臭くみえてきた。

粕谷は、その間に別な女中の案内で小部屋に行った。襖を開けると、和服の正子が火鉢のそばにうしろ向きに坐っていた。訪問着のような派手な模様と地色だった。

帯の太鼓《たいこ》は淡黄色の地に、黒と朱のチューリップが大胆に描かれている。体格のいい女だから、このような華やかな和服が似合った。

粕谷の言いつけ通りだった。芸者として出して怯《ひ》けはとらなかった。正子は前の店もきもので出ていたから、粋な着つけにもなれていた。点検するような粕谷の眼が満足した。

正子はすぐにはふり返らなかった。粕谷が入ってきたのを知っていて、火箸で灰をかきならしている。抜衿から白いうなじが伸び、ふしぎな色気がそこから滲み出ていた。

「待たせたな。いま、着いたよ」

粕谷は、立ったまま、女のうしろから声をかけた。正子は返事をしないで、じっとしていた。顔をうつ向け、手の動きもやんだ。屈辱と羞恥と犠牲とをその硬直した身体が全力で受けとめていた。

粕谷は正子の傍に坐り、彼女から火箸をもぎとって、その指を自分の両手に握りこんだ。正子は憤《おこ》ったように抵抗したが、すぐにおとなしくなった。

粕谷は黙っている女の横顔を見つめた。彼女は、その視線を避けるように灰の上に眼を落していたが、次第に火に焙《あぶ》られたように顔が赤くなってきた。呼吸《いき》もひとりでにせわしげになった。粕谷には、正子が何を考え、何を怖れているかが十分に分った。

「いま、風呂に入っているよ」

と、彼はぽつりと言った。

それだけで意味は女に通じた。正子は息を詰めた。

「きれいだな」

彼は賞めた。今度は彼女のことである。

正子は、急に顔をあげ、粕谷をじっと見た。眼は、泣いたあとのように赤く潤んでいた。女のほうから粕谷の手を握って、

「……ほんとに夫婦になれるんでしょうね？」

と、低いが力を込めて言った。

「必ずいっしょになる」

見返した粕谷の眼は、辛抱してくれ、と女に愬《うった》えていた。

「覚悟はつけて来ているけど……」

あなたのためならと、彼女の燃えるような顔が言っていた。

「頼む……」

粕谷は正子の背中に手をまわした。彼女はたまりかねたように彼の胸に上体を投げかけ、下から唇を求めてきた。濃い紅が塗られていた。

女の口は火が噴《ふ》いたように熱かった。そこには死にゆく女の、別れのような情熱があった。

「来てくれないのかと思った」

と、粕谷は唇を放して言ったが、一方の指先では女の耳のあたりの髪毛《かみのけ》を撫《な》でていた。

「あなたと、いっしょになるためには……」

女はそれだけ言って、咽喉の奥で嗚咽《おえつ》した。粕谷は、自分の胸に女の顔を抱き、ハンカチで泪《なみだ》を拭ってやった。

「必ずいっしょになる。辛抱してくれ」

彼は感動した声で女の耳もとにささやいた。

「いやだったら逃げてきてもいい?」

正子は救いを求めるように、訊いた。

「駄目だよ」

やさしいが、断乎として粕谷は言った。正子は肩を震わせた。

「どんなことがあっても我慢してくれ。君も辛いだろうが、ぼくも辛い」

暗澹《あんたん》とした言い方だった。

彼女は彼女なりに、離れた部屋でひとりで苦しんで横たわる粕谷を想像しているようだった。嗚咽の泪がもう一度彼女を襲った。

「……ほんとに今夜だけでしょうね」

と彼女は声にならないような声で訊いた。

「今晩だけだ」

「きっとよ」

「分っている」

「朝、いつまでも向うといっしょに居なくてもいいでしょ?」

「……」

「一刻も早く脱け出したいわ」

「待ってくれ」

と、粕谷はさえぎった。

この女は、これまでさまざまな男と交渉を持ってきているはずだった。或るときは相手が好きなために、或るときは金のために。バアの女は、そういう種類のが多かった。だから、粕谷は、もっと正子が割切ってくれると思っていた。過去にしてきたことをもう一度繰返すだけである。素人の女ではないのだ。

女が泣いているのは、心の染まぬ男の床に入ることよりも、同じ屋根の下に好きな男が居る切なさからだろう。たしかに、それは屈辱かもしれない。だが、これを頼んでいるのは女の好きなはずの男ではないか。しかも、それをしなければいっしょになれないと言い聞かせてある。男がのるか反るか、成功か陥没かの瀬戸際に立っているのだ。当然、女は手を貸してくれていいのである。旧い道徳や考え方は、この際、何の役にも立たないのである。粕谷は正子がはがゆくなった。

「あの代議士さんは、いまのおれにとって大事な人物だ」

と、粕谷は正子を宥《なだ》めるように言った。

「いやらしい年寄だろうが、今夜だけ辛抱してくれ。だから、年寄がこの家を出るまで、ずっと傍にいて世話をしてもらいたいんだ。途中で逃出したりすると、逆効果になる。年寄は僻《ひが》みが多いし、気が短いから、憤らせてしまったら、いままでのぼくの辛苦が崩れる。いや、かえって逆に妨害されることになる。分ったな？」

「辛いわ」

と、正子は言った。

「分っている。辛いのはぼくだって同じだ。君以上かもしれない。だが、何もかも、これからのためと思って耐え忍ぼう。……ぼくには金もないし、後楯もない。徒手《としゅ》空拳《くうけん》で大金をつかもうというのだ。壮大な夢を構築しようというのだ。当然、犠牲は要求される。この辺のところを分ってもらいたい」

「理屈では分るけれど……」と、女は震えた声で言った。

「辛くて、辛くて……、死んでしまいたいくらいよ」

「可哀想だと思っている。だが、これ以外に方法はないんだ」

「……ねえ。もう一つ心配なことがあるわ」

「何だ？」

「……こんなことがあってからあと、わたし、あなたに嫌われそうな気がするの。きっと、あなたはわたしが不潔な女に見えてくるわ」

「ばかな」

粕谷は小さな声で叱った。

「ぼくから頼んでいるのだ。どうしてそんな感情が起るものか。もしそんなことをしたら、ぼくは人間ではない」

「………」

「恩義を感じるよ。たとえ君が彼に身体を与えても、それは藻抜けの殻だと思っている。今夜は別々でも、君の心はぼくといっしょに抱合っているのだ」

――ああ、面倒臭いと、粕谷は思った。どうして、この女はもっとサバサバとしないのだろうか。こんなことを言いならべなければ、女は素直に代議士の傍に行かれないのか。すぐ行ったのでは、羞恥を知らない女と思われるのをおそれているのだろうか。それとも恰好がつかないというのか。

しかし、女の機嫌を損じてはならなかった。ここで逃げられたら、この計画はまるきり失敗とは言えないにしても、第一歩で大きな躓きとなる。粕谷は、面倒でも女の調子に合せなければならなかった。

それからも同じようなことが彼の口から出た。やさしく抱き、柔く女の髪をなでた。愛している女を別な男のところに赴かせる苦衷《くちゅう》を表現した。別離の悲しみを、その表情や声に表わした。声としぐさは、どこまでも感動的であった。

障子の外に忍びやかな足音が聞えた。

「ごめん下さい」

と、外から女中の声がした。粕谷と正子は離れた。

「あの、古賀先生が、いま、お湯からお上りになりましたけれど……」

障子越しの、遠慮したような声だった。

「そう……いま、そっちに行きます」

「はい」

女中の足音が遠ざかった。

「さあ、早く化粧を直して」

と、粕谷は正子の肩を軽く突いて言った。ついでに、自分の唇についた口紅も拭った。

2

古賀代議士は正子が気に入ったようであった。大宮の芸者たちもそこに呼ばれたが、古賀は、そのほうにはあまり興味を示さなかった。代議士は粕谷とさし向いだったが、横の正子に絶えず眼が移っていた。酒が入るにつれて、代議士は正子を引寄せたり、手を握ったり、かなり露骨となった。

正子が芸者でないことは初めから古賀にも分っている。だが、この席に粕谷がつれてきた意味を、代議士は早くも知っていた。それは、たびたび、そういう饗応《きようおう》にあずかる彼の習性からだった。習性ともなれば当然に厚顔《こうがん》になってくる。

だから、芸者たちは眼のやり場に困って、主に粕谷にサービスした。代議士は、もう、自分の女が決ったような顔をしていた。

「粕谷君、君は若いのに似ず、なかなかやり手だ」

と、古賀代議士は賞めた。

「とにかく、今度のことは、ひとつ、君に協力をしようじゃないか、高井さんにもぼくから含んでおく」

と、彼は実力者である親分の名を出した。

古賀は胸まで真赤にしていた。はだけたどてらからは胸毛まで見えたが、咽喉のあたりには筋が多く、元気な年寄という印象だった。

「粕谷君、これからわしを利用してくれ。ぼくも君の援助を頼もうではないか」と、古賀は言い、「今度はギヴ・アンド・テークで行こう」

古賀が欲しいのは選挙資金である。来年の春は解散必至だった。

「一体どうしたらええか、細かいことはぼくには分らん。君が万事、そのスケジュールを作ってくれ。君の引いた設計図の通りにぼくは動くよ」

とも代議士は言った。

つまり、いま見てきた国有地の払下げと、それを担保にして東陽銀行から金を引出す才覚については、全部粕谷の言う通りになるという意味だった。もちろん、代議士の胸には、その割前の算用が入っている。

粕谷は古賀代議士にお辞儀をしながら、よろしくお願いします、としきりに言ったが、その眼はこっそりと正子の様子に注がれていた。自分の女が目の前で別な男におもちゃにされているのを見ても嫉妬は少しもなく、かえって彼女が年寄から逃げないように監視していた。正子は古賀のしつこい手に顔をしかめたり、ときには反抗的に出ようとしたが、そのつど粕谷の眼は光った。正子は代議士に向ってほとんど口を利かなかった。

だが、古賀には、それも満足だったらしい。見え透いた世辞を言われるよりも、代議士にはこうしてどこか素人臭い女を相手にするほうが張合があるし、刺戟があるようであった。一流料亭の派閥の会合でも、猥談が代議士たちの手柄話になっている。

二時間ぐらいで酒の席は終った。わりあいに早い時間で済んだのは代議士に次の実行があるからである。彼はもう心ここにないようであった。

「疲れた」

と言い出したのが古賀のほうからである。

「今日は粕谷君にほうぼうをつれて回られたから、すっかりくたびれた」

粕谷は、芸者のうしろにいる女中に眼配せした。

「先生、ほんとに恐縮でした。お酒を召したので、よけいにお疲れが出たのでしょう。では、わたくしもここを引揚げますから、どうぞごゆっくりお寝《やす》み下さい」

粕谷は代議士に手をついた。

「ご馳走になった」

代議士は、その眼をふと粕谷に向けて、

「君はどうする？」

と訊いた。これから自分だけが楽しむのを、少し気がひけたようだった。

「はあ、わたくしは適当に……」

粕谷はわざと、その辺にいる芸者たちのほうへ意味ありげに眼を眄《なが》した。

「ああ、そう」

代議士は、いかにも心得たというように軽く二、三度うなずき、奇妙に女のような声を出して細く笑った。

「君は若いからな……」

正子の眼が射るように粕谷に向いた。粕谷は、それを受止めた。ほんの何秒かの

視線の絡み合いだったが、正子の懸念に彼の眼は、

(心配するな。決して浮気などはしない)

と答えていた。

女中の案内で、まず古賀が座敷を出ていった。どてらのうしろ姿は、すぐうしろから正子が従《つ》いてくるものと信じこんでいた。鷹揚に脚を運んでいるのである。

正子は、そこから起ちかねていた。じっと眼を粕谷に向けたが、羞恥よりも、恨むような、憎むような激しい感情が出ていた。

粕谷は知らぬ顔をした。残っている芸者たちも何となく沈黙している。なかには、こっそり正子を見つめている者もいた。正子は最後の覚悟を決めたらしかった。

「お先に」

と言うのが彼女の精いっぱいの声だった。その短い言葉の中に彼女の粕谷にむけたあらゆる感情と呼びかけが込められていた。

「やあ」

粕谷は恬淡《てんたん》としていた。芸者の一人でも帰るような無関心さであった。それから正子の姿がしおしおと代議士の歩き去った方角に歩いてゆくと、粕谷は急に芸者たちと談笑をはじめた。

芸者たちもこの異様な雰囲気が分ったらしかった。会話が円滑でないのは、そのほうに気持を奪られているからだ。彼女たちの好奇心を年増芸者が代表して言った。

「あちらさまは？」

と、正子のことをたずねた。

「ああ、あの人か……今夜、先生のお世話をする人だよ」

粕谷は平然と口の中に酒を流した。

粕谷が起ったので、芸者たちも帰り支度をした。

「お客さんは独りで今夜をおすごしですか？」

と、その年増芸者が訊いた。

「ああ」

「寂しくはありません？」

「今日は疲れている」

「でも、あちらさまは……」

と、芸者は笑いながら古賀代議士のことを指した。

「年寄の元気は別だよ」

誘えばついてくる女もいたようだったが、粕谷はひとりで出て行った。女中の案内で入ったのが、さっき正子と逢った小部屋の近くだった。

部屋には床が一つだけとってある。枕もとのスタンドの灯もうすかった。

「ちょっと……先生の部屋はどの辺？」

「あちら側でございます」

戸を入れた庭のほうを女中は指した。

「離れになっていますから、それは静かでございます」

「そう」

「お寝みなさいまし」

「お寝み」

女中が退《さが》りかけると、粕谷は、おや、と呟いた。

「は？」

「いや、雨の音がしてきたようだね」

粕谷は、その庭のほうに耳を立てていた。

——彼は鞄から地図と雑誌とを取出した。蒲団の上に腹匍い、スタンドの灯を明るくし、まず地図をひろげた。国有地がひろびろと地図の上に区域をとっている。せせこましい小さな区画を圧倒した広大なスペースである。そのまま彼の夢の壮大さにつながる。彼はしばらく、その地図を愉しんだ。

だが、ときどき、心が剝げたように離れの部屋に流れて行った。雨は強くなって木の葉を叩き、軒から雨垂れを落させた。向うの離れでいま何が起っているか、その場面だけが粕谷の眼に泛び、耳は雨音だけを聞いた。

どてらのはだけた前から見せた古賀代議士の胸が泛んだ。記憶にある正子の白い身体がそれに重なった。粕谷は、奇怪な絵の部分図を見るように、二人の手の具合とか、足指の恰好とかが泛んできた。代議士が鼻孔を開いて野獣のようになっている。だが、粕谷は、代議士の胸毛に交っている白毛と、その咽喉に浮いている筋を思い出して、冷笑が泛んだ。

地図を見ているうちに、そのさまざまな区画の模様が、怪しげな絵にどこか似てきた。むろん、地面には色はない。粕谷の眼が、それを色づけている。聞えるのは強くなった雨だけであった。声がその下から浮き上った。

彼は地図をたたんで煙草を取出した。一服吸うのに長い時間がかかった。時計を見ると、十二時に近い。代議士が席から起って一時間はたっぷりとすぎていた。粕谷は、むやみと烟を吐いた。

彼は仰向けになった。持ってきた雑誌は肩の凝《こ》らない読物である。しかし、さすがに活字に眼が吸いこまれなかった。グラビヤを見たり、漫画を眺めたりした。ふしぎなことに、この雑誌のさし絵も男と女の閨房図が多かった。しかし、そうした絵のどれもがモダンで、場所もホテルのようなところだった。現在、離れで行われているような場所は一つも描かれていない。

さっき見た芸者の一人が眼に泛んだ。いまから起きて女中に言えば、女の都合は出来ないことはなさそうに思えた。だが、そうするなら、あのときとっくに、その芸者を拉致《らっち》したはずだった。今夜は独りにならねばならなかった。その必要があった。必要というのは彼に一つの予期があったからである。

それは、粕谷が睡れないまま輾転反側《てんてんはんそく》して二時間も経ったころ、現実となって現れた。

3

廊下に足音がした。忍びやかだが、小走りの、乱れた気配であった。

粕谷は、知っていたが、眼を閉じた。寝返りして睡れなかった様子はかくしていた。

襖が開いたが、乱暴だった。そのくせ、音だけは消している。

正子は、襖を閉めてそこに立っていた。眼をふさいでいる粕谷には、正子に見詰められているのを痛いほど感じていた。その視線に、さすがに堪えかねて、彼は身体を動かし、寝返ったひょうしに眼をさましたように、瞳を正子に向けた。

うす暗い中だったが、正子の幅ひろい衿が白くみえた。つづいて長襦袢の紅い色が沈んで映った。両肩がかくれているのは、その上に宿の半纒《はんてん》を羽織っているからだった。

粕谷が眼を醒ましたと知って、いや、眼を醒まさなくともそうしたに違いないが、正子は走り寄ると、彼の寝ている蒲団の端に倒れるようにつっ伏した。

粕谷が見ると、正子の髪は乱れ、衿も急いでとりつくろった様子がありありとみえた。彼女は粕谷の肩に手をかけると、顔を首のところに強く押しつけてきた。

「どうしたんだ?」

粕谷は、女の乱れた髪が顔に降りかかってくるのを我慢して訊いた。

正子は咽喉の奥で、く、く、と泣声を立てていた。ものは言わないで、やたらと身体に力を入れて押してきた。

「いまごろ、こんなところに来ては駄目じゃないか」

粕谷は低い声で叱った。

女は返事をしないで彼に武者振りついてきた。

「古賀さんは睡っているのか？」

女の様子が、そうだと言っていた。

「もし眼を醒ましたらどうする？　早く帰れよ」

と粕谷は言った。

「いや」

正子は肩をひと震いさせると、

「いや、いや……」

と言いながら、いきなり掛蒲団をめくって彼の横に入った。

「ひどい人」

正子は粕谷の胸を両手で掻きむしった。

「ばかな真似はよせ」

粕谷がその手を払うと、彼女は狂ったように彼の顔に歯を立ててきた。吸うというよりも、それは齧《かじ》っている状態だった。それから彼の口を激しく求めてきた。嵐のように息を弾ませ、顔も身体も火のようになっていた。

女の、この求め方は、粕谷への謝罪があった。あるいは、言いつけどおりのことをした報告ともいえた。義務を終ったから、今度は本当の自分になりきるのだ、と言いたそうだった。そこに、彼の愛をつなぎ止めようとする女の必死の努力があった。女から男のように脚を絡ませ、手で彼の身体をまさぐって行った。有無を言わせない激しさだった。

彼女は、自分から細い帯を解き、衿をはだけた。男の寝巻も彼女が剝いだ。

「さあ、思い切りわたしを殴って」

と、女は泣声で言った。

「汚い女を打って……」

粕谷の顔に彼女の泪が落ちた。正子は彼の身体の上にまたがっていた。髪をふり乱し、顔じゅうを歪め、彼を見下していた。うすい照明だったが、眼の一方がギラギラと光っていた。粕谷は女を抱えこんだ。

汚辱、穢《けが》れ、不浄、濁《にご》り——そういった一切の泥濘《でいねい》にこの女はまみれていた。その泥をたった今かぶってきたばかりであった。新鮮な汚泥であった。粕谷にふしぎな情感が湧いた。復讐、苛虐、爽快、地獄といったものが欲望を青い炎のようにかき立てた。その一瞬だけ、彼は計算を忘れた。さっきまで他の男にさいなまれた女の身体が、享楽をよび起す秘薬となった。それは酩酊《めいてい》であり、陶酔であり、麻酔であり、妄想であり、譫語《せんご》であった。

おとなしくなると、彼女は粕谷の傍に横たわった。声を殺して泣き叫んでいた彼女の慟哭《どうこく》は静かな歔欷《きょき》に変っていた。それには彼女の充足と甘えと服従とがあった。粕谷に本性が戻ってきた。彼の忘我の官能は要するに刹那《せつな》的のものだった。

「おい」

と、彼は正子の肩を押した。

「早く向うに行けよ。年寄が眼を醒まして探しているかもしれないよ」

正子は身体を石のようにして動かなかった。

「おい」

女はまだ男のぬくもりを身体の中に保ちながら、その陶酔を持続しているようだった。

「早く行けよ」

と、粕谷は催促した。実際、彼の眼には、代議士が眼を醒まして彼女の戻りを蒲団の中で首をもたげて待っているような気がした。

いや、待っているだけならまだいい。いつまでも戻ってこないと分ったとき、代議士は女の逃亡に気がつくはずだった。恥を知らない代議士のことだから、宿の者を電話で起して、彼女の行方を追及するかもしれない。何時に帰ったのだと、電話で怒鳴るような声も聞えそうな気がする。

宿の者が、女は出て行ってはいないと答えると、代議士は、この料理屋じゅうを捜すかもしれなかった。そして、この部屋にものぞきに来そうである。そうなったら、万事がお仕舞だ。代議士は、粕谷が自分の女を提供したと知って激怒するに違いない。逆の意味で代議士は誇りを傷つけられ、恥辱感を味わうに違いなかった。

「起きろよ」

粕谷は強く彼女の背中をつついた。その身体はすすり泣いていた。

「もう、いやだわ」

「何を言うんだ」

粕谷は狼狽した。

「あなたの命令は実行したわ。わたしの義務は済んだの。もう、堪忍して……」

「義務は済んでいない。彼がここを出るまでだ」

「ひどい人ね」

「分ってくれ。そうしなければ何にもならないのだ……」

と、粕谷は懸命に宥《なだ》めて、

女は、ようやく身体をもそもそと動かした。粕谷は、やっと安心した。

「ねえ」

と、正子はくるりと向き直って、

「わたしを捨てないでしょうね？」

と、泪に光る眼で見つめた。

「捨てるものか。君は恩人だ」

「ほんと？　間違いはないでしょうね？　わたし、あなたのためを考えてこんなことをしたのよ」

「分っている」

「……あとで、あなたが今夜のことを思い出しそうだわ。結婚しても、それを思い出して軽蔑されたら、わたし、たまんないわ」

女は、男の記憶が結婚生活にヒビを入れるのをおそれていた。もっともなことである。多分、いっしょになったら、そういうことになるかもしれなかった。

「そんなばかなことがあるか」

「頼む」

と、言った。

と、粕谷は強く言った。

「ほんと？」

「当り前だ。ぼくのために辛いことをしてくれたんだ。そんなこと、考えてもみない」

「女房を売った気持にならないの？」

金輪際、そう思う気遣いはなかった。夫婦になるつもりは初めからないのである。女の夢想と、男の現実とが喰違っていた。その喰違いを粕谷は口先で合わせなければならない。

「戻ってくれ。とにかくぼくを信じてほしいのだ」

「信じなければ、こんな、こんな……ことは出来ないわ」

何を言ったのか、粕谷にはよく聞えなかった。こんな獣《けだもの》みたいなこと、と言ったのか、不倫なこと、と言ったのか、非人間なこと、と言ったのか、さすがにそこだけは彼女も言葉を殺していた。

「じゃ、参ります」

女は決断したが、やはりぐずぐずしていて、

「ねえ……」

と、粕谷に唇をせがんできた。男には、もう、それが煩《うるさ》いだけだった。冷めてしまえば情感は静まり、女の挑発からは離れてゆくだけだった。もう、女の顔を見るのもいやになった。しかし、いまの場合、実際のことを顔に表わしてはならなかった。粕谷は辛抱した。

とうとう、女は辛そうにして出て行った。つらいのは、粕谷への未練であり、再度の務めへの嫌悪だった。女は明けがたまでにもう一度穢されなければならない。その絶え入るような足音が消えたあと、彼は、今度はぐっすりと睡った。

粕谷は、朝九時に眼が醒めて、顔を洗いに行った。戻ると、床を上げ終った女中が、ふところから封筒を出して渡した。中を見ると、宿の便箋一枚に、

《先に東京に帰ります。ぜひ連絡して下さい》

と、鉛筆で走り書きしてあった。字の下手な女だった。それだけに彼女の惑乱と焦《あせ》りとが実感となって出ている。粕谷は、それを破って反古籠につっこんだ。

「やあ、お早う」

と、代議士は、自分の部屋に粕谷の挨拶を受けて新聞から顔をあげた。どてらのままであぐらをかき、片肘を脇息に載せている。少しも疲れた顔ではなく、心身爽快な表情であった。朝の、すがすがしい空気が部屋に満ちていた。

「先生、昨日はお疲れさまでした」

粕谷が手をつくと、

「いや」

と、兎《う》の毛《け》ほども照れ臭さはのぞかせなかった。

代議士は、昨夜正子が真夜中に床を脱け出てどこに行ったかは気づいていないらしかった。粕谷は安堵した。

「どうも景気の調整がうまく行ってないようだね。少し政策調査会あたりにハッパをかけなければいかん」

古賀は新聞記事のことを言った。それから粕谷といっしょに朝飯を食う間じゅう政治の話ばかりしていた。

4

坂本は登代子のアパートに来ていた。はじめから浮かない顔で、何か落ちつかない様子だった。彼は、ぼんやり坐ってテレビを見ていたが、眼はそれに吸寄せられていなかった。

登代子は茶を運んで坂本の様子に気がついたが、彼からは何も訊かなかった。いつもここにきて無心に登代子に喜びを見せる男だが、今夜だけは気がかりなことがありそうだった。

「テレビを消しておくれ」と、坂本は湯呑に手を出して言った。「粕谷君は、あれから何も言ってこなかったかね？」

テレビの画面が消えてから坂本は訊いた。

「いいえ、何もありませんよ」

登代子は、坂本がいつまでも粕谷のことを懸念するのが愉快でなかった。そういうところも男らしくないと思っている。これまでも彼は絶えず粕谷の存在を気にしていた。

「そうか」

坂本は微かに首をかしげた。わざとそうしているようにも見える。

登代子は、坂本になんだか本心を見られたような気がしないでもなかったが、要するに、それは彼らしい嫉妬のかたちでしかないと思っていた。じめじめと、これまでのことにこだわっている男だったし、そういう性格だった。事実、あれ以来、粕谷は電話もかけてこないのである。

「何かあったの？」

登代子から訊き返した。粕谷が最後にここに来てから、もう一ヵ月近くになっていた。登代子自身もそれが気になっていた。粕谷があの金を坂本から取ったといっても、その約束を実行するとは信じていなかった。粕谷は、そういう男なのである。登代子が粕谷の足音を考えるのは、怖れというよりもひそかな期待に近かった。一ヵ月近くも音沙汰ないのは、明らかに粕谷に何かがあると思っていた。それと、坂本の今夜の様子とに何らかの関係があるのではなかろうか。

「少し奇妙なことがある」

と、坂本は口の中で呟いた。

「奇妙なこと？」

「粕谷君は、陰でこっそり支店長と会っているんじゃないかな」

「そう？」

その言葉で登代子は、粕谷がまた見えないところで何か企んでいるような気がした。それだから電話もかけてこないし、ここにも現れないのであろう。仕事に熱中しはじめると、そういう癖のある男だった。

「いつぞや、粕谷君を支店長に紹介したことがある。あのときは支店長も粕谷君には通りいっぺんの普通の挨拶だったが、あれからかなり経っている。だが、近ごろになって、どうも粕谷君の動きが考えられてならない」

「支店長が粕谷の名をあなたに言ったの？」

「あれ以来、支店長は何も言わないが、今日、急にぼくを呼んだ」

「何かおっしゃったの？」

「粕谷君のことは直接には言わない。だが、明日の朝、埼玉県の岩槻にいっしょに行こうと、支店長は言うんだ。そのへんの土地を見るという話だが」

「じゃ、銀行の仕事じゃありませんか」

「そうなんだけど……普通は、支店長は、そういう言い方をしない。土地を見に行くのだから、その前にちゃんとした話があるはずだ。それが順序というものだよ。どうせ、その土地を担保に銀行で金を出す話だろうが、それなら、当事者の名前や、土地の図面などを支店長はぼくに見せるはずだがね。それがない」

「ただ、それだけ支店長はおっしゃったの？」

「そう。上野駅で落合うことになっている。銀行に出てくる必要はないと言っていた。一度出勤して、そこから支店長といっしょに出かけるならふしぎはないがね。これは、次長も知らないらしい」

「でも、朝が早いから、時間の節約をしたのかもしれませんわ」

「とは考えられないね。岩槻だったら、九時に出勤してから出かけても十分だし、第一、何も言わないのはおかしい。支店長がひとりで胸にたたんでいるようなところがある。……いや、はっきりと、そうなんだ。明日岩槻に行くということはほかの行員には言わないでくれと、口止めされた。支店長は何かを考えている。ただ、ぼくをつれて行くのは、支店長には土地のことは分らないからだ。そっちのほうはズブの素人だからね。ぼくに現場を見せて評価額を決めようというつもりだろう」

「だから粕谷がその裏にいるというんですか？」

「そんな想像もあるというだけだが、粕谷君が支店長に渡りをつけているなら、支店長がそんな行動をするのも分るような気がするんだ」

登代子はそれを聞いて、考えられないことではないと思った。彼女がいっしょに生活しているときから粕谷は隠微《いんび》な計画を立てる男だった。特徴は、常に人を利用することである。もっとも、不動産業者というのは、人へのワタリと「顔」だけで、自然と他人を利用する術に長《た》けている。それにしても、粕谷には人一倍その特徴があった。

それに、彼の性格は陰険で利己的だった。ひとりで計画を練って胸にたたみ、利用する人間には最小限のことしかうち明けない。いま坂本から、支店長に粕谷から連絡があるのではないかと聞いて、彼の性質からあり得ることだと思った。粕谷は何か大きなことを企んでいるらしかった。これは、近ごろ登代子のところに何の声も聞かせない点と符合する。

しかし、それにしても、どうして支店長と簡単に連絡が取れたのだろうか。前に粕谷が坂本を通じて初めて支店長に会っているのだから、それを飛越えて急に親密になるとは考えられない。

「あなたを通さないで、そんなに支店長さんと粕谷が親密になれるものかしら？」

登代子は率直に疑問を言った。

「さあ、それはぼくにも分らないが……どうも変な気がするんだよ」

してみると、粕谷は坂本など問題にしないで、独自の力で支店長と接触を保ったことになる。それは粕谷の才能であり、同時に除《の》け者にされた坂本の無力さであった。

登代子は、ただ正直なだけで何の鋭さもない坂本が、よけいに色褪《あ》せて見えてきた。普通なら、そういう誠実な男にこそ、女は安心できるのだが。悪人と分って粕谷に惹かれる心理が彼女にも分らなかった。

明日は早起きしなければならない、と坂本は言って、早々に登代子のアパートを出た。そんなところも坂本の愚直を表わしていた。粕谷の野性が登代子の胸に、また戻ってきた。

――翌日の昼すぎ、坂本は黒川支店長といっしょに埼玉県の国有地の現場に立っていた。霰《あられ》でも降ってきそうな冷い風の中だった。空はどんよりと曇り、黄色く枯れた地面は凍っていた。広いし、廃墟は、それでなくとも寒い光景なのである。

支店長は図面を出して、目前の風景と見較べていた。

「国有地だが、払下げとなると、どのくらいの値段だろうか？　一番高く見積った額で言ってみてくれ」

いきなり、そういう質問だった。

坂本がさんざん考えた値段を言うと、

「それを現在の時価に直すと、どれぐらいだね？」

と、次を質問した。

坂本はそれにも答えた。附近の交通を考え、将来の発展性を予想し、近くの農家に走って聞き出した最近の宅地値段を参考にし、それをまとめて支店長に告げた。

支店長は克明にこの土地のことを書入れている。坂本の答えに対して何度も念を押したり、ほかの数字を要求したりした。

いつまで経っても支店長が何も言わないので、坂本のほうからたまりかねて訊いた。

「支店長、この土地が近く払下げにでもなるんですか？」

支店長は即座に言った。

「いや、そういう話はない。絶対にない。これまで業者がだいぶん運動したらしいが、みんな駄目になっている。もう諦めて、だれも払下げの申請《しんせい》をしなくなっているよ」

それほど分っているなら、なぜ、こんなところまで調査に来たのだろうか。それ以上は押返して訊けなかった。

「ご苦労だったな」

黒川支店長は、帰りに大宮市で車を停め、大衆食堂に入った。椅子にかけると、酒が出た。

「支店長、最近、粕谷君から何か言ってきませんか？」

気の弱い坂本としては精いっぱいの質問だった。

「粕谷？」

支店長は何のことだか、よく分らないような顔をした。

「いつかわたしが紹介した、不動産屋ですよ」

「ああ、あの人……」はじめて思い出したように、

「知らないね」

と、支店長は無愛想に答えた。

銚子を二人で二本だけ空《あ》けた。待たせている自動車に戻るとき、支店長は鳥居の奥のほうをそこから眺め、

「ほう、なかなかいい料理屋さんがあるんだな」

と呟いた。むろん、そこで十日前に、粕谷と古賀代議士とが談合したことなど彼が知る由もなかった。

5

赤坂の料亭街の中でもひときわ大きな「那珂田《なかた》」の前には、外車の列が道の両側にひしめいていた。その中に警視庁のパトカーが灯を消して停っている。いうまでもなく、今夜「那珂田」に政界の実力者の一人が来ているための警備車だった。門の前にも、それとなく警備係の姿がひそんでいた。

その料亭の一室、八畳ぐらいの小部屋である。

東陽銀行支店長の黒川千太郎と、粕谷とが対い合って話していた。卓の上の銚子も粕谷が女中の代りに黒川の盃についでいた。

「早速、昨日現場に行っていただいたのはありがたかったですな」

と、粕谷は上機嫌で黒川に言った。

「いや、わたしも責任がありますからな。失礼だが、あなたのお言葉だけでは分らない。坂本君の言うことだけでもアテになりませんからね」

黒川支店長は、酒で顔を赧《あか》くしていた。

「ごもっともです。なにしろ、大きな仕事ですからね。そら当然です。……しかし、寒かったでしょう」

粕谷が言った。

「いや、空っ風に吹かれて胴震いしましたよ。東京に戻ったときは体じゅう冷え切ってました」

「ご苦労さまです」

同じ岩槻附近の旧陸軍用地の視察でも、支店長と坂本の場合と、古賀代議士のそれとはずいぶん違うと、粕谷は胸の中で嗤《わら》った。その点、古賀代議士には十分なことをしている。

「それで、お見込みはどうですか？」

粕谷は訊いた。

「非常に有望な土地だと思いますね」

「ははあ」

「でも、粕谷さん、あれ、本当に払下げになるんでしょうか？　いや、あなた方の手に落ちるのでしょうかね？」

黒川支店長は疑うように言った。

「そりゃ大丈夫です。そのために、今夜あなたをここにつれてくるように古賀さんが言ったのですからね」

ずっと遠くのほうで多勢の笑い声がした。

「ほら、あれです。今夜は〝花鳥会〟の定例日です。高井さんが家の子郎党を集めて、毎月開く懇親会ですよ」

「話には聞いていましたが、本ものに行き合せたのは初めてです。なるほど、あれが新聞などによく出る高井派の花鳥会ですか」

支店長は遠くの笑い声に耳を澄ませた。

「高井先生は忙しいので、出席する月もあり、しない月もあるのですが、今度は出ているのですよ。古賀さんがそう教えてくれましたからね」

「ここに入るときに、パトカーが表にいましたな。やはり実力者となると、待遇が違うのですね」

支店長は初めてなので、妙なところに感心した。

「われわれがここに入る前から開かれていますから、もうそろそろお開きでしょうな」

支店長が腕時計を見ると、八時すぎだった。

「案外早く終るんですね」

「そりゃ、あなた……あとは別な事情が控えていますからね」

「なるほど」

黒川支店長もニヤリと笑ったが、

「実のところ、うちの坂本君からあなたの話が取次がれたとき、ぼくは本気にしてなかったんですよ。よくハッタリを利かして、いろいろなことを持ちこむ人間がいますからね」

「ぼくも警戒されたわけですね？」

「銀行員というのは堅いのが取柄ですから」

「ごもっともです」

うなずいた粕谷は心の中で、何を言っているかと思った。この支店長は、約一億九千万円の不良貸付をしている男だ。そのリストも全部調べあげていた。支店長は出世コースを歩いてきている男だ。東京支店の成績を上げるためにかなりな積極策をとってきたようだが、それだけ無理もあって焦げつきを生じている。しかも、その半分は本店には内密にしていると、粕谷は考えていた。

おそらく黒川にとっても、これは懊悩《おうのう》のタネに違いない。これを解決しない限りは、せっかくの出世も棒に振ることになる。もし、無事に切抜ければ、本店の総務部長は約束されているという噂だし、その地位は同時に重役昇進でもある。

黒川支店長がこの話に乗ってきているのは、一つにその焦げつきを回収したいからである。寒いのに早速現場を見に行ったのが何よりの証拠だ。

それも政界の実力者高井市郎の名がなかったら、黒川はこうも積極的にならなかったであろう。また、古賀代議士の名刺を見せなかったら、それを信じる気持にもなれなかったに違いない。いままでは、支店長のほうが何のかんのと口では言いながらも、この話に熱心になっていた。これ以外、黒川支店長には焦げつきを解消する方法が無いのである。

このとき襖の外から、ごめん下さい、という女中の声がして、慌しくあけられた。女中のうしろには古賀代議士が立っていた。

粕谷は、それを見るなり、

「あ、先生」

と、起ち上りかけた。

「粕谷君」

と、古賀はずかずかと入ってきた。黒川支店長があわてて膝を直した。だが、代議士は、その黒川に眼を走らせただけで、

「粕谷君、いま高井先生が帰るところだ。すぐに廊下に出てくれ給え」

と、つっ立ったまま言った。

「はあ、そうします」

と、粕谷は促《うなが》すように黒川の顔を見た。支店長も泡を喰ったように起った。当然、彼は古賀代議士に挨拶しようと、上衣のポケットから名刺入れを取出した。

「古賀先生、こちらは……」

と、粕谷が紹介しようとすると、

「いや、それはあとだあとだ」

と、古賀は笑いながら首を振って廊下に出た。

「黒川さん、じゃ」

と、そのあとから粕谷は黒川を促して廊下に出る。

緋色《ひいろ》の絨毯《じゅうたん》の向うから、ドヤドヤと客がひとかたまりになって歩いてくるところだった。二、三人の芸者が案内するように先に立っている。粕谷は、そこに新聞で馴染みの、でっぷり肥った高井市郎を見た。

高井は背を少し前かがみにして、両手を上衣のポケットに仕舞っている。そのうしろから、白髪、禿頭、七三の髪と、とりどりの老若の顔が従っていた。

粕谷と黒川とは、なるべく端に寄って棒を呑んだように立っていると、古賀代議士が、つと高井の前に出た。

「先生」

高井は、う? というように顔をあげた。狭い額、濃い眉毛、細いが鋭い眼つき、その下のたるんだ眼袋、肥えた鼻、わりと小さいが厚い唇、そういった顔の特徴が粕谷の眼に一どきに入った。彼と、横の黒川とは一斉に頭を下げた。

「先生、ここにいるのが東陽銀行の黒川君です」

古賀が口早に言った。

「あ、そう」

高井市郎はせかせかした足どりをちょっと止めて、気ぜわしそうにうなずいた。

「それから、こちらは、お話し申しあげた粕谷君です」

「あ、そう」

粕谷と黒川は、もう一度お辞儀をした。粕谷はいきなり熱湯に入ったような気がした。高井のうしろにいる代議士連中の顔が眼の前にぼやけて、彼を圧倒した。

「この二人とも先生の後援者でございます」

古賀代議士が言うと、

「そう、よろしく」

と、高井は言った。押しの利く張りのある声だった。次には彼の姿は二人の前を離れ、そのあとを二十数名の代議士連中の通過だった。

代議士の顔の中には、古賀に笑いかけている者もいる。その笑顔を仔細に見ると、よう、何かうまくやってるな、といった表情があるはずだった。

「粕谷君」

と、古賀代議士もいくらか上ずった声で、

「ぼくは先生を送ってくる。なに、すぐ引返すから、それまで、この部屋で待っていてくれたまえ」

と、言い捨てて、連中のうしろを追うようにして去った。

粕谷と黒川とは、昂奮でぼんやりした気持で元の部屋に戻った。女中が新しい茶を運んできた。

二人は、同時に大きな息を吐いた。

「さすがに大したものですな」

と、黒川が湯呑を抱えて感歎した。彼の眼にも、たったいま見た高井市郎の巨きな風貌が灼きついているに違いなかった。日本を支配している一人なのである。

「新聞の写真そっくりですな」

と、黒川は、そんな子供らしいことも言った。

粕谷は、これで黒川はもう半分以上こっちのものになったと思った。

「高井さんがああいうふうに了解しているから、もう大丈夫ですよ」と、支店長に言った。「古賀さんも一生懸命ですからね、一切の心配はいりません。ま、詳しいことは、すぐに古賀さんがここに戻るから、それから聞くとして……」

黒川はうなずいていた。

6

粕谷が一切の心配はいらないと言ったのは、この部屋で黒川と会ったとき話に出た払下申請の許可の問題だった。

黒川は、こんなことを言う。

国有地の払下げは国有財産法国有財産特別措置法に基いて行われる。今度の場合は国有林の払下げに準じて手続きされるから、それには利用計画書と、それを証明する書類が必要である。その利用計画書には二十四項目があって、それに合致していなければならない。たとえば、公営住宅を建てる計画なら、公営住宅法に適《かな》った住宅でなければならない。この場合には用途指定をする。証明する書類とは、設立の議事録とか、事業計画書とかを図面と共に添附する。

また、行政庁の認可許可を必要とする場合、または、その他の処分を必要とする事業の申請に当っては、それを証明する書類を必要とする。事業内容によっては所管も違う。たとえば、公園計画の場合は厚生大臣許可が必要となり、スキー場などの場合は運輸大臣の許可を得なければならない。

さらに、申請された土地に対しては、五町歩以上だと林野庁長官が用途廃止をする。そして、農林省令によってその土地を不要だと認めた場合にのみ企業財産を普通財産として承認することができる。ただし、その場合も、その利用目的が公共性、公益性のあるものに限って承認されることになっている。

粕谷がウマ味を覚えているのはこの項目で、企業財産を普通財産として承認されるなら、どのようにでも利用、変形することができる。公共性、公益性といったところで、これも名目を何とかこじつければいいわけで、要するに関係官庁の判断をこちらの意志に従わせれば出来ないことではない。

もっとも、その後の手続としては、承認された土地に対し「国有林野管理審議会」に諮問《しもん》されることになっている。この審議会は全国十四の営林局にそれぞれ置かれていて、構成人員は、その地方の産業経済界と学界などの、いわゆる学識、経験者二十名によって構成されている。

だが、粕谷が言うには、これはあまり問題ではない。何となれば、あらゆる官庁の審議会がそうであるように、この国有林野管理審議会も主務官庁の言いなりになっている。官庁は、このような審議会を置くことによって対社会的には一種の公平さを装っているが、事実は隠れ蓑であって、ほとんど自分たちの思うように諮問の答申《とうしん》を出させている。この審議会も必ずボスがいて、官庁側では、このボスを通じ審議会を操縦させている。学者などというのは、口で言ったり、ものを書いたりすると、いかにも尤もらしい意見を述べるが、こういう審議会の組織に入ってはからきし意気地がないのである。

したがって、これは問題でないとして、厄介なのは、主務官庁の承認があると、今度は払下げについて大蔵大臣との協議を必要とすることである。大蔵大臣が同意すれば、初めてここに正式な承認が得られる。

なぜ、これが厄介かというと、とかく大蔵官僚は各省の官僚に対して拘制的《こうせいてき》な意識を持っているからだ。早い話、セクト主義で、いろいろとケチをつけたがるものだ、と黒川支店長は言う。

しかし、これも、いわゆる大臣同士の政治折衝《せつしょう》となれば、大蔵大臣も下僚を納得させることができる、と粕谷は言う。以上の手続を完了したとき、営林局長の名によって出願者に対し初めて申請書が承認されるしくみになっている。

黒川支店長が古賀代議士によって呼出され、高井市郎に会う前、粕谷と縷々《るる》と話合ったのは、このような手続上の問題だった。支店長はさすがに銀行員らしく細かいところに気を配り、粕谷の言うように果してこの計画が煩瑣《はんさ》な官庁の網の目をくぐって実現されるかどうかを危ぶむのだ。細則を知っているだけに、また、これまでの業務上の経験で見たり聞いたりしているだけに、黒川は額に皺を寄せ、悲観的な意見ばかりを述べていた。

　それが高井市郎に会ったいまは、黒川もすっかり晴れやかな顔に変っている。それで、粕谷がもう心配はいりませんよ、と言ったのに素直に同感したのだった。

「万事は政治ですからな」と、粕谷はなおも強調した。「高井さんがやれと言えば、その一言ですぐに決る話ですよ」

「ぼくの考えていたことは杞憂でしたな」

　と、黒川も笑顔になっていた。

「そりゃ、そうですとも。いや、支店長の神経の細かさには敬服しますが、相手が高井さんですから、ご懸念はなくなったと思います。高井さんはうるさい実力者として知られている人だ。ご承知でしょうが、横車を押そうと思えば、どこまでもそれを押通す人です。決定した政府の方針も高井さんの一言でひっくり返るんですからね。敵にすれば、これほど怕《こわ》い人はなく、味方にすれば、これほど頼もしい人物はないわけです」

「全くですな」

「ほら、例の第二空港問題にしてもそうでしょう。運輸省では早くから、霞ケ浦をその候補地に決定していた。関係閣僚もそれを支持していた。ところが、高井さんの一言で忽ち白紙に戻ったのですからね。世間では、高井派が富津や富浦の土地の値上りを狙って、そこに第二空港を持ってゆく魂胆だと言っていますが、とにかく運輸省議でも決り、関係大臣の了承もまとまった案が、高井さんの横槍で顚倒するんですから、その実力や推して知るべしです。黒川さん、あの土地の払下げは、もう決ったようなものですよ」

「そういう気がしますね」

と、黒川はじっと眼を卓の上に据えていた。

おそらく、この男の胸中には、これまでの焦げつきが解消する希望が去来しているに違いなかった。本店への栄転、役員への昇進、そうしたバラ色の道が見えているのかもしれない。いや、あるいは、焦げつきを解消するだけではなく、彼自身の手もとにも思いもよらない大金が転げこんでくるのを夢想しているのかも分らなかった。

「念のために、関係各庁の責任者の名を調べて、リストにしておきましたよ」

と、粕谷は便箋に書いたものを黒川の前にぽんと渡した。

黒川は、眼鏡をかけて眺めている。

「なるほど、調べたもんですね」

と、驚歎の眼を粕谷に向けたのは、主務長官だけでなく、部課長や、窓口の係長の名までちゃんと書いてある。次には、審議会の委員の中で発言力の強い実力者が書かれ、それには、彼の性格、趣味、経済状態までつけられていた。

「これはおどろいた。いつ、こんなに手を回して調べたんです？」

「そりゃ、支店長、こういう申請を出すからには、ここまで調査しておかないと手は打てませんよ。早い話、この審議会のボスにしても、この男はどこをどう攻めたらうまく陥落《かんらく》するかを狙いませんとね」

「なるほどね」

「そりゃ、古賀代議士に渡りをつけて高井さんの睨みを利かしてもらうのもいいが、それだけではどうも万全でないような気がします。役人というものは妙なもので、上の威圧的な命令には屈服しますが、自分のところに何か潤わないと、とんだところで意地悪をされかねませんからね」

「その気持はよく分りますよ」

と、支店長が言ったのは、あるいは貸付のことで似たようなことに思い当ったのかもしれない。

「ところで、黒川さん、こういうことになると、どうしても必要なものがいるんですがね」

粕谷はじんわりと出た。

「…………」

黒川支店長は粕谷の表情から或ることを直感し、生唾《なまつば》を呑んだ。

「端的に言って運動資金です……」

粕谷が言うと、覚悟のことながら黒川は、眼の縁を微かに痙攣《けいれん》させた。

「一体、どのくらい？」

支店長は、大きな冒険の前に自分の足場を見つめるように訊いた。

「そうですな」粕谷は考えて、「いや、それは、もう古賀さんが戻ってくるでしょうから、そのときのご相談にしましょう」

「はあ」

「ただ、さし当っての回転資金といいますか、はっきり言って、ぼくがいろいろ動き回っている足代はお借りしたいですな。なにしろ、ここのところ、これにかかりっきりで、ほかの仕事は放擲《ほうてき》していますので、ほとんど収入がない状態ですよ」

と笑った。

「そりゃそうでしょうが、どれくらいお出ししたらいいでしょうか？」

「さし当り百万円ほどお借りしたいんです」

「百万？」

「これは無駄づかいはしません。ぼくを信じて下さい」

「そりゃ、もちろんですけれど」

「それから、古賀さんがいくらか欲しいというでしょうな」

「…………」

「あの人は大体大きく吹っかけるほうですが、なに、向うの要求どおりにする必要はありません。それはぼくがうまく舵《かじ》をとります」

「まあ、ぼくも最初のことですし、あんまり多額なことを要求されても困るんです」

黒川は臆病そうに言った。

「分っています。一応三百万ということで納得させるように話してみましょう。その代りですな、申請した書類が許可になれば、一ヵ月以内に代金を払込まなければならない。その用意は、いまから考えておいて下さいよ」

黒川はこっくりとうなずいた。

「なに、いまの時価にすればタダみたいな値段ですからね。これを一ヵ月もしないうちに、必ず五、六倍ぐらいにはしてお目にかけます」

外から古賀代議士の足音が戻ってきた。

7

「絶対、間違いなし」

と、古賀代議士はシートの隣に坐っている粕谷に言った。粕谷の横には黒川支店長がいた。

「ウチの大将が、はっきり請合ったことだからね」

「那珂田」を出てからの車の中だった。代議士の声は自信が溢れ、力が漲っていた。それは粕谷に言うよりも、半分以上は彼を中に置いて坐っている黒川に聞かせているようだった。それは粕谷にもよく分った。

「全くわたしも安心しました」

と、粕谷は古賀の意を了解したように大きくうなずいた。

「ウチの大将が命令を下せば、一日のうちに、局長、部長、課長、係長と、電光石火のように申請許可の受入れ態勢が出来てしまう」

と、古賀は言った。

粕谷もそれは本当だろうと思う。なんといっても高井は前農相だが、勢力は省全体に強く扶植《ふしよく》してきている。現在の大臣以上に高井市郎は現職だった。党内に大きな睨みを利かしているから、局長の首のすげ替えなど何とも思っていない。

一体、どの官庁の局長でも、大なり小なり政界人とつながりがついている。これは官庁の許認可権をめぐって、政党人と特殊な因縁をもつ業者が政党人に献金その他の肩入れをするので、それがそのままずるずると官僚と政党人の密着関係になる。高級官僚にしても退職後の身の振り方を考えるので、つい政党人の言いなりになる。また、有力者についていれば、局長ならもっと有力なポストに回ることができ、次官コースへの早道ともなる。

そんなことで、大臣といえども勝手に局長クラスの更迭《こうてつ》はできない。その局長についているヒモの政党人から文句がつくからである。その点、高井は党内四人の実力者の一人だから、遠慮会釈なく局長の首が飛ばせられる。だから、局長連中は高井の一喝《かつ》に縮みあがるのである。

それはわざわざ粕谷が言い聞かせるまでもなく、黒川にも分っている。ただ、問題は大蔵省の同意を取りつけることだが、古賀によれば、高井の一言で大蔵大臣も簡単に了承するというのであった。

車はつい近くのナイトクラブに向っていた。二次会というほどではないが、とにかく椅子に坐るところに一応落ちつこうというのだった。

ナイトクラブではあまり面白くなかった。酒を呑みながら他人の踊りを見ているだけである。

「先生は、ダンスはいかがですか？」

と、粕谷が言うと、

「いや、そのほうはからきし駄目だ。やっぱり、ぼくはこっちのほうだよ」

代議士は、隣についている女の子のスカートの裾に手をさし入れようと苦心していた。

「やっぱり、こういうところよりもお座敷ですかね？」

「いや、そうとも限らない」

古賀代議士は何となく落ちつかなかった。粕谷には、その心底がすぐ分った。

三十分ばかりすると、まず黒川支店長が、

「では、わたくしはこれで……」

と、椅子から起ち上って古賀にお辞儀をした。

「そうですか。ま、よろしく」

古賀は鷹揚にうなずいてみせた。

「黒川さん、ぼくは明日にでもお伺いしますよ」

粕谷は、彼がうす暗い通路を去って行くときに、うしろから追って耳打ちをした。

「粕谷君」と、古賀はいま帰った黒川のことを言った。「あれ、大丈夫だろうね？」

「絶対間違いありません。もう、そのつもりにしているようですから」

「そうかね」

古賀はホールの踊りの群れに眼を向けながら厚い唇に微笑を泛べた。

「二、三日うちに五つはどうだろう？」

五つとは五百万円のことだ。

「いま、本店の監査が近いので、あと十日ばかりは、どうも思うようにならないそうです。とりあえず三つで話を決めておきましたが」

「そうか」

古賀は何となく鼻をふくらました。

「しかし、先生、それでご了承願ったほうが、あと、無理が言えますよ」

「うむ……それもそうだな」

古賀は金を欲しがっていた。選挙資金は、土地のことがうまく運べば、それでかなりなものがまとまるとして、当面必要なものに迫られているようだった。どういうことに使うのか、粕谷には何となく見当がつかないでもなかった。

「じゃ、本店の監査が済んだら、相当融通はつけるわけだね？」

「融通はつけさせます。なにしろ、今度のことでは、先生にお縋りしないとどうにもなりませんから」

「そのほうはよく分っている。ま、心配しないでもらいたい。さっきもわざわざウチの大将に紹介したくらいだ」

「あれがどれだけ黒川さんに効果を与えたか分りません。やっぱり先生は政治家ですね」

「そうかな」

古賀はニヤニヤ笑っていたが、そのうち何を思いついたか、

「君、もう一軒、どこかに寄ろうか」

と言い出した。

「はあ、どこでもお供します。どこに参りましょう？」

「彼女の家はどうだね？」

古賀は粕谷の顔色を見るように言った。

粕谷は予想が当ったと思った。正子のことである。この前の一晩で、古賀はすっかり彼女が気に入ったようだった。

「あの人の店は、とても先生がたのおいでになるようなところじゃありませんよ」

と、粕谷は言った。古賀には、新宿のごみごみした裏通りに小さなバアを持っていると教えてあった。通りの名前も、店の名も、みんな作りごとだった。

「いや、そういうところがかえって面白い」

と、古賀は執着した。

「ですが、女の子といったら二人だけで、客は五、六人も入るといっぱいというところですよ。それも、汚い階段を上って二階裏みたいな店ですからね。とてもぼくは、ああいう店に先生をおつれする勇気はありませんよ」

古賀が不服そうに黙ったので、粕谷は少しあわてた。

「じゃ、先生、そんな店よりも、いっそ彼女を呼出したらどうでしょうか。これから適当な店に行って、そこに呼寄せるのです」

「うむ」

代議士の顔にさっと活気が漲ってきた。

「それもいい方法だね。しかし……向うはまだ店があるんだろう？」

と、時計を見た。

「変な言い方ですが、そのぶん、先生がいくらか心づけをやっていただければいいんじゃないですか」

「そうかね……ところで、粕谷君、あれから、君、彼女に会ったかい？」

「いいえ」

粕谷は強く打消した。表情も極めて真面目にとりつくろった。

「どうしてですか？」

「いや、彼女、ぼくのことをどう思ってるかと考えてね。君が会ったら、彼女が感想を言ったかもしれないと思ったからだよ」

「ぼくはそれほど親しくないので、用事がなければ会いませんがね。しかし、先生への反応はいかがです？」

粕谷は初めて眼に微笑を浮べた。

「そう……」

代議士は、さすがに照れ臭そうな笑いを浮べた。

「そう悪くもないとは思うがね。いや、笑わないでくれたまえ。それは分るのだ。

ぼくだって、これで、金で自由になる女は経験の少いほうではない。だが、そういう連中、つまり心がないんだよ。それは、そのまま身体に現れる。ところが、彼女はそうではなかった」

「…………」

「初めはぼくも疑った。ああして来たから、やはり、そういった種類の女だと思っていた。だが、君の前だが、さすがに君が推薦したほどあったね。実に意外だったよ」

代議士は、それから卑猥な打明け話を少し洩らした。そう話している古賀の顔には、うす暗い明りながらも脂が滲み出ているのが見えた。

粕谷は、それを代議士の作り話ばかりとは思えなかった。あの晩の正子の気持を考えると、それはないことではない。彼女は古賀が睡った間に粕谷のところへ抜けてきた。それまで曽て見せたことのない女の沸《たぎ》りに、粕谷もつい溺れこんだ。そんなことが済んで、正子はまた古賀のもとに戻って行った。あのときの正子は、まさに「姦通《かんつう》」の実行者だった。それも同じ屋根の下に自分の男を置いてのことである。女は、姦通の話題だけでも昂奮する。そういう希求が心理にひそんでいるのか。正子は同じ晩に二人の男の間を往復したのだ。粕谷は、代議士の描写をほとんど事実だと思った。すると、彼は正子に今夜急に逢いたくなってきた。だが、ふしぎと古賀に対する憎しみはなかった。

「先生、それでは、ぼく、いまから、彼女の店に電話をしてきます」

粕谷は席を起った。

「おう、そうしてくれるか」

古賀はわくわくした気持を抑えるような声で言った。

8

粕谷は、東大久保の裏通りでタクシーを降りた。路次を入ると、ほとんど人通りはなかった。暗い街燈が間をおいて淋しくともっている。この辺はアパートが多い。粕谷には目印があった。これで三度目である。夜空に寺の巨きな屋根が見えた。

そのアパートは夜どおし玄関があいている。土間に灯がついているが、そこを抜けると暗い廊下になった。暗いのは横にならんだ部屋が灯を消しているからである。粕谷は三つ目の部屋の前に立った。こうしたとき、人間は、自然と腕時計を見るものらしい。十時になっていた。

ブザーの釦を短い間隔で三度押した。これが粕谷の訪問の合図にしている。中からたしかめないでも彼だと分ることになっていた。

内側から明りがつくのがガラス戸に映った。人間の影が射して錠をはずし、ドアが細めにあいた。正子の顔がのぞいて、すぐに彼を入れた。

　正子が開けたドアのノッブを内側で握ったまま、入ってきた粕谷を眺めている。特徴の、大きな眼が笑っていた。

「どうしたの、いまごろ？」

　絨毯を敷いた狭い場所に、かたちばかりの応接セットがあった。粕谷は奥の椅子に腰を下した。正子が入念に錠を下している。彼女もいま帰ったばかりらしく、着更えをしてなかった。

　隣の襖が少しあいている。そこから蒲団の花模様がこぼれていた。

「お茶、淹《い》れるわ」

　正子がガスコンロに火をつけて、茶瓶を上に置いた。ふいとおどろいてみせたのは、粕谷がうしろから羽交締めに抱いたからだった。

「どうしたの？」

　と、正子が言うのを、粕谷は彼女の首筋に唇を強く当てて吸った。正子は身をよじらせたが、すぐにじっとなり、呼吸も荒くなった。

「……いま、古賀に会ってきたよ」

粕谷が耳朶のところでささやくと、正子はぴくりと肩をひと震いさせた。

「やつは君に参っている。のろけを聞かされた……」

正子はそれを聞くと、瞬時に顔を上に向け、どこかを見つめているようだった。せわしない呼吸も、今度は別な感情に変っていた。

「いまも、君の店につれて行けと言ってねばっていた。それをうまく誤魔化した。もともと、嘘の店の名を言っておいたからな。場所もわざと違えてある。奴さん、ひとりで訪ねて行っては困るから、予防しておいたのだ」

「…………」

「今夜はどうしてもその店に連れて行けと言うから、君を呼出すと言って、電話をかけるふりをして戻った。留守だと言ったら、奴さん、がっかりしていたよ」

「…………」

「そんなことがあって、ぼくも急に君に逢いたくなった」

粕谷は言葉のあと、その耳朶のうしろを痣《あざ》がつくくらいに吸った。

そのまま女の肩を抱いて、蒲団をのべた部屋に引きずって行こうとした。

「ガスが……」

と正子は片手を泳がせ、喘《あえ》いで言った。

「茶なんかどうでもいい。ガスを止めるんだ」

正子はくしゃくしゃになった髪のまま、急いでガスを消しに行った。

それから彼女は粕谷の正面に立ち、睨むように彼を見つめた。大きな眼だったが、涙が滲み、すわった瞳が異様な光を放っていた。顔は酔ったように赧《あか》くなっていた。

彼女は、そうしてじっと見つめていたが、いきなり粕谷に抱きつくと、彼の胸をぐいぐい押してきた。

「残酷だわ」

と、彼女は声を震わせた。

「どうして、そんな話……わざわざ、わたしに聞かせるの？」

粕谷の首に両手をかけると、彼が呼吸《いき》の出来ぬくらい口を塞いできた。粕谷がその肩を押しのけても、彼女はよけいに力を込めてきた。

「あなたのためよ……みんなあなたのためよ」

粕谷の頬が女の冷たい涙で気味悪く濡れた。

「分っている」

粕谷は言った。ふしぎなことに、彼も女の気持に引入れられて感動的になっていた。――この女にはまだ、自分の指図に盲従してもらわなければならなかった。そのために演技が必要だった。だが、いまの彼は女の気持に半分以上本気な感情になっていた。演技が意識を引きずりこむのか。粕谷は心の一方で妙な気がしていた。

「ぼくも辛いのだ。あの代議士から君の話を聞かされたとき、ぼくがどんな思いをしたか……つくづく自分がみすぼらしくなったよ」

正子が咽喉から、う、う、と嗚咽の声をこみ上げさせた。

「こういう愛人があるだろうか。情けない、情けない」

と、粕谷は声を絞った。

正子は、わが身体を自分で鞭打つように身悶えした。粕谷は、それを静止するように押えて抱いた。

「もう少しだ。分ってくれ。もう少しの辛抱だ」

この言葉で、正子の顔が急に彼の前にあがった。濡れた眼を彼に据えた。蒼凄んだような顔つきだった。

「まだ……ああいうことをつづけさせるの？」

粕谷は彼女を正視し、わずかにうなずいた。

「いや、いや」

女はまた顔を下げて彼の肩に押しつけて、両手で彼の胸をゆさぶった。

「もう勘忍して……」

粕谷は、ここで負けてはならないと思った。いま人情をかけると、あとの説得が厄介になる。……

「耐えてくれ。ぼくの出世のためと思って辛抱してくれ。二人が、いっしょになるためには、それが必要なんだ」

粕谷は、武者ぶりついてくる女を払いのけるようにして、片手を伸ばし、壁のスイッチを押した。部屋が闇になった。隣の間だけにうす明りのスタンドが残っている。

「さあ、着更えをしろ」

彼は、腕に纏《もつ》れてくる女をあしらって、自分の上衣をかなぐり捨てた。

不意にブザーが鳴った。

粕谷も正子も、瞬時、釘づけになった。ブザーは、ちょっとやんだが、すぐに再び部屋じゅうに響いた。

「だれだ？」

と、粕谷は正子の耳に訊いた。

「知らないわ」

正子は不安げに暗いドアを見つめている。粕谷が疑ったのは、正子の別な男のことである。だが、彼女の表情には、正体の分らない深夜の訪問客への不安がありありと見えていた。

粕谷に次に浮んだ想像は、古賀代議士だった。しかし、そんなばかなことはあり得なかった。

ドアの外から女の声が呼んだ。

「井本さん、井本さん」

井本は正子の姓だった。粕谷がはっとなったのは、その声が恵美子と知ったときだった。

恵美子がきた――あっ、と思ったことだが、まさに次の声がそれを確実にした。

「井本さん、お留守ですか？　井本さん、あけて下さい」

尾けられていたと、粕谷は直覚した。

この前から恵美子の様子がおかしかった。近ごろ彼が外に泊って帰っても蒼い顔で無言でいるだけだったが、いつの間にか、こっそり彼の行動を尾けはじめていたのだ。この前の電話の一件といい、恵美子ならやりそうなことだった。

「だれ?」

と、今度は正子のほうがふしぎがって粕谷を見た。

恵美子が尾けたのは今夜だけではあるまい。この前ここに来たときからだと思う。あれ以来、恵美子はこのアパートにいる正子の正体を調べはじめたのだろう。井本という姓を知っているのが何よりの証拠だった。

「黙っていればいい」

粕谷は、正子の身体を引っぱるようにして蒲団の部屋に入った。だが、正子は恐しそうに棒立ちになっていた。彼女も、事情を察していた。

「井本さん、井本さん」

と、外の恵美子の声は次第に大きくなり、名前を連呼するのも激しくなった。

「いやだわ」

と、正子は顔をしかめた。

「近所の人のてまえ、恥しいわ」

実際、隣ではごそごそと歩く足音がしていた。

「井本さん、井本さん。お留守ではないでしょう。あけて頂戴。あけて!」

ものも言わずに粕谷が入口に歩いたのがその時だった。暗いので身体が椅子を倒した。

粕谷は錠をはずし、ドアをいっぱいに開けた。そこから恵美子がふらふらと流れるように入ってきた。粕谷はドアを閉めて向き直り、恵美子を見た。廊下の灯が上の狭いガラス窓を越してうすい光を射しこませている。恵美子の顔の輪郭が淡く浮き出ていた。

「女を出してよ！」

恵美子は粕谷に叫びを上げた。

「ばか」

その黒い影に跳びかかった粕谷は、いきなり恵美子の横面を殴った。恵美子はよろけて横の台所のテーブルに倒れかかった。茶碗が落ち、けたたましい音を立てた。

粕谷は恵美子の衿首をつかむと、その身体を引起し、つづけざまに頰桁《ほおげた》を殴った。いつもなら腕に咬《か》みついてくる女が、今は息もできぬくらいになっていた。

「これでおまえとは、お別れだ。さあ、警察にでもどこにでも訴えろ」

粕谷は最後に恵美子を突倒して、上から見下した。

正子が彼のうしろに慄《ふる》えて立っていた。

「おれは、この女といっしょになるのだ。分ったか」

粕谷は、正子をひき寄せた。この宣言も自然のままに出た。たった今まで思ってもみなかった事態となった。正子に対し、恵美子が最も効果的な場面に自分から現れてくれた。――

第七章

1

粕谷に殴られたり蹴られたりした恵美子は、短い髪毛を総立ちにさせ、切れた口の端から血を流しながら喚《わめ》いた。突っかかって行っても、所詮は男の力にはかなわず、騒ぎ立てるだけが精いっぱいだった。

やくざな男の言葉で、

「よし、別れてやるから、出すものを出せ、さあ、いま出せ。少々なことでは承知しないぞ」

と言ったり、

「お前のような奴は死んでしまうか、刑務所にほうり込まれるかするがいいのだ。

悪いことばかりしやがって」

などと叫んだ。泣きながらの悪態《あくたい》で、異様な声になっていた。手あたり次第にそのへんの道具を投げて、アパート中に響くけたたましい物音だった。

恵美子は、粕谷の後に立っている正子にも眼をむき、息をハアハアとはずませて

罵《ののし》り、嘲笑した。顔を真蒼にした正子は一言も口が利けず、最後に荒々しく出て

行く恵美子を見送った。

「ばかな奴だ」

と、ドアを閉めて帰った粕谷は冷笑した。正子はまだ慄えていた。

「これでやっと厄落ちだ。あれだけほざいたのだから、かえって別れやすくなった。

妙にまつわられて泣かれたら、始末に困るところだったよ」

「すごい方ね」

と、正子はようやく言葉をはいた。その眼は恐怖から、粕谷を完全に獲得した歓

喜の表情に変っていた。

「ああいう女だ」

「わたし、あのひとに殺されるかも知れないと思ったわ」

「見かけだけだ。そんな根性のある女じゃないよ。おれがこうして君といっしょの

とこへ乗りこんできたので、今夜は頭に血が上って狂ったのだ」

「わざわざここまであんたを跟《つ》けてくるなんて、よっぽどあんたを愛してるのね」

「迷惑だ。こっちはとっくに嫌になってるんだから。もっとも、長いこと相手になっていないし、ろくに帰ってもいないのだから、頭にくることは分るがね。もう、ああなると、意地だな。意地で気狂いになってるんだよ」

「わたし、恥しいわ。アパート中の人がみんな出ていたわ」

正子は両手で顔を掩《おお》った。

「謝るよ。しかし、しようのないやつだ」

「また、あんなふうにこれからも怒鳴りこんでくると、わたし、ここには居られなくなるわ」

「そのうちアパートを越すことにしよう。おれが見つけてやるよ」

「え、ほんと？」

正子は顔から手を放し、粕谷をじっと見つめた。その眼は輝いていた。

「これで君もおれの気持が分っただろう。あの女と別れると言ったおれの言葉には嘘はなかったろう？」

「ええ、そりゃ分ったわ」

と、正子は粕谷の腕を両手で捉えてうなずいた。

「別なアパートに移って、おれといっしょに居ろよ」

「ほんとなの？」

「嘘を言うもんか。そのときはおれにも相当まとまった金が入っている。こんなケチなアパートじゃなくて、近ごろ流行《はやり》のコーポというのに入ろう。あれは部屋を借りるのではなくて買うのだったな」

「そんなことが出来るのかしら？」

「だからさ、いま古賀代議士に話をつけてるのが成功すれば、そうなるというのだ。さし当り百万に近い金が入る見込みだ。あとは、もっと大きな金が入るかもしれないよ」

「そんなには要らないわ。あんたと二人で暮せる程度でいいわ」

「何を言うのだ。男は、そのくらいの希望を持たないと駄目なんだよ。おれはいま大きな計画をしている。なあ、正子、いっしょになるために、いや、もう、いっしょになってるのと同じだが、おれのためにもう少し眼をつむってくれないか」

「あの代議士とのこと？」

正子は途端に顔を曇らせた。

「なにしろ、大きな仕事で、あの代議士はどうしてもこっちのものにしなくてはならない。そのためには、正子、おまえの協力が必要なのだ」

「いやだわ」

「分っている。だが、何度も言ってるから、もう、くどくどと説明はしない。……なあ、実は、古賀代議士は別なところに行って、おれの返事を待っているんだ」

「あら」と、正子は眼を瞠《みは》った。「撒《ま》いて来たのじゃないの？」

「いったんは撒いたが、いくら何でも、子供騙《だま》しにさよならということも出来ない。だから、とにかく君に連絡を取ったら、その返事をいま待っている彼のところに報らせると言ってきた」

「………」

「それでないと、やっこさん、おさまらないんだよ。えらく君に惚れてるんだからな」

「おう、いやだ」

正子は唾でも吐くような顔をした。

「ひどい執心《しゅうしん》だから、この際、あの代議士を完全にこっちに取ってがんじがらめにしておかないといけない。政治家は、狡《ずる》いからね、何のかんのと駆引きをしながら際《きわ》どいところで寝返りを打ったりしないとも限らない。そうさせないためには金だけでは足りない。やっぱり特殊な関係を取りつけておかないと安全ではないのだ。足りない運動資金で戦争しようというのだからな。正子、どうかおれを男にしてくれ。頼むよ」

「どうせ一度はあんなことをしたのだから……」

と、正子はまた顔を手で隠した。

「辛いことは十分に分っている。だが、もうすぐに成功する。そしたら、あんなやつ、もう用はないんだから」

「ほんとにあんたは、わたしといっしょになってくれるのね？」

「くどいな。まだ信用が出来ないのか」

と、粕谷は少し大きな声を出した。怒ったときの彼の顔は凄みが出て女たちに好かれた。

正子は何かを言いかけたが、諦めた。

「どうすればいいの？」

「今夜、古賀の世話をしてくれ」

「…………」

「場所は渋谷の旅館がいいだろう。よく広告に出ている高級つれこみ宿だ。いま電話をして部屋をとらせておこう。……電話帳はないか？」

立竦《たちすく》んでいる正子を尻目に、粕谷は電話帳を見つけて番号を捜した。小さいながらバアを持っている正子は、このアパートでも自分用の電話だけは持っていた。

「十二時までに行きますが、なるべくいい部屋をとっておいて下さい。ありますね？　こちらは太田というのです。そう……それで結構です」

旅館から部屋の値段でも言われたらしかった。粕谷が受話器を置くと、その肩に正子がしがみついてきた。受話器が落ち、粕谷の中腰の姿勢が崩れて畳に倒れた。その顔にむさぼるように唇を当ててきた。

「ひどい人ね。ひどいわ」

涙で濡れた顔を押しつけた。粕谷は、しばらく黙って女のなすがままになっていた。それは詫びる男の無抵抗を表わしていた。

「あんまり浅ましいわ。人間でないみたい」

「正子、落ちついてくれ」と、粕谷は諭《さと》した。「こうしなければいけないのだ。狡い古賀代議士を抑えこむには、のっぴきならない枷《かせ》をつけなければならぬ。……約束を違《たが》えたら尻をまくってやるのだ」

思わず本音が洩れた。正子は身震いした。

「いちかばちかの勝負だ。男は、こういう辛い瀬戸際に立ってこそ大きな目的が遂げられる。おれもずいぶんあくせくと不動産屋をやってきたが、もう、ケチな家の世話や貸間の周旋なんかしたくない。真平《まつぴら》なんだ。なあ、正子、おれがグレているのも、一つは、その絶望感からだ。その日暮しの無意味な生活だから、つい、自棄《やけ》になってくる。だが、今度はそうじゃない。大きな希望が遂げられたら、おれだって立直るよ。自慢を言うようだが、おれにはその才能があるんだ」

「………」

「人間は環境次第で、その才能が出ないまま凋《しぼ》んだり、十分に発揮されたり、また思いがけない実力が出てくるものだ。だから、頼む、おれを男にしてくれ。今度の仕事が成功したら会社を起す。そして思う存分仕事をしてみたいのだ。もちろん、おまえもすぐ籍に入れるよ」

「信じていい？」

「いいとも」

「でも、わたしがいくらあんたのためだとはいえ、古賀さんとそんなことをしたことが、あとあとまであんたの気持の中に残って、先になって嫌われそうだわ」

「何を言うんだ。おれにとって恩人じゃないか。そんなことが出来るわけはない。必ずいっしょになったら、もう、それきり浮気もやめるよ。おれだっていいかげんな年だからな、もう、この辺で締らなければならない……」

「あんた」

と、正子が激しく粕谷の膝をゆすった。彼には女の衝動が分っていた。正子の吐く息が荒くなっていた。

2

粕谷が赤坂のナイトクラブに引返すと、舞台では最後のショーが終りかけのところだった。もう十一時を回っていた。つまらなそうにその舞台を見ている古賀代議士の顔がテーブルの一つに見出された。粕谷が戻ってくると、その気配で代議士はひょいと顔をあげ、眼を輝かした。恰度、舞台の照明がキラリとこちらを掃いただけではなく、真実、待ちかねていた眼つきだった。結果はどうだったと言いたげに、粕谷が椅子に腰を落すのを待っていた。

「遅くなりました」

と、粕谷は古賀に顔を動かした。

「分ったかね？」

と、代議士がそう訊いたのは、粕谷が、電話では先方との連絡がつかないので、とにかく彼女のアパートを捜しに行ってくると言ったからだった。これだけの誠実さは見せかけておかないと、古賀に手軽く考えられる。そうやすやすと女が彼の傍にこないことを教えてやらなければならなかった。

「いや、ずいぶん捜しました。およそのことは聞いていましたが、訪ねてゆくのは初めてなので、タクシーでうろうろした挙句、降りてからでも迷いました」

「ご苦労だった」

粕谷の顔がはじめから明るいので、代議士は有望とみた。

「で、彼女、居たかね？」

テーブルについていたホステスは遠慮して向うに行った。もっとも、バンドの音楽が高いので、耳に口を寄せないと聞き取れなかった。

「居りました。話はつけて参りましたよ」

「そうか」

古賀は思わず溜息をついた。いままで待って、一時間以上も胸に溜っていた成行きの懸念が一どきにとけて出た感じだった。彼の顔は安堵でゆるみ、金歯を見せはじめた。

「すぐでしたよ。いえ、彼女が承諾したことですが」

粕谷が話すと、代議士はうなずいた。

「先生は、よっぽど魅力がおありのようですね。羨しいです。相手も女盛りですから、やっぱり先生くらいの経験家でないとほんとの歓びがないのでしょうね」

古賀代議士は口を開けて笑い、若いときには吉原で修業したものだと、嘘かほんとか分らぬ自慢話を短くした。

「なるほどね」

粕谷は古賀の自負もまんざら見栄だけではあるまいと思った。彼はたったいま抱いた正子の顔を浮べた。正子は古賀と寝ると決めてから粕谷を求めたのだ。彼女の異常なその昂奮は、何となく古賀を対象にしたとも思えるところがある。もしかすると、正子は古賀に弄《もてあそ》ばれるのを喜んでいるのではなかろうか。粕谷に古賀への憎しみのようなものが出たのは、このときがはじめてだった。

「先生、しかし、あの人も一生懸命ですから、そのへんのところはお考えになって下さい」

粕谷は、古賀に、あとで遁げようとしてもそうはさせないぞ、という含みを思わず罩《こ》めて言った。だが、相手にはそこまで分ろうはずはなく、女が自分に惹かされていると聞いて、眼を細めていた。

「粕谷君、あのひとは水商売の女に似合わず、それほど荒《すさ》んではいないんだね」

「そうですよ。いい加減な女給とは違いますからね。ちゃんと店を持ったマダムですから、そうたやすく浮気なんぞはしません。やっぱり気の通う相手でないと言うことは聞きませんよ」

これは粕谷がまさかのときの用意にじわじわと枷《かせ》を作ったことだった。しかし、古賀はまだそこまでも気がつかないで、素人《しろうと》っぽい女を手に入れたことだけに満足していた。

「だが、ちょっと心配なこともある。あの人には旦那はいないんだろうな?」

古賀は、ふいと考えたように訊いた。

「その点は感心に女ひとりでやっています。いつかお話ししたかも分りませんが、店を貸している家主がいろいろと彼女に難題を持ちかけたことがあったんですが、そのときも絶対に靡《なび》きませんでしたよ」

「怪《け》しからんね。その家主というやつは」と、代議士はちらりと権力意識を見せた。

「弱い者いじめをするというのは最も下等だよ」

「その通りですが、いざ、女ひとりとなると、その点、容易に切抜けられないものです」

「分るよ」

分るよ、と言ったのは、古賀には正子のちゃんとした性格を知っているという意味のようだった。粕谷には、古賀の自信のあるその言葉からも彼に抱かれて思うように操《あやつ》られている正子の動作が想像された。

「先生、それだけに、あのひとのことは考えてやって下さい」

「考える?」

古賀は何かに突当ったように眼を光らした。

「いいえ、責任を取って下さいといった大げさなことではなく、まあ、純情なひとだから、あまり普通の商売女のようには考えないでいただきたいということです」

粕谷はちょっと言葉を柔げた。あまりにここでドスを利かすと古賀に逃げられそうだった。

「相手も小さいながらもバアの経営者ですから、金銭とか何とか、そんな無理は絶対に言わないと思います。家主の要求を諾《き》きさえすれば一文も金を払わないで済むのに、苦労して金を作って支払ったくらいですからね」

「そうか」

古賀はにこにこした。やはり深いところは見抜けないようだった。

「まあ、例の土地の問題が解決すれば、先生のほうも少しはお遊びになる金も出来ることだし、そのときに何か着物でも買ってやっていただければいいんです。これは、ぼくなんかが口を出すところじゃありませんけれど」

「いや、それは考えてるよ、粕谷君」と、古賀は合点合点をした。

「で、ぼくは今夜はどこへ行けばいいんだね？」

「はあ、うっかりしていました」

粕谷は通りかかったボーイにメモを求め、万年筆を抜出して、渋谷の旅館の名前と住所とを書いて古賀に渡した。代議士はスタンドの暗い灯の下にそれを持って行き、眼鏡をかけて読んだ。

「分った」

と、微笑して眼鏡をはずした。

「もう電話はしてありますから、そのままいらして結構です。十一時三十分には彼女も入っているはずです」

「そう」

古賀はメモを二つに折って胸のポケットに押しこみ、時計を見てそわそわしはじめた。恰度、最後のショーも終って、ホールにはホステスを連れた客の群れが上っているところだった。

「ここの払いはぼくがいたします」

「すまんな」

代議士はけろりとして椅子から腰を浮した。

「先生、どうぞお気をつけて下さい。如才はないでしょうが、タクシーでどうぞ」

「分ってるよ」

「今夜はお泊りになるんですか？」

「そうもしていられないだろう。まあ、二時までだな。明日の朝秘書がきて不思議に思われても困る」

粕谷は代議士をフロントのところまで見送った。もういいよ、と古賀は手を振り、横広い背中をゆするようにして出口に歩いて行った。粕谷はテーブルに戻った。さっきついていたホステスが再びやってきた。一人は大柄で肉づきがよく、一人は痩せて小さな顔をしていた。粕谷は、ふと、その小さい女の顔に恵美子の面差《おもざし》に近いものを感じて、騒ぎを起して帰った女がいまごろどうしているかと思った。もしかするとき、明日の朝早く、自分の物はもちろんだが、こっちの荷までトラックに積んで運び出すかもしれないなと考えた。

「ねえ、お客さまはお帰りになったの？」

と、胸の広い女が粕谷をのぞきこんで訊いた。

「うむ」

「ずいぶん長い間お留守でしたわね」

と、粕谷の途中での外出のことを言った。

「少し用事が長びいてね」

「まさか彼女のいる店とかけもちじゃなかったでしょうね？」

「ぼくはあの人の秘書でね、よけいな用事を言いつけられていたのさ。その間、さっきの人はひとりだったから、君たちを口説いただろうな？」

女ふたりが笑いながら顔を見合せたので、今夜、正子のほうが不成功の場合、古賀がその代りを用意するつもりでいたことが分った。しかし、その古賀の気持は粕谷にも分らなくはなかった。彼が身体の大きな女のほうに踊ろうかと言ったのは、古賀と似たような気持からだった。

踊りながら粕谷は時計を見た。もう代議士は旅館に着いているころだった。正子も多分着いたころに違いない。旅館の女中が退《さが》ったあとの古賀の性急な行動が眼に泛んだ。正子は避ける素振りで抱かれるだろうか、それとも二回目のことだし、すぐにその顔を古賀の胸に押しつけるだろうか……。

「どうだ、今夜都合つかないか?」

と、粕谷は女と脚を動かしながら言った。

「ほんと?」

女は眼をあげて粕谷の本心をうかがうように訊いた。

「本気だよ」

女は黙って踊っていたが、

「どこで?」

と問い返した。乗気になっていた。

3

粕谷は、ナイトクラブの前から、ひとりでタクシーに乗って目黒の祐天寺のほうへ走らせた。ホステスと踊りながら誘っているうちに、登代子を急に思い出したのだった。今夜の粕谷は、身体の中に血が荒れていた。

例のアパートに入る路で車を降りたのが十二時すぎだった。時計の針の進行と同時に、正子と古賀の様子が頭の中に繰りひろげられた。妙なことである。正子は結局道具だと思っても、徹底して振切れなかった。愛情というのではない。いくらか関りのある女が違う男と抱合っていることで、やはり怒りに似たものが胸にひろがってくる。

古賀に対する憎しみが同時に正子にも向けられた。自分が道具立てしておいて不可解なことだったが、計画と感情とは別個のものだった。今夜は、どうしても登代子に逢わずにはいられなかった。

こんな時間なら坂本も部屋には居ないはずである。たとえ今夜来たとしても、帰ったあとであろう。女房に気がねしている律義で小心な坂本が、深夜までに家に戻らないはずはなかった。

粕谷は、しばらく登代子から足を遠のいていた。例の土地のことで忙しかったのが、自然と坂本に遠慮した恰好になっていた。あの金を坂本から取って以来、登代子にも一応の男を見せた体裁でもある。

だが、そういつまでも遠慮する必要はないと思った。もとより、坂本など相手ではなかった。

アパートの中に入って、彼女の部屋のドアの前に立った。横のガラス窓の上に微かな明りがあった。坂本が来ているかとも思ったが、多分は登代子ひとりに違いない。彼が来ていれば、それでもよしと、粕谷は腹に力を入れてノックした。

中からはしばらく返事がなかった。明りがついているから留守ではない。はじめ坂本といっしょかと思ったが、いま時分訪ねてくる客を登代子が想像して、様子をうかがっているようでもあった。粕谷は高く音を立てた。

窓が急に明るくなったのは登代子が起きて灯をつけたのだが、それも外に来ているのが彼だと知って、わざと予防したように思えた。登代子は一人のようだった。

「どなた？」

と、ドアの向うできいた。

「おれだ」

息を呑んだ女の様子がこちらにも分った。もちろん、すぐには応《こた》えはなかった。

「あけてくれ」

粕谷は、かなり大きな声を最初から出した。隣近所に聞えるのを登代子は怖れている。その計算もちゃんと入っていた。声も酔ったように思わせた。

ドアが細めにあいた。途端、粕谷は肩を押当てた。

「まあ、どうしたの？」

と、登代子が彼を避《よ》けて脇に立った。

「そう睨むなよ」

粕谷は、自分でドアを閉めた。

「今夜は彼氏来ていないのか？」

奥の間《ま》との間の襖が閉っている。そのため部屋がひどく狭く見えた。粕谷は、椅子に股をひろげて坐った。

「酔っているの？」

ナイトクラブで飲んだ酒が匂ったらしかった。かえって都合がよかった。

「水をくれ」

「勝手に飲みなさいよ」

「よし来た」

粕谷は、すぐに腰を上げてキチンの蛇口を捻《ひね》った。半分飲み残した水のコップを持って、まだそこにじっと佇んでいる登代子の傍に近づいた。避けようとする彼女の肩を一方の手で摑んだ。

「何をするの？」

肩を振って手で放そうとしたが、以前のような激しさはなかった。粕谷の見込み通りだった。

「半分飲んでくれよ」と、コップを登代子の口に持って行った。「ほら、おれの飲んだところに口をつけるんだ」

登代子が不意にコップの底を手で突上げた。跳ね上がった水が粕谷の顔を濡らした。登代子は彼の次の動作を怖れるように見ている。粕谷は、ポケットからくしゃくしゃになったハンカチを出してひろげて見せた。

「ほら、ひとりだから、ハンカチだってこの通りだ。洗ってくれる者もいない」

そのハンカチで穏かに顔を拭いた。

「そんなこと、わたしには、関係ないわ」

「坂本はくるかい？」

「言う必要はないでしょ」

「今夜は帰ったあとかい？」

「………」

「おい、どっちだ？」

と、粕谷がコップを置いて両手をひろげ、登代子を前から抱こうとした。彼女は手を伸ばし粕谷の顎を突上げてさっと逃げた。

「いつまでもばかにしないでよ」

登代子は、そこから粕谷を見つめた。

「なぜ、のこのことまたやってくるの？」

粕谷は鼻で笑った。登代子は憎らしそうに睨《ね》めつけていた。

「あんたは支店長と何をこそこそやってるの？」

「なに」粕谷が登代子に顔を向けた。「坂本が何か言ったのか？」

「あの人は支店長からすっかり虐待《ぎやくたい》されてるわ」

「………」

「あんたが支店長とじかに話合うようになってから、坂本は邪魔者扱いよ。支店長は坂本とはなるべく口を利かないようにしているし、仕事のほうでも窮屈にしているわ」

「坂本が君に訴えたのか？」

めめしいやつだと、粕谷は言いたかったが、そんな愚痴《ぐち》を登代子に綿々とならべている坂本の様子が眼に見えるようだった。

なるほど、黒川支店長は坂本が煙たくなったかもしれない。土地の問題では坂本が専任だが、今度のことが進捗《しんちょく》すると、知られて都合の悪いことが坂本に分ってくる。

といって坂本は抱きこむほどの人物でもなかった。地道にこつこつと勤めあげた小心な銀行員にすぎない。黒川にしても今度の仕事は、もともと、不良貸付で生じた穴を埋めることからはじまったのでうしろ暗い。なるべくひとりで処理することにこしたことはなかった。黒川なら坂本を圧迫して、場違いの不動産部にも自分の権限をひろげるかも分らなかった。もとより、支店長は、その店内にある不動産部をも総轄監督している。

「そりゃ坂本のひがみだろう」と、粕谷は一応言った。

「あの男は気が小さいから、ぼくと支店長との直接話合いになると、その橋渡しをした自分がのけ者にされたようにカンぐっているのだ」

「とんでもないわ。坂本の言うことは事実に決ってるわ」

登代子は立っているところから口を尖らした。そのうしろに次の間を隠した襖がある。襖一枚向うに、いま彼女の起きて来たばかりの蒲団があった。

「じゃ、坂本はどう言っている?」

彼が登代子に訴えた話の次第では、どこまで彼が支店長の意図を見抜いているか見当がつく。

「この前、支店長は坂本をつれて埼玉県の田舎に行ったそうよ。政府の土地だけど、支店長は坂本に時価の値踏みなどさせて下見をしていたと言っていたわ」

「それがおれとどういう関係がある？」

「坂本は、そんな土地のことはいま銀行でちっとも話に出てないから、どうもおかしい、と言ってたわ。それに、そのあと、支店長は妙にそのことにふれないようにしているそうよ。あの土地の売買にあんたが一枚絡《から》んでると思った」

「君の、そのカングリを坂本に話したのか？」

「そりゃ黙ってたわ」

登代子は力弱く答えた。

「ほう、どうしてだ。自分のカングリを言ってみたらどうだ」

「じゃ、やっぱりあんたなのね？」

粕谷は返事をしないでせせら笑っていた。

「坂本が可哀想だわ。あんたと支店長にいいようにされて、その挙句には虐待されているんだもの」

「可愛い男だから可哀想でならないのか」

と言ったとき、粕谷は遠くで車の停る音を聞いた。夜更けだし、静かなので、距離があっても耳に入る。粕谷は、それがこのアパートに入る広い道路の角だと見当をつけた。彼は何かを直感して、自分で素早く電燈を消した。登代子が息を呑んだようにして見ているのを、襖を開き、奥に飛びこんだ。思った通り、花模様の蒲団が灯の下に浮いていた。スイッチを捻ると、それも闇の中に消えた。

「何をするの、ひとの家に来て……」

粕谷が、その登代子を抱えて蒲団の上に引きずると同時に、靴音がアパートの玄関に聞えた。

「放して」

と、登代子が藻掻くのを、粕谷は自分の片足を女の開いた脚の一方に巻きつけて抑えこんだ。靴音はやがて廊下の足音に変り、ドアがこっそりと鳴った。

「坂本だな。黙っていろ」

4

ドアがノックされた。いかにも坂本らしいひそかな叩き方である。隣近所をはばかったような律義者のノックだ。

登代子は身悶えして身体を起すか、声を出して応えるかすると思ったが、彼女は何もしなかったし、声も出さなかった。粕谷に脚を巻きつけられ、諦めたように倒れたままだった。

ノックは一度やんだが、また起った。やはり音は前の通りで、少しも高くなかった。

「じっとしていろよ」

と、粕谷は登代子に言った。

ドアの音はやんだ。しかし、そこから離れる足音はなかった。ふしぎそうに中の様子をうかがっている坂本の姿が暗い向うに見えるようだった。寝ているのかな、と口の中で呟いている坂本の声が聞えるみたいだった。

「ひどく遅く来たものだな」

と、粕谷は登代子の肩を手で抑えたまま言った。こうした二人の姿態は、二年前いっしょに暮したときそのままだった。声のささやきまでそっくりである。

「いつもこんなに遅いのか?」

登代子はしばらくして、

「九時ごろまで用事があって外に出ていたから、その間に一度来たのかもしれないわ」

と、細い声で答えた。

「それじゃ、二度目だな」

一度は留守でむなしく帰った坂本が、こうして深夜ふたたびやってくるのは、やはり虫が知らしたというのだろうか。登代子も、この時刻にくる彼を意外に思っているらしかった。

ドアの音がまた起った。今度は叩き方が長かった。彼が留守と思ってない証拠である。はっきりと寝ている女を起すノックだった。粕谷は、もうしばらくすると坂本が諦めて帰ると思った。だが、予想したように足音は遁《に》げなかった。

「君が起きるのを待ってるよ」

粕谷は低く笑った。実際、寝静まった部屋の中のちょっとした物音でも聞き逃さないように、坂本はドアに耳をつけている。そして、今度は少し戸が高い音で叩かれた。

「煩《うるさ》いな」

と、粕谷は言った。仰向いた登代子の白い顎《あご》が見えた。二人は仆《たお》れたときのままで、掛蒲団を背中に敷いていた。粕谷は、登代子を抑えている手と脚の力をゆるめた。女の呼吸《いき》が少し速く聞えているだけで、起上る様子もなかった。やはり粕谷の考えた通りだった。

四度目のノックが起った。断続して長かった。粕谷は、ゆるめた手先を登代子の胸に置替えた。掌に彼女の速い鼓動がじかに伝わった。掌が聴診器のようにその高い心臓の音を聞いていた。

登代子は坂本が来たのを怖れているのか、粕谷に抑え込まれているので昂《たか》ぶっているのか分らなかった。

登代子が急に身体を動かした。しかし、これは緊張に耐えかねての動作だった。じっとしていろ、と命令するまでもなく、彼女はまたそこで動かなくなった。

「もう帰るだろう」

粕谷は言った。が、それは誤算だった。

たしかに廊下に足音は動いたが、立去るのではなかった。足音は部屋の前を二、三度往復しただけだった。

「まだ諦められないとみえるな」

彼は登代子の耳に囁いを伝えた。ついでに、その耳を吸った。登代子は顔をそむけた。

こうして登代子を抱いていると、渋谷の旅館にいる古賀代議士と正子の寝姿が想像された。まるでもう一組の男女がすぐ前にいるみたいだった。粕谷はその幻影が鏡のように、自分と登代子とを映しているように思われた。彼は背中を起して、向うむきになっている登代子の顔を両手で挟《はさ》んで起した。

登代子は首を激しく振ったが、最後に静止した。

「どうだ、やっぱりおれが忘れられないだろう？」

彼は唇を吸ったあとでささやいた。女の息使いが頬に当った。

「おれにくらべると、あんな男などどんなにつまらないか分っただろう」

よその女を寝取っているのか、女房に姦通されている男の心理なのか、区別がつかなかった。彼は登代子のふところをひろげはじめた。そのとき、またドアのノックが鳴った。登代子が彼の手を抑えた。

今度のドアを叩く音は長い。坂本は実際に声を出して呼立てたいに違いなかった。だが、寝静まった近くの部屋に明らかに遠慮していた。留守のはずはないと見込みをつけたが、あくまでもノックで起すつもりらしかった。音がやんだのは、そのドアに坂本が耳をつけるためだった。

「煩いな」

粕谷が舌を鳴らすと、

「知ってるのかもしれないわ」

と、登代子が呟いた。

粕谷は、なるほど、そうか、と合点した。その点、女の直感は鋭い。坂本が部屋の中に登代子ひとりでないと、嗅ぎつけているのをちゃんと察していた。

「それなら、なおさら放《ほう》っておくんだ」と、粕谷は言った。「奴さんひとりでいらいらするだけだろう」

大きな声で喚く勇気のある男とは思えなかった。坂本には、そんな度胸はない。正子のアパートに怒鳴りこんできた恵美子とは違うのだ。女は、そういう点になると恥も外聞もなかった。

粕谷は坂本にこっちの姿をのぞきこまれているような気がしてきた。一方には古賀と正子の鏡みたいな幻影があった。彼はふいに登代子のふところの中に手を入れて握った。一方の手は衿を押しひろげ、いきなりむき出た肩に歯を当てた。

登代子が低く叫んだが、すぐに顔を下に向け、蒲団を咬んだ。

ノックが起った。恰度、始終を見ているような間《ま》の合った叩き方だった。

隣の部屋に人が起きる気配がした。

粕谷は同じことが前にもあったような気がした。すぐに、それが正子のアパートの部屋に恵美子が暴れこんだときだと気づき、思わずおかしくなった。あのときも隣の人が最初に起き出した。

隣のドアが乱暴にあいた。

「どなたですか？」

渋い男の声で、憤《おこ》った調子だった。

「どうも」

と、坂本の声が答えていたが、意外に小さいのは、深夜の近所を騒がした詫びよりも、中にいる登代子と粕谷に戦《おのの》いているようだった。

「こちら、留守でしょうか？」

「さあ、留守だとは思いませんがね。もう、お寝《やす》みになったんじゃないでしょうか」隣の人は言葉こそ丁寧だが、煩いノックに腹を立てていた。「さっきまで話声がしていましたからね」

「じゃ、お客でもあったんですか？」

坂本の声がかすかに震えていた。

「さあ、どうですかね」

「あの……そのお客というのは、もう帰ったでしょうか？」

「わたしも寝ているとき夢うつつの中で聞いたもんだから、はっきりとはおぼえてませんよ。あんた、それだけノックしても返答がないんだから、よほど寝込んでるんですね。……それとも、あんた、よほど大事な急用でもあるんですか？」

「いいえ、そういうわけじゃありませんが」

坂本があわてたように答えた。

なぜ、坂本は急用があるから起しているのだと答えなかったのだろう。そうすれば堂々と大きな声で呼べるのだし、こっちも黙ってはいられなくなる。そこにも坂本の小心さがあった。

隣の人はドアを強く閉めた。どすんと床の中に入る微かなひびきが伝わった。

坂本の足音はおびえたように廊下を去った。肩をすくめて、とぼとぼ歩いている彼の背中が粕谷の眼に泛んだ。その想像に合せたように現実の足音が階段を降りて、土間の靴をはいた。

「とうとう帰った……」

粕谷は普通の声をとり返して登代子に言った。彼女は黙然としていた。

彼は起きて上衣をとり、ズボンを脱いだ。

「寝まきは何処にある？」

昔の自然の調子になっていた。登代子の返事はなかった。彼は、かけ蒲団の端をめくり、そのまま登代子の身体を中に抱えこんだ。帯を解きはじめたが、登代子は動かずにいる。それが彼女の最後の抵抗だった。まきついた帯をほどこうとすると、女の身体が押えて、かえって緊った。

粕谷が力ずくで女の固く組んだ脚を解いたとき、窓のすぐ下の庭で靴音が起った。

粕谷は動作の手をとめた。

「坂本だな」

登代子は黙って顔をゆがめていた。

「しつこい奴だ」

あきらかに坂本はこの部屋に粕谷が来ていることを知っていた。家に帰る決断がつかないでいる。

庭の靴音は狭いところを往復していた。決してこの窓の下からは離れなかった。

「ばかなやつだな。そんなことでこっちがおどかされると思っているのか」

粕谷は登代子の着物をはいでいた。いつのまにか彼女は嗚咽《おえつ》し、自分から激しい動きになっていた。

「どうだ、やっぱり、おれのほうがいいだろう。どうだ……」

登代子は唇をゆがめ、彼の背中を掻き立てていた。

(この女も、何かに使えるかもしれないな)

粕谷はそんなことを考えていた。

庭の靴音が徘徊《はいかい》をつづけていた。寒さで、ちぢこまっているような音だった。

「やつ。夜通しそこを歩き回っていろ」

実際、坂本の靴音は夜明けまで下につづいていた。——

5

午前十時に、粕谷は黒川支店長と赤坂の或るホテルの階下で落合った。ホテルのロビーは、こういう待合せには最適である。雰囲気も贅沢《ぜいたく》で、ここで商談をすると、いかなる話合いも成功疑いなしのような気分になる。思わず心がひろくなるような豪華な環境だった。

事実、革張りのクッションには、そうした商談に耽《ふけ》っている組がいくつかある。

黒川は初めから顔色がよく、意気軒昂《けんこう》といった様子だった。

「何かいいことがありましたか？」

と、粕谷は訊いた。この律義な銀行マンが正直に喜色を表わしているのは、必ず今度のことに具体的な希望を得たからだと判断した。

「いや、実はね」

黒川はにこにこしてこう話した。

「ぼくは、あの土地を買ってくれる先をあらかじめ当ってみようと思いましてね、それとなく、宮下電機産業と、竹野薬品と、三友金属の重役に当りをつけてみたんです。これは、ぼくが本店にいたとき貸付のほうに籍があったから、こういう人たちと面識があったんです。すると、宮下も、竹野も、三友も、みんな乗気なんですよ。粕谷さん、もう大丈夫です。もしかすると、この三つが競合《せりあ》って買求めてくるかも分りませんね」

宮下電機産業も、竹野薬品も、三友金属も、みんな日本で有数な大企業だった。

「殊に」と、黒川はつづけた。「竹野薬品などは東京方面の需要が激増しているので、何とか東京近郊に工場を建てたい意志が前からあったんです。それには、何しろ薬品のことだから衛生的な環境を求めなければならない。しかし、輸送の上で都心からあまり離れてもいけない。また、よその工場が近くにあっても困る。煤煙《ばいえん》その他で空気が汚れては製薬に適しないというんです。そうしてみると、まさにあの岩槻の白原土地はこの立地条件と完全に一致してるわけですよ」

竹野薬品工業が製薬界第一の会社であることは知れ渡っている。関西にしかない同会社の工場が関東に新設を狙うのはさもありそうなことだった。

「そりゃたいへん結構な話じゃありませんか」

と、粕谷は笑顔で相槌を打った。

土地がまだ完全にこちらの所有になっていない先から早くも売付先を確保するなど、黒川のような銀行マンがいかにもしそうだった。どこまでも几帳面なのである。こんな堅実な男がどうして支店長として莫大な不良貸付をつくったか、分らないくらいだった。

「何しろぼくとしても一大冒険ですからね。あなたの努力で、あの土地の払下げをうけたものの、今度は売付先に困るとあっては忽ち危機に直面します。巨きな金を出すのですから、ぼくだって慎重の上にも慎重を重ねなけりゃなりません。それで、買手のことを考えると、ぼくは夜もろくに睡れませんでしたよ。しかし、これでやっと目鼻がついて安心です」

「いや、そのほうは万事あなたにまかせますよ」

と、粕谷も笑顔で言った。

しかし、あの土地の払下げの完全な手続が出来た暁は、そう黒川だけに売りをまかせてたまるものかと思っている。黒川がそっちのほうでサヤを稼ぐかも分らなかった。粕谷は粕谷なりにいい買手を捜すつもりでいる。だが、現在は何といっても払下げに漕《こ》ぎつけることが先決だった。そのためには黒川に調子を合せ、当分平和共存を維持してゆかなければならない。

粕谷は時計を見た。

「では、ぼつぼつ行きますか」

行先は議員会館だった。十一時に古賀代議士の部屋で会う手筈になっている。

「そうですな、参りましょうかね」

黒川は、いままで背中のうしろに隠すようにしていたふくれた黒鞄を大事そうに取上げた。実は、ここに入ってきたとき、粕谷はその鞄のあるのを見て安心したことだった。中に入れているのは約束の札束だろう。

「アレは持ってきていただけましたか？」

と、ホテルの玄関に歩きながら粕谷は小声でたしかめた。それに黒川は黙って二度うなずいた。

タクシーに乗ってからも黒川は、その鞄を膝の上に置き、両手で胸に抱き締めるようにしていた。

車の中ではめったなことは話さなかった。黒川は、それで、こんなことを言い出した。

「粕谷さん」

「何ですか？」

「あなたもよく知っておられるウチの坂本君ですがね」

「はあ」

粕谷の頭には忽ちおとといの晩に夜通し寝ている外を歩き回る足音が聞えた。登代子のアパートの周囲を坂本が夜の明けるまで彷徨《ほうこう》していた。

「坂本君がどうかしましたか？」

粕谷は無関心そうに訊いた。

「彼は昨日銀行を休みましてね。今日もまた休んでるんです」

「ほう。病気ですか？」

ありそうなことだった。徹夜でアパートの外を歩き回った坂本がどんな思いをしているかはよく分る。彼はあの晩も登代子の灯を消した窓を見上げては口惜し涙を流したに違いなかった。怒りに足も慄えていたことだろう。大声で喚きたかっただろう。その翌朝、粕谷は九時ごろに登代子の床から起きたが、その前に、彼女も坂本の様子が心配だったとみえ、窓の外をのぞいていた。

(あの人、もう居ないわ)

(当り前だ。そんなに外ばかり立ってはいられない。第一、こう明るくなってはアパートの者に怪しまれるよ。だが、彼もご苦労なことだったな)

(可哀想よ。あんた、悪人だわ)

(なにもこちらから頼んだわけではなし、あいつが気にかかって家に帰れなかっただけだ)

あの晩は外に坂本が立っていることを意識し、恰《あたか》ものぞきこまれているような気持で、登代子との行為もいつになく刺戟的なものになった。あの女が気狂いのようになって彼に暴れたものだった。

(君は坂本に同情しているのか？)

(やっぱりね、可哀想だわ。あんたよりも純情なんだから)

(気の毒だったら、いつでもまた、おれからあの男へ行ってもかまわないよ)

(だから、あなたは悪人だというんだわ)

——黒川支店長の現実の声が粕谷の耳に戻ってきた。

「今朝、銀行が開店してすぐでしたが、坂本君の妻君がぼくのとこにやって来たんです……」

「奥さんが？」

粕谷は思わず黒川の顔を見た。背景の窓には平河町方面にゆく風景が流れていた。

「そう。妻君は、どうして坂本が銀行を休むか、理由がよく分らないというんですよ。銀行で何かまずいことでもあったのじゃないかと心配していました」

「なるほど。では、坂本君は病気じゃないんですね？」

「病気ではないが、ひどく何かに悩んでいるというんです。おとといなんか一晩じゅう帰らず、夜明けごろ、ひょっこり家に戻ったそうですが、ぐったりと疲れているのに血走った眼で、昂奮していたといいます」

「………」

「それがどういう理由だかぼくにも分らない。妻君が訊いても彼は理由を言わなかったそうです。もちろん、どこかに遊んでの朝帰りではない。しつこく訊く妻君を彼は怒鳴り散らして、蒲団をかぶって寝たそうですが、それから昨日一日寝通しで、時々起きていてもぼんやりしているんだそうです。妻君の言うところでは、坂本君は一晩で憔悴《しょうすい》してしまったそうですが、そんなことで、今朝も彼は銀行には行きたくないというんだそうです」

「…………」

「妻君は、ぼくのところに事情を聴きに来たんですが、妻君もはっきりとは言わないが、ぼくの察するところでは、彼はもう銀行をやめたいとでも言ったんじゃないですかね」

「ふしぎなことですね」

と、粕谷はケロリとして言った。

「全く……坂本君は、日ごろからちょっと変ったところがありましたからね」

「ほほう。ぼくにはそう見えませんでしたが。まじめな人だと思っていましたよ」

「たしかにまじめな一面はありますが、才能の点ではどうですかね。まじめというだけで、仕事が出来るというわけではない。なんだか内側に固ったような人でしてね。それに、少々偏屈《へんくつ》なところがあった」

支店長は少しずつ部下を非難しはじめた。

「それにしても、彼に何が起ったのでしょうな?」

粕谷は言った。

「ぼくも妻君から訊かれて、心当りはないと答えた。実際、その通りですからね」

「女でも出来たんじゃないですか？」

粕谷はわざと笑って言った。

「女？」

黒川はちらと眼をむいたが、すぐ眼尻に皺を寄せて笑い、

「坂本君に女が出来るかな」

と冷嘲した。

「そんなに彼は女に縁がないんですか？」

「人間が陰気ですからね。ぼくもどちらかというと、彼とそう親しくなれないんです。もし、このまま坂本君が銀行を休むようなことになればいい機会だから、配置転換を本店に頼んでみようかと思ってるんです」

「配置転換を？」

「前から、そう思っていましたよ」

粕谷は口をつぐんだ。よけいな差出口は控えよう。支店という小さな世界にも人間の派閥関係があるし、仲間同士の反撥や憎悪もある。立入ったことは言えなかった。

6

しかし、粕谷は黒川支店長の話を聞いて、やがて少し不安になってきた。坂本がそんなにあの晩打撃をうけるとは思わなかった。粕谷にすれば、少々意地悪な悪戯をしたにすぎないと思っている。いま話を聞くと、坂本は予想以上のショックで、銀行も無断欠勤で寝込んでいるという。あの謹直な男が無届で銀行を休むのはよくよくのことだった。

粕谷は、坂本が自暴自棄になりかかっているのを知った。女には縁のなかった男が、初めて登代子という相手を得て燃えあがったのだ。それを突放されて、しかも眼の前で女は前の男を引入れた。坂本が煮えかえるような気持を抱いて、暗い部屋を見上げて一晩じゅう外に立っていたかは分る。

少々薬が効きすぎたというのが、いまの粕谷の実感だった。

新聞の三面記事が泛ぶ。恋に狂った中年男が相手の女を殺し、自殺する。ありふれた事件としてこれまで無関心に見逃した記事が、急に切実感をおびて迫ってきた。まあ、登代子が殺され、坂本が自殺するだけなら大したことはない。いやなのは、坂本が逆恨《さかうら》みをこっちに持ってきて危害を加えることだった。

「……そりゃ困る」

と、思わず粕谷は口走った。黒川が、

「え？」

と訊き返した。

「いや……」粕谷は微笑を浮べた。「古賀さんがちゃんと待っていてくれなければ困るがな、と言ったんですよ」

「そんなことはない」と、黒川は強く否定した。「古賀先生もぜひ今日のうちに欲しいと言われたんですから、すっぽかすことは絶対にありませんよ」

「それならいいんですがね」

何も知らない黒川は、近づいてくる議員会館の正面を気負った顔で見つめていた。

議員会館の前は乗用車でいっぱいだった。ひと目で地方から上京した陳情団と分る群がほうぼうで歩いていた。会館から出てくるものもあれば、入るものもある。その団体を代議士の秘書たちが懸命に世話をしていた。なかには、もう弁当を配っている秘書の組もあった。

古賀代議士の秘書に粕谷は会った。

「いま、先生は陳情にみえた人とお会いになっています」

と、大きな男の秘書は浅黒い顔に忙しそうな表情をみせて告げた。

「十一時にお目にかかる約束でしたが、そいじゃ、当分、この辺で待っていなければいけませんか？」

「いや、先生もさっき、あなたがたがお見えになることを言っておられたから、多分、その席をはずしておいでになるでしょう。何しろ九州の選挙区からこられた方で、総選挙もそう遠くないし、大切なお客さんですからね」

「それはそうですな」

「しかし、際限《きり》がないんですよ。先方はいろいろと注文を出されるのでね。それも丁寧に聞いてあげないと感情を害しますからな。すると、それはすぐ先生の人気にひびき、票が減ることになります。ははは。多分、午後は先生がその代表者をつれて関係各省を回られるでしょう。ですから、いまがお会いになるチャンスです」

「待っていましょう」

と、粕谷は黒川と廊下に佇《たたず》んだ。

その間にも陳情の連中が右往左往している。きれいな女秘書が何人か上気した顔で、その間を縫って往復していた。

古賀代議士が廊下に出てきた。

「やあ」

代議士は二人に笑いかけ、

「どうぞこっちへ」

と先に立った。陳情組の居ない小部屋で、ここだけは穴があいたように人が居なかった。古賀が二人のくるのを待って部屋をとっておいたらしい。

「何しろこの通りで、忙しくてね」

と、古賀は陳情団のことを言って笑った。

「たいへんですな」

粕谷が言うと、

「代議士稼業もこうなると労働者だな。サービス業みたいなものだ。何をやってるのか自分でも分らなくなる。……ときに」と、眼を黒川に移した。「アレは持ってきてくれたかね？」

「はあ、持参しました」

と、黒川は大きな鞄をあけ、中からデパートの包紙で巻いた弁当みたいなかたちのものを出した。

「どうぞお改め下さい」

「拝見」

と、古賀は二人の見ている前で包紙のはじをめくった。きれいに封紙で括《くく》った百万円の札束が三つ重なって見えた。

「たしかに」

と、古賀はくるくると巻くと、ぽんと自分の脇に置いた。

「こういうものは領収書を渡さないしきたりでね」

と、彼は黒川に眼を向けて言った。

「はあ……」

黒川は仕方なさそうにうなずいた。しかし、銀行屋としてこういう取引はどうも納得がいかないような、不安そうな顔つきだった。

「心配はいらないよ、君。たしかにあちらに渡すからね」

あちらというのが実力者の高井市郎を指していることはいうまでもなかった。

「農林省のほうは完全に了解がついたよ」

古賀は二人の顔を交互に見て言った。

「何しろうちのおやじの勢力範囲だから役人の間に文句の出ようはない。それで、君たちは今日、農林省に行って林野庁長官に会い、一応敬意を表してきてもらいたいですな」

「はい、分りました」

黒川が恭々《うやうや》しくお辞儀をした。粕谷も思わずほっとなった。ここまで具体的に話が出来ていればもう間違いはなかった。

いままで古賀が、いくら口の先で高井が了解したの、手筈が出来ていると言っても、具体性は何もなかった。やはり当事者の役人に会わないと安心が出来なかった。それが払下げ関係を管轄《かんかつ》している林野庁長官に会えというのだから、もう安心だった。

「林野庁長官は」と、代議士は二人の顔色を見て少し誇らしげに言った。「安岡忠一郎といってね、高井さんのお気に入りだ。その男のところに行けば、話は分るようになっている」

「ありがとうございます」

「ただ、いまから行ったのではちょっと会えないかもしれない」

「会議か何かあるんですか？」

「いや、そうじゃない。安岡という長官はちょっと変っていて、夕方でないと本省に出勤しない」

「それくらいわがままの利く男だから、いかにおやじと緊密な関係にあるか分るだろう」

「分ります」

「そうだな、八時ぐらいならいいだろう。長官が頑張っているから、そのころでも重立った部下はみんな残っている。ぼくから安岡君に電話しておこう」

「よろしくお願いします」

「あ、それから」

と、古賀は、秘書がドアの外からのぞきに来たので待たせている陳情団のことを考えたのか、忙しそうに付け加えた。

「明日の晩、赤坂の長谷山という待合に、鉄鋼連合の連中が大蔵省の役人を招待している。その席に理財局長が出るはずだから、ちょっと会っておくがいいね」

「はい」

農林省だけの了解では払下げ問題は解決しない。管轄官庁である農林省が払下げを許可すれば、今度は大蔵省にその最終許可権が回される。当面の責任者が理財局長であった。

「………」

「高井さんは大蔵大臣には話してあると言っておられた。そりゃ、この前、君たちに伝えておいたね？」

「はあ、承りました」

「それがいよいよ具体的になったんだ。高井さんから、いま言ったような話が昨夜あってね。君たちみたいな顔が大蔵省にのこのこ現れては迷惑だから、そういう集りの場所で局長にちょっと会うがいいということだった」

「そうすると、こちらで席を設けてよいのでしょうか？」

「どこかの部屋を借りて、君たちだけで飲んでいればいい。そしたら、適当な時間に事務官が君たちの部屋にちょっと顔を出す手筈になっている。そうすると、待合の別の部屋で会ってもいいし、廊下での立話でもいい。そういうことは先方で決めるだろう。とにかく、こういう問題だから目立たないようにしてもらいたいね。でないと局長も迷惑する」

「ごもっともです」

粕谷と黒川とはいっしょにうなずいた。

すると、古賀は名刺入れを出し、大事そうに一枚を抜いた。

「これが、高井先生の名刺だ。ちゃんと君たちの名前を書きこんでもらったから、よく見たまえ」

「あっ」

粕谷は思わず叫んで両手でうけとった。

紛うことなき高井の名刺だった。中央に、「高井市郎」と一行、清朝体《せいちょうたい》の活字で印刷されてある。住所も電話番号もないだけに、余白を十分に生かした重々しいものだった。

いや、それよりも貴重なのは、その右肩の余白に、

《粕谷為三君と黒川千太郎君とを紹介します。よろしくお願いします。》

とあって、宛名が「国吉光雄様」となっていた。そして当人の名前の下には同じペン書きで、模様みたいな花押《かおう》が記されてあった。現代の「お墨付」である。

「国吉君というのが大蔵省の理財局長さ」

と、古賀が二人の前で説明した。

「はあ」

粕谷は押しいただいた。黒川が深々と頭を下げた。

「農林省の林野庁長官宛のぶんは要らないだろう。高井先生から直々《じきじき》に話が通じているはずだからね」

古賀が言ったので、また、二人は頭をさげた。

こういう名刺をもらえば、何も言うことはなかった。首相を除けば閣内第一の実力者、横紙破り、ドスの利いた発言、あらゆる形容詞が高井市郎に装われている。官僚が虎のように畏怖《いふ》している男だった。行政に実行力があるというのも、役人が彼に戦慄《せんりつ》しているからだった。

古賀代議士も考えたものであった。三百万円の金を見たら、すぐにこの名刺を出した。まるで現金引換《キャッシュ・オン・デリバリイ》みたいだった。

むろん、この三百万円で万事が済むわけではなかった。

いよいよ成功の際には、また改めて大きな要求があるに違いない。いうまでもなく、古賀の親分高井市郎のものを含めてである。

払下げに要する金には別段苦労はなかった。決定してしまえば、黒川の支店長権限による銀行の金だけでは追っつかない。だが、ほとんど時価の三分の一以下で買える土地だから、出資してくれる人間には事は欠かないのである。

「念のために言っておくけど」古賀は二人に言った。

「この理財局長宛の名刺は、彼に渡すまで絶対に他人に見せては困るよ」

「よく分っております」

その名刺も多分、あとで古賀がのこのこと理財局長のところに行き、取上げるに違いなかった。こういう取引に証拠を残してはならないのである。そんな想像を粕谷は持った。

「そいじゃ、ぼくはこれで失礼する」

と、古賀は起上った。

「どうもいろいろと……」

と、粕谷は心から礼を言った。このときほど古賀が頼もしく見えたことはなかった。正子を与えられて有頂天《うちょうてん》になっている彼への軽蔑も、この瞬間には粕谷の心から忘れられた――。

7

夜八時、粕谷と黒川とは農林省の長官室の客用の椅子に坐っていた。

広い部屋で、長官の姿が遥か向うに小さく見えたくらいだった。大きな机の前に小男が書類を見ていたが、ふしぎなことに彼の前にはウイスキーの瓶が一本置かれ、それをグラスに注いでは当人が舐《な》めていた。

会議用の椅子が楕円《だえん》形の大テーブルを取巻いてならべられてある。だれもそこに坐っていないことで、よけいに空洞を感じさせた。同じ省内の建物だが、この一角だけは煌々《こうこう》と電燈がついていた。ここに入ってくるときに分ったのだが、廊下の左右の部屋にはいっぱい人が仕事をしていた。古賀から聞いた通り、夕方近く出勤するという安岡長官のために、部課長以下ほとんどが夜業している。

客用の椅子は、その長官の机からもかなり離れているが、安岡長官は書類を忙しくめくりながら鼻唄をうたっていた。それでいて、ときどきめくる紙の手をやめ、じっと書面に眼鏡越しの視線が注がれた。

すると、癇癪《かんしやく》を起したように長官は横のボタンを押した。まもなく、機械仕掛のように年配の役人が入口のドアを排して鞠躬如《きつきゆうじよ》として現れた。

安岡長官は、その書類を役人の眼の前で指で叩く。

「何だ、これは？　こんなことで、君、許可が出せると思うか」

と、怒鳴る。

「駄目だよ、こんなもの」

と、別の部下にはその書類を足もとに投げつけた。

入ってくる役人はいずれも部課長であろう。頭の禿上った者もいれば、髪が半分白くなった者もいる。例外なしに言えることは、そのだれもが縮み上って長官の前から遁《に》げ去ることだった。

怒鳴るといっても、安岡長官は決して赧《あか》い顔はしなかった。むしろ顔面蒼白で、眼だけが据っている。しかし、役人が居なくなると彼の口から鼻唄が出た。

そういう光景を、粕谷も黒川も三十分ばかり見せられていた。

と、長官は書類を抛り出すようにして、どっこいしょと掛声をかけ、両手を机の上について起ち上った。

ゆらり、ゆらりと歩いて、迎えている二人の前に彼は近づいた。

「いや、お待たせしました」

長官は椅子にかけるようにすすめ、自分は応接用の円テーブルの向うにどっかと腰をおろした。

「ばかな役人ばかり農林省には多うござんしてね、つい、腹が立つんですよ」

長官は言いながら胸のポケットからパイプを取出した。ビニールの袋から刻み煙草を取出し、丁寧に指先で詰めた。

「今回は古賀先生のご好意で、いろいろとご無理なことをお願いいたしました」

と、粕谷が口を切った。黒川はただ、ぺこぺこと頭を下げていた。権威に弱い勤め人の黒川は、長官にはろくに口も利けない有様だった。

「ああ、岩槻の旧陸軍用地でしたね。イチロウさんから聞いています」

と、安岡長官は大きくうなずいた。

イチロウというのはだれかと思っていたら、実力者の高井市郎のことだと粕谷はやっと分った。

長官は煙をパイプから吐き、

「あすこは、いままでずいぶんと払下げの申請が出ていたんですがね、みんな断られて引きさがっているんですよ」

そこまで言って、何を思い出したか、長官はパイプを抛り出し、椅子から起った。見ていると、ウイスキーの瓶とグラスを両手にさげて元の椅子に戻った。自分で愉しそうにグラスに酒を注ぎ、

「何ですな、しかし、あなたがたはいいところに眼をつけましたね」

と、唇を舐めて言った。

「はあ、どうも……」

「わたしもこれまでの前例に倣《なら》って払下げには反対したいんですがね」

「…………」

「市郎さんに言われたんじゃ観念しますわ。ま、いいでしょう」

「どうも」

と、粕谷は蒼白い長官に敬礼した。

「書類はぼくのところにいま来ています。今夜判コを捺《お》しますから、明日にでも取りにきて下さい。……しかし、ご承知でしょうが、次の関所が大蔵省ですぞ」

「はあ」

「いや、その辺は市郎さんを担いでる古賀さんのことだから如才はないでしょう。もう話はついてるんでしょ?」

と、眼鏡をきらりと光らしてこちらを見た。

「はい。そういうふうにお願いしてあると、古賀先生から承っております」

粕谷は頭を下げて言った。

「そうでしょう、そうでしょう……」

と、グラスの酒を一気に飲んで、また瓶を傾けた。

「ま、よろしくやって下さい」

と、大きな息をふうと吐いた。かなり酩酊《めいてい》しているようだった。

粕谷は黒川とうなずき合い、

「では、これで失礼させていただきます。何ぶん、よろしくお願いいたします」

と、起ち上って、テーブルの上に頭をこすりつけるようにした。

いくら大臣が計らおうとしても、また政治家の発言があっても、官僚が抵抗すれば事はむつかしくなる。その辺は粕谷もよく心得ていた。この安岡長官も高井市郎の直系だから、まず心配はないものと思うものの、どこまでも相手の心証を害さないように気をつけなければならなかった。

8

農林省を出ると、赤坂まで二人できたが、黒川は、これから家に帰るという。彼は、はたの見る目もおかしいくらいに欣喜雀躍《きんきじゃくやく》の体だった。

「これで全く成功は疑いなし」

と、黒川は手つきで乾杯の真似でもしかねまじき様子だった。

「どうも、粕谷さん、ありがとう、ありがとう」

と、固く粕谷の手を握った。

「しかし、黒川さん、これからが肝腎ですぞ。やっとここまで漕ぎつけたものの、肝腎の許可書を手に入れるまでは、まだまだこっちのものではないと思わなければいけませんからね」

粕谷はたしなめるように言った。

「そりゃそうです。けど、もう、こうして高井市郎のお名刺も頂戴したし……」

と、黒川は、自分の名刺入れに大事に収めてある高井市郎のお墨付を胸の上から叩くようにした。

「まあ、大丈夫とは思いますがね」

「さっきの安岡長官にしても、明日農林省側の許可書を取りにこいと言ったじゃありませんか」

「農林省は高井さんだけに、まず問題はないでしょう」

「それにしても、あの長官は役人ばなれがしていますね。夕方から登庁して仕事をするというんだから型破りです。しかも、部下を怒鳴る眼の先でウイスキーをぐびぐび飲んでるんですからな。まさか許可書のことも酔払って言ったんじゃないでしょうね？」

「そんなことはないでしょう。あの長官は高井市郎の信任が厚く、それで省内では傍若無人に振舞ってるという噂です。悪口を言う連中は、虎の威をかる狐だと言っていますがね」

「なるほど。まあ、そんなことはこっちにはどうでもいいですな。われわれに味方してくれる人間はみんな善人ですよ」

「そうですな」

「じゃ、明日の晩は、この裏の……」

と、黒川は赤坂の電車通り越しの向うに顎をしゃくった。

「料亭で落合うことにしましょう。今度は大蔵省だから今晩のようなわけにはいかないでしょうが、それにしても理財局長に高井市郎のお墨付を見せたら効果百パーセントだと思います。それに、古賀さんがちゃんとお膳立てをしているし……」

「とにかく七時ごろに、その長谷山に入りましょう」

「初めてゆく料亭だが、なに、ぼくのほうの銀行の名前で通せば大丈夫でしょう。ただ、部屋があるかどうか……」

と、黒川は急に思いついたように公衆電話に駆け寄り、ダイヤルを回していた。

「大丈夫、小部屋が一つとれましたよ」

と、やがて帰ってきた彼は粕谷に報告した。

「そりゃよかった。じゃ、黒川さん、今晩はご苦労さまでした」

「あなたこそ」

和気藹々《あいあい》たる別れかただった。機嫌のいい黒川は、タクシーに乗るときも粕谷に手を振って走り去った。

黒川のやつ、あれで焦げつきをきれいにした上に十分な儲けが出来ると喜んでいる。有頂天になるのも無理はない。いまのままだと銀行を馘首《くび》にされかねないのに、今度のことが成功すれば、宿望どおり出世の道を通って役員になれるかもしれないのだ。してみると、黒川にとっておれは恩人だな。

粕谷は鼻の先で笑った。

タクシーを止めて、新宿に行くように言った。

今朝、議員会館に向う車の中で黒川から聞いた坂本の話が思い出された。

坂本は二日間も無断欠勤している。恪勤《かっきん》精励の男がそんな状態なら、あの夜の打撃の大きさがいかにひどかったか想像できた。可哀想だとは少しも思わない。いい気味だという気がするだけだった。もともと、あのような性格の弱い、小心な男が、女をつくろうなどとはとんでもない話だった。柄《がら》にないことである。

――もう一人の女、正子のことが考えられた。

議員会館で会ったときの古賀はひどく頼もしげに見えた。さすがに政治家だという気がしたのだが、その動きもやはり金からである。三百万円の現金を見て即座に高井市郎の名刺を出したのも、そのへんの根性が分る。

もう一つは、やはり正子の力が古賀の働きのもとになっているだろう。いまや古賀は、年齢《とし》に似合わず正子にのぼせているらしい。

正子は早く古賀から逃れたがっているが、もう少し彼女には古賀とつき合ってもらわなければならない。

たったいまも黒川に話した通り、今度の一件は完全な許可書を手に握るまで油断はならない。黒川は成功を信じて手放しに喜んでいるが、こっちはそうは思わない。大体、不動産屋などという千三《せんみ》ツの仕事をしてきていると、そういうことがいかに不安であるか、経験で分ってきている。九分九厘まで話合いがついたのに、俄然残りの一厘で成功が崩壊した例は数限りなくある。そのたびに粕谷は苦杯を嘗《な》めたものだった。

経験による慎重さは、この場合でも生かさなければならぬ。自分も黒川と同じように成功を信じたいのだが、やはり成就《じょうじゅ》までは手を抜いてはならないと思った。つまり、正子を古賀につけておくことをもうしばらくつづけさせたい。案外、こういうことに手ぬかりがあると破綻《はたん》の糸口になりかねないのである。

新宿の正子の店に寄った。

小さなビルの横手についた地下の階段を降りると、女の子が二、三人、不景気な顔をして迎えた。

「ママは?」

「まだいらしてませんわ」

会計係の肥った女が答えた。客は二人しか来てなく、それもスタンドに肘《ひじ》をついているという地味な客だった。

「いつもこんなに遅いの?」

「なんですか、今夜はもういらっしゃらないかもしれませんわ」

「ふうむ」

「ママに電話しましょうか?」

「そうだな」

正子との関係をうすうす知っている会計係は、粕谷のためにダイヤルを回した。

「ママさんが出ました」

と、彼女は粕谷に受話器を渡した。

「ぼくだ」

粕谷が言うと、受話器の声は、

「あら」

と短く言った。意外というような、少しあわてたような感じの声だった。

「どうしたの？　今夜は休みかね？」

「ええ、なんだか気分が悪くて。少し風邪《かぜ》気味かもしれないわ」

「熱は？」

「大したことはないけれど……」

「とにかく、これからそっちに寄ってみるよ」

「あら」

と、とまどった感じで、

「でも、いまは散らかしっ放しにしているから」

「そう。じゃ、また次にするかな」

「そうね。悪いけれど」

粕谷は電話を切った。

しかし、次にすると言ったのは、そこにいる女の子たちの手前で、店を出ると、タクシーを走らせて真直ぐ彼女のアパートへ向けさせた。

路が狭いのでアパートの前までは車が入らない。粕谷は降りた。

歩いて四つ角まで行くと、すぐ前から空《から》のタクシーが走ってきた。感じとしては、いまそこに客を降してきたというふうにみえる。

粕谷は狭い路次を歩いた。

そのとき前方に、男の黒い影が背を曲げかげんに歩いているのが分った。見たことのあるような身体つきだった。

粕谷は用心してなるべく暗い陰のほうを択《えら》び、距離をあけたが、街燈の光が前方の男の肩に落ちたとき、

「あ」

と、思わず口から声が出るところだった。その男の姿は、まさに古賀代議士だった。

見つめていると、古賀はすたすたと勝手知ったようにアパートの中に入って行った。おやおや、と思ったことだ。

古賀は正子のアパートを知らないはずだった。それを、こうまで分っているとは――粕谷には意外だった。

しばらくそこに立って見ていたが、古賀の姿は玄関から戻ってこなかった。正子に断られたらすぐにでも引返してくるはずだが、姿はいつまで経っても現れなかった。

粕谷は、さっきバアからかけた電話で正子が妙にあわてていた声を思い出した。いかにも彼に来てもらっては困るといった口吻《くちぶり》が思い出される。

——これは一体、どういうことなのか。

粕谷は、自分の顔を撫《な》でてみたくなった。

第八章

1

二十分ほど経った。

粕谷は、鉄筋三階建の夜目にも白い、その建物を見つめて立っていた。古賀代議士が消えた玄関は明るい。そこから出てくる人間がアパートの住人ばかりだった。前かがみの古賀の姿は、いつまで経っても現れなかった。

正子の部屋の窓には灯がついている。むろん、厚いカーテンが閉されているので中の様子が分るはずはない。それでも、何かの変化が起るのではないかと、粕谷は脚を棒にして立っていた。

四十分はたっぷりとすぎた。古賀は戻ってこなかった。

粕谷には二つの想像があった。一つは、古賀が何かの方法でこのアパートを探り当てて強引《ごういん》にやって来たことである。彼が戻るのに時間がかかるのは、古賀に乗りこまれた正子が当惑している場面だった。彼女もむげには代議士を断りきれないのだ。何とか宥《なだ》めすかして帰そうと努力している。

もう一つの想像は、正子のほうからこのアパートを古賀に報らせたという推察である。これだと、あの部屋の現在の場面がまるきり違ってくる。粕谷が考えてもみなかった事態の変化であった。

正子は二十九歳である。いわば三十女だ。三十女の肉体がこちらの計算を狂わせたと粕谷は思った。

古賀代議士は女好きだ。一体に彼のようなタイプの代議士は女の経験が多い。粕谷は、そうした代議士のいくつかの例を聞いていた。それを思い出した。

或る代議士は、数人の妾を持っているのに万遍《まんべん》なく彼女らを満足させていた。或る代議士は、選挙演説で選挙区を回っているうちに必ず何人かの女を口説き落す。選挙運動に働いているアルバイトの女は、その代議士に狙われると必ず陥落した。そのほうが選挙運動に身を入れてくれるというのが、その代議士の持論だと聞いた。

素人の女を料亭の飯に誘って羽交締めにした代議士もいる。その浮気性を知っていて、女たちが彼と別れないのは、なにも金銭的なことだけではない。それを得々として彼らは披露するという。

古賀もそういう一人に違いなかった。策略のつもりだったのが、正子のほうで代議士の虜《とりこ》になった。――

二つ考えた想像の中で、あとの場合がどうやら当ったようだと粕谷が思ったのは、一時間近くもそこに居て一向に代議士の姿が出ないからだった。もし、古賀が一方的に彼女の部屋に強引に粘っているとしたら、そのへんは心得ている正子のことだ。いっしょに飲みに行こうとか、そのへんまでお送りしますとか、いろいろな口実で彼を宥めすかして外につれ出せる。それがない。

この想像が決定的になったのは、正子の部屋の灯が突然消えたことだった。べつに悲鳴も起らない。暗くなったその部屋だけがことりともしないで秘密の中にこもってみえた。

粕谷は、自分の行動に迷った。

正子の変心に血が逆流する思いだった。この怒りをどうぶち撒《ま》けるかだ。いきなりアパートの玄関に走りこんで正子の部屋のドアを殴るのは、いとやさしいことだったが、これは大きな犠牲を要する。莫大な利益の喪失《そうしつ》と引替えだった。旧陸軍用地の払下げは眼の前にぶら下っている。大蔵省の認可は近日にでも下りる。

一時の怒りにまかせて正子と古賀代議士を取押えるのは、それこそ九仭《きゅうじん》の功を一簣《き》に欠くことになる。ここが辛抱のしどころだと思った。

粕谷は、忽ち煙草を二十本くらい吸った。アパートに帰る連中が彼のほうをふしぎそうにじろじろと見ながら横を通った。アパートに戻ってくる自家用車のヘッドライトにも照らし出された。そのたびに粕谷はさりげなく路をぶらぶらして人と待合せているような恰好をつくった。

(かえって、このほうがいいんだ)

と、彼は自分に言い聞かせた。

(正子の処置がついて何よりの好都合だ。こんなことでもなかったら、あの女を持てあますところだった。あの約束を楯《たて》にしつこく逼《せま》ってくるに違いない。大体、金が入ったら、手切金として五十万か百万円は覚悟していたのだが、これだといざこざもなく、金も一文も損しないで済む。まさに天の助けではないか)

そう思ってさっさと立去ろうとしたが、足が妙にそこから動かなかった。身体じゅうが燃えていた。

（すけべえ代議士め。おれの残りものを存分に舐《な》めるがいい。犬か猫のようにくっ付き合っているがいい）

いくら腹の中で悪態をついても、怒りとも嫉妬ともつかない胸の沸騰《ふっとう》はおさまらなかった。心臓だけが激しく搏《う》っている。

ふと、いまのおれの立場は坂本だな、と、粕谷は気づいた。登代子のアパートの外で一晩じゅう歩き回っていたこの前の晩の坂本と同じ姿ではないか。そして、灯を消した部屋の中で女を抱いている古賀があのときの自分の立場だった。——

（ばかな。おれは坂本とは違う）

と、彼は心に叫んだ。

（坂本は本当に登代子に夢中だった。一晩じゅう外に立って全身で慟哭していた。怒りに震え、脚をがくがくさせていた。だが、おれは違う。正子には少しの未練もないのだ。かえって、こういう結果になったのを喜んでいる。あと腐れがなくなり、一文の金も損せずに済んだのだ。坂本の場合とおれとはいっしょにならない。その証拠に、おれはこんなにも余裕があるのだ）

粕谷は正子の窓を見つめて笑おうとした。両手もコートのポケットに入れ、悠然とした構えをとった。

すると、そのポーズを映し出すかのように、彼の正面にいきなり強い光が当った。瞬間眼が晦《くら》んでいると、ヘッドライトはすぐにその光を弱めた。横を車が近づいて、窓の中からひとりの中年男が首を出して、

「失礼ですが」

とその男は粕谷をのぞいて言った。

「どなたかアパートの人にご用ですか？」

男の様子からみてこのアパートの人間らしく、彼を咎めたのである。一時間もここに佇んでいる男を不審とみて、わざわざ車を出したものとみえる。

「いや、そうじゃないんです」

と、粕谷は狼狽をかくして答えた。

「ここで待合せている人間がいるんです」

と、急に腕時計を見て、

「いまだにこないところをみると、約束を違えたのかも分らないな」

これは独りごとで呟《つぶや》いた。それから今度は逆に、

「いま何時ですか？」

と、自分の時計の針をたしかめるように訊いた。

「十時十分過ぎです」

車の男は無愛想に答えた。

「どうもありがとう」

うしろから怪しんで見送られていることを感じながら、粕谷は悠然と歩いた。かえって、いいきっかけとなった。車の男に問われなかったら、まだあすこに未練がましく立っていたかもしれない。

商店街に出た。殆ど戸を下している。粕谷は空腹を感じたが、すし屋の看板を見ても飛びこむ気はしなかった。まだ胸が閊《つか》えていた。

自分の息が強いものに感じられた。平静なときだと呼吸を自覚しないものだ。顔が火照《ほて》って、歩いている路も無意識状態だった。まだ正子への怒りが静まっていないのだ。身体じゅうの血が騒いでいるのが分る。

このままではおさまりがつかなかった。通りがかりのタクシーを止めて、

「祐天寺」

と声高く命じた。

「旦那、酔ってるんですか？」

と、運転手が笑いながら訊いた。

「そう見えるかね？」

粕谷は煙草を取出したが、指の先が震えていた。

「いや威勢がいいし、呼吸《いき》が荒いですからね、そのへんでひっかけてこられたんでしょう」

運転手は言った。走っている間、車に備えつけた短波の連絡がうるさくつづいていた。

「……千駄ケ谷駅前から右に曲ると、第二球場の方角にゆく道があります。その広い通りを真直ぐに行って下さい。月光荘という旅館です。ネオンの看板が出ているそうです。月光荘という名前です。どうぞ」

ガアガアという雑音といっしょにタクシー会社の声がわめいている。温泉旅館が帰る客の車を求めているらしい。そこにも一組の男女の愛欲があった。

アパートに着くと、粕谷は真直ぐに登代子の部屋に行った。

「どうしたの？」

ドアをあけた登代子は、日ごろの様子と違う粕谷に怪訝《けげん》な眼をあげた。

「何でもない」

「酔ってるの？」

登代子も運転手と同じようなことを訊いた。

「酒を一滴も飲んでいないのに酔えるわけがあるか……酒を出してくれ」

「まあ、どうしたの？」

「何でもいいから、一本つけろよ」

粕谷のうしろから登代子がコートをはずして、裾を叩いた。

「土がついてるわ。どこを歩き回っていたの？」

完全に昔の同棲関係に戻っていた。

2

粕谷は、夢の中で激しい音を聞いた。眼を醒ますと、登代子も横で枕から顔をあげていた。現実にドアが叩かれている。

「だれだ？」

登代子の返事がなかった。しかし、その顔つきで粕谷は分った。

「坂本だな？」

身構える気持でいると、

「登代子、登代子」

と、大きな声がした。はっきり坂本の酔った声だった。

粕谷は、おやと思った。この前の晩の坂本のことを思うと、考えられなかった。遠慮して一晩じゅう無言で外を歩いていた坂本が今は乱暴にドアを叩き、大声で喚《わめ》いているのだ。酔っているにしても、まるで違った人間がそこに居るような気がした。

「起きろ。そこに粕谷が来ているだろう。いっしょに起きてこい」

声といっしょにドアを破れるほど音立てた。

登代子はおびえて粕谷を見た。

「よし」

粕谷は起きた。登代子も床から抜けて、手早く寝巻の上に羽織を着た。

「登代子、登代子」

と、坂本の声が叫んでいた。

この騒動に両隣からも人が起きる気配がした。近所のドアは音をさせないが、みんな中でこの様子をうかがっているのがはっきりと分る。

「おい、起きないか。登代子」

外の坂本はまたドアを強く叩いた。この前の晩は、隣の部屋で起上る気配を聞いただけで逃げ腰になった坂本だったが、今夜は遠慮会釈もなかった。それこそ野放図な暴れかただった。

　登代子がドアの傍に行ったのは、むろん、近所の手前を考えての処置だった。粕谷がそこに立っていると、登代子の細めにあけたドアがいきなり外から激しく煽《あお》るように押しひろげられた。坂本がオーバーを着たまま疾風《しっぷう》のように入ってきた。

「静かにして」

　と、登代子が坂本の前に塞った。

「なに」

　坂本は登代子を睨《ね》めつけた。真蒼な顔で、肩も脚も揺れていたが、突然、その手が登代子の胸を突飛ばした。

「淫売女」

　登代子がうしろによろよろした。粕谷は坂本の前に出た。

「出て行け」

「ふん、やっぱり来ていたな」

　坂本は粕谷の顔を睨み、血の気のない唇に嘲笑を浮べた。

「おまえたちの正体が分ったぞ」

坂本は叫んだ。

「おまえらは美人局《つつもたせ》を働いたな」

「なにを」

粕谷の声が咽喉からうわずって出た。粕谷自身、考えてもみなかった悪罵だった。あとの言葉がつづかなかった。

「何もかも正体が分ったぞ」

と、坂本は声を震わしてつづけた。

「おまえらは初めから共謀でかかった仕事だ。どうだ、返事ができまい？」

「坂本さん」

と、登代子は近所の部屋から人が出てくるのを意識してなだめにかかった。

「静かにして頂戴。ここは一軒家じゃないわよ」

「何をぬかす。それでも外聞が悪いとみえるな」

坂本は太い息を吐いた。

「あんた、酔ってるのね？」

「酔っていても言うことはまっとうだ。アパートの人に聞いてもらっていい。おれはおまえたちに騙されて金を搾《しぼ》られたのだ」

「坂本さん、変なことは言わないで」

「おい、登代子。おまえは、そこに居る可愛い亭主の金欲しさに、その身体を売ったのだ。よもや、それを違うとは言えまい」

「何を言うんです」

と、登代子が坂本の胸を押して外に出そうとすると、彼はいきなり登代子の頰を殴った。登代子は悲鳴をあげた。粕谷は、

「何をする」

と、坂本の胸倉を取った。

「貴様、乱暴はせん。乱暴をしにここに入ったのか？」

「乱暴はせん。言いたいことを言いに来ただけだ」

胸倉をつかまれた坂本は、力ずくでは対抗できないとみたか、そのまま両手をぶらりと下げて、口だけを動かした。

「よくも計画しておれを騙したな。おれはおまえの女房だったとは知らないで登代子に惚れた。いや、この女に誘惑されたのが始りだった。無理な金もつくった。そのためにおれは……おれは……」

と、坂本は突然涙を流した。

「何を酔払いが世迷言《よまいごと》を言うのだ。さあ、帰れ」

粕谷が胸倉を取って押すと、坂本は膝を折って坐りこんだ。

「登代子、登代子」

と彼は泣きながら言った。

「おれをどうしてくれるんだ？　どうしてくれる？」

登代子は隅のほうに立竦《たちすく》んでいた。

「さあ、出ろ」

粕谷は坂本の襟首をつかんで外に曳《ひ》きずろうとした。坂本は駄々っ児のように背を曲げて動くまいとした。

近所の人の顔が廊下の両側から重なってのぞいていた。

「よくもおまえたちはおれを騙したな。おれはおまえたちのために銀行にも居られなくなったのだ……」

「何をぶつぶつ言っている。さあ、起て」

と、粕谷が襟首の手を放して、今度は坐りこんでいる坂本のうしろから両脇に手を入れ抱え上げようとした。坂本は腰に力を入れて抵抗したが、粕谷の力でずるずると浮上った。

「話があるなら、酔いを冷《さ》ましてからこい。いくらでも聞いてやる」

粕谷は前に坂本を抱いたままあとずさりに入口へ向った。

「何をしやがる」

と、坂本は両肘を激しく動かし、脚をばたばたさせた。引きずられないように身もだえした。

粕谷が坂本を廊下に引きずり出したとき、アパートじゅうの見物人の中を掻《か》き分けて中年の女が走りこんできた。

「やめて下さい」

と、彼女は粕谷の手にとりついた。

「あんたはだれです？」

粕谷は、髪を振乱し、呼吸《いき》をはずませているその女を見据えた。

「わたしは坂本の家内です」

「え」

粕谷がどきりとすると、女は坂本の肩に手を当てた。

「あんた、何ということを……」

坂本が妻の顔を見ると、急に全身から力を抜いた。粕谷が彼の身体を放したので、坂本は廊下に崩れるように坐った。

「こんなことだろうと思ってあとを追ってきたのだけど、やっぱりそうだったのね」

「………」

坂本は返事をしなかった。彼の妻は尖った顔を部屋の中にいる登代子に向けた。

「あなたが登代子さんですか？」

登代子が一歩あとずさった。

「お話は聞いています。主人がいろいろ世話になったそうですね」

廊下の見物人は、新しい事態に好奇の眼を輝かしていた。

「ま、奥さん」

と、粕谷は遮《さえぎ》った。

「坂本君はだいぶん酔っているようです。このままつれて帰って下さい」

「あなたが粕谷さんですか？」

と、坂本の妻は彼を見上げた。うす暗い廊下の灯だったが、かえって眼がぎらぎら光っていた。

「そうです」

「あなたのことも主人から聞きました」

「………」

「おい、常子」

と、坂本が突然妻の名を呼んだ。

「これが粕谷だ。よく顔をおぼえておけ。向うに居るのが、いっしょにくっ付いている登代子だ。二人がグルになっておれから金を搾り取ったのだ」

坂本は肩をぐらぐらさせ、脚を組直した。はっきりと居直りをみせている。

「分りました」

坂本の妻は、粕谷から、部屋の中にいる登代子に眼を向けた。が、部屋の中が見えるだけで、そこには登代子の姿はなかった。

「登代子さん、隠れないでもいいでしょう」

と、妻は突然ヒステリックに叫んだ。

「こうなったからは、いまさら隠れても仕方がないでしょう。近所の方にもみんな知れたことです」

「奥さん、あんたまで何を言うんですか」

と、粕谷が上から怒鳴った。

「あんたはご亭主の言うのを真《ま》にうけているんですか？」

「主人は正直者ですわ。この前から、あの女に騙されてわたしの前を誤魔化してはいましたが、もう、何もかもうち明けてくれたんです。銀行も辞めると言っています。ねえ、粕谷さん」

彼女は強く彼を見た。

「あんた、支店長さんとこそこそ何かやって、うちの主人を追出しにかかってるそうですね」

「冗談じゃない」

と、粕谷は言ったが、適当な言葉が咄嗟《とっさ》には出ず、

「いいかげんにしなさい。夫婦揃って気違いみたいな人だ」

と笑ったとき、

「気違いのようにだれがさせたんです？」

妻が喚いて言ったとき、表にサイレンの音が近づいた。アパートのだれかが、気早に百十番に電話したと分った。

3

若い警官が登代子の部屋に入った。警官の一人は近所の者を廊下から追い、入口のドアを閉めた。

坂本はあぐらをかいて坐り、登代子と坂本の妻は立っていた。粕谷は椅子に坐って煙草を吸っていた。

「あんたの名前は?」

と、警官は、まず酔っている闖入者《ちんにゆうしや》に訊いた。坂本の妻が代って答えた。警官は手帳に書きとめていた。

「トウヨウ銀行というと、どういう字を書くんですか?」

と、訊き返して東洋を東陽に訂正した。

「その不動産部の課長ですな。年齢は?」

坂本の妻がそれに答え、今度は自分の名前を言った。

警官は、うなだれている登代子に向きを変えた。

「あなたがこの部屋の居住人ですか?」

「そうです」

登代子は小さな声で答えた。

警官は、一応、姓名と原籍地と生年月日を聞くと、今度は眼を粕谷に移した。

「あなたはこの婦人の主人ですか？」

「主人という立場ではありません」

「すると、同棲ですか？」

「同棲でもありませんが……そのへんは、まあ、察して下さい」

と、粕谷は煙草を吹かしていた。それが若い警官の機嫌を損じたらしく、

「はっきり言ってもらわないと困りますな」

と言った。

「……まあ、お互い、友だちです」

「友だちといっても特殊な関係でしょう？」

「まあ、そうです」

「名前は？」

粕谷は、姓名と原籍地と生年月日を不承々々に言った。

「職業は？」

「不動産業をやっています」

「ははあ。すると、こっちの銀行の坂本という人とは同業ですか？」

「同業ではありませんが、まあ、商売上の関連は多少あります」

「今夜のことは一体どうしたんです？」

「それは不法に闖入してきた坂本君に訊いて下さい」

若い警官は、床の上にあぐらをかいている坂本に言った。

「あんたが暴れこんだのですか？」

坂本が返事をしないので、彼の妻が代った。

「少し酒に酔っていたので荒かったかも分りませんが、べつに乱暴はしていませせん」

「おい。奥さん。あんた何を言うんです？」

と粕谷が言った。

「あんたがここに来たのは騒動の途中でしょう。あんたの主人は、そのドアが破れるばかりに激しく叩いて、大声で喚いたんだ。アパートじゅうが寝静まった深夜ですよ。断りもなく侵入したのと同じだ。あんまりうるさいので廊下につまみ出したところへあんたがやって来たんじゃないですか」

「そんなふうに主人をさせたのはだれです？」

と、坂本の妻は応じた。

「まあ、まあ」

と、警官が両方に手をあげた。

「そこで口喧嘩をしても様子が分らない。まず奥さんから話を聞きましょうか」

と、坂本の妻に手帳を向けた。

「この二人が主人を騙して金を捲上げたんです」

坂本の妻が昂奮して言った。

「奥さん、騙したということはないだろう」

粕谷が言うと、

「まあ、君は黙っていて」

と、警官は止めた。興味のある顔つきだった。

「騙したというのは、具体的にはどういうことですか?」

「そこに居る粕谷さんの女が主人を誘惑したんです」

「誘惑だなんて、そんな……」

登代子が屹《きっ》となって顔をあげると、

「そうじゃありませんか」

と、坂本の妻は登代子に口を尖らした。

「あんたが主人を籠絡《ろうらく》してこの部屋に引きずりこみ、いっしょに寝たのじゃないの」

「いやだわ。そんな汚い言葉を使って」

と、登代子が顔をしかめた。

「いまになって、そんな上品ぶった顔をしても駄目ですよ。わたしは事実を言ってるの」

「…………」

「その前から、この人たちは計画を練っていたんです」

と、彼女は警官に言った。顔を歪《ゆが》め、腹が立ってしょうがないような早口だった。

「ここに居る女は前に粕谷さんといっしょに暮していたそうだけれど、二年前に別れたんだそうです。ところが、粕谷さんが未練を起してまつわるからと、主人に愬《うった》えたんです。主人はこの女に誘惑されてるものだから、粕谷さんとの手を切る約束で百二十万円渡したんだそうです」

「百二十万円？」

警官が咎めた。

「あんた、ずいぶん金持ちだね？」

「いいえ」

と、坂本の妻はあわてて、

「親戚から借りたり、少しばかりの貯金を下したりして作ったんです」

坂本は坐ったままうなだれ、嘔吐でも始めるような恰好をしていた。

「それから？」

警官はあとを促《うなが》した。

「そうしたら、掌を返したように、この女は主人に冷くなり、粕谷さんとまたいっしょにくっ付いたんです。はじめからグルになっていることは分ってますわ。そりゃ主人がばかですからこんなことになったんですけれど、わたしは口惜しくてなりません。お巡《まわ》りさん、この女は百二十万円を取りたいばかりに身体を売ったんです。それを黙って見ている粕谷さんの気持が知れませんわ」

「奥さん」

と、粕谷が椅子を蹴立てて起ち上った。

「あんまりデタラメばかりをならべるんじゃないよ。こちらはあんたが女だと思って黙って聞いていたんだが、亭主の言うことを真にうけて、そのままべらべらしゃべるんじゃないよ。あんたが笑われるよ」
「ええ、もう、あんたがた二人揃ってわたしを笑いものにしてるんでしょ……です
が、あんたと違って、主人はそこまでは嘘は言いませんよ」
「それで、あんたの亭主は」と、警官が坂本の妻に言った。「腹が立って今夜暴れ
こんできたのかね？」
「暴れこんだというわけじゃないでしょう。話をつけにきたと思いますが、きっと、
この二人が抱合って寝て知らぬ顔をしていたから、いくらかドアを高く叩いたかも
分りません」
粕谷がわざと大きな声をあげて笑った。
「奥さん、勝手なつくり話は止めてもらおうか。下品なひとだな」
「どっちが下品なの？　女と共謀して、他人の金を捲上げるのとさ」
「お巡りさん」
粕谷は突然、椅子から起ってドアのほうを指さして怒号した。
「この人たちを退去させなさい。他人の部屋に無断で押入ったのだ。立派に家宅侵
入罪だ！」
巡査が彼の勢いにとまどった顔になった。

「しかし……あんた、まあ、事情を聞いていると……」

巡査はまごついて言った。

「事情も糞《くそ》もありませんよ。見たら分るでしょう。げんに、われわれはこうして寝巻きのままでいる。普通の客として入ってきたら、だれが寝巻き姿で遇《あ》うもんですか。これが不意に闖入された何よりの証拠じゃありませんか？」

粕谷は巡査に噛みついた。巡査は理屈に詰ってたじろぎ、仕方なさそうに坂本の妻に言った。

「奥さん。とにかく今夜は、ご亭主を連れて帰りなさい」

坂本は坐ったまま、床に手をついて苦しそうに息を吐いていた。彼は妻が来たので、粕谷や登代子に何も言えなくなっていた。

「お巡りさん、どっちが悪人なんですか。こんな悪人たちの言う通りになって、私たちを追出すんですか？」

坂本の妻が血相《けっそう》を変えて巡査に詰め寄った。

「そうは言うけど、あんた、とにかく、ここは他人《ひと》の家《うち》だからねえ……」

巡査は彼女の肩に手を置いた。

粕谷は、もう一度、大きな声で笑った。

4

登代子のアパートで坂本が騒動を起した翌日、支店長の黒川が事務所に電話をかけてきて、粕谷にすぐに会いたいと言った。黒川の弾《はず》んだ声にその用件というのがすぐ分った。

「おめでとう」

と、粕谷が先回りして言うと、黒川も、

「お互いにね」

と笑って応《こた》えた。払下げの許可が決定したのだ。いよいよ念願成就である。二人で会う場所と時間を決めた。

横で粕谷の声を聞いていた女事務員が顔をあげて、

「社長さん、どなたかお知合いで結婚なさる方があるんですか？」

ときいた。折から結婚のシーズンであった。

「まあね」

粕谷は、大事な話は事務員のだれにもうち明けないことにしている。事務員たちが知らされるのは小さな土地や家屋などの売買物件だけだった。使っている人間のなかにはこっそりアルバイトをしている者もいるが、粕谷は眼をつむっていた。安い基本給と、少い歩合であった。

女事務員が結婚と取違えたことから、粕谷は正子のことをふと考えた。

正子には自分との結婚を餌に、古賀代議士に接触させたのだが、正直のところ、そのあと始末を考えてうんざりしていたところだった。いくら水商売の女でも結婚となれば真剣になる。いや、水商売の女だから結婚したくて夢中になるのだ。正子も金銭ずくで古賀に身体を張ったのではなかった。粕谷は、目的を遂げる手段で正子を利用したのだが、あの場合、目的だけが先に見えて、その後の女の処理はあと回しにした。何とかなると思っていたのだ。それにしても尋常の別れかたが出来ないことくらい漠然と覚悟していた。しかし、その目的の成就がだんだん眼の前に見えてくると、今度は正子との別れの問題が切実に迫ってきて当惑していた。

それが思ってもみない結果になった。正子の突然の変心から、その「結婚」約定が自然と破棄出来たのだ。これはありがたかった。厄《やく》が落ちたとはこのことだろう。

ふしぎなもので、正子が古賀に心変りしたと知ったときは思わずかっとなったものだが、いまではその気持もおさまって、万事うまくいったと考えられるようになった。まだおれには若い血の気が残っていたのだなと苦笑もし、もっと冷静にならなかったなければと、反省も起きた。

十二時十分に、粕谷は黒川との約束どおり有楽町のレストランの二階に行った。先に来ていた黒川はわざわざ卓から離れて近づき、満面に喜色を浮べて、いきなり粕谷に握手を求めてきた。

「遂に成功！」

と、黒川は低いが昂奮した声で言った。

「そうですか」

粕谷は、詳しい話はとにかく坐ってからと促して、支店長の片腕を押した。

「今朝、ぼくの自宅に古賀先生から電話があったんですよ」

黒川は粕谷の横にアベックのように坐って、耳もとにささやいた。

「本当なら粕谷さんところに電話するはずだが、お宅には電話がないし、事務所では差支えがあるし、連絡のしようがないというので、ぼくからよろしくということでした」

「ああ、ぼくは住所不定ですからね」

アパートにはむろん電話はあるが、このところ恵美子を放置したまま、帰っていなかった。恵美子もあれほど啖呵《たんか》を切ったのだから、あそこから出て行っているとは思うものの、万一まだ居据っているときの面倒さを思うと、当分は寄りつきたくなかった。

「事務所にはなるべくかけないほうがいいというあんたの意志も向うは分っていてね。とにかく古賀先生の話というのはこうです……」

と、黒川ははずみきった声で説明した。

「あの土地の払下げに関する書類は、農林省の承認が終って大蔵省に回り、すでに国有財産局長の手で決裁が完了しているというんです。そして、それはいま大蔵大臣の手もとに上っているそうです。これは形式的な手続だけで、二、三日うちには大臣の決裁判が下りるだろうということですよ」

「よかったですね」、粕谷は太い息を吐いてうなずいた。

「いや、ぼくは心配性のほうでしてね、いろいろと人にこうした手続のことを訊いてみたんですよ。ところが、他省の大臣が決裁したものに大蔵省のクレームがつくことはまずないそうです。今度の場合は、国有財産局国有財産第一課の中にある第四係が審査検討しているんですな。課長補佐以下四人で構成している係だそうですが、ここでは手続上の書類の点検や払下げ価格について、それが適正かどうかを検討する。この現場でＯＫとなれば、書類は国有財産第一課長に提出される。第一課長は現場の結論をほとんど承認するので、これはわけなく通り、次に局長に回付される。そういう手続だそうです」

「なるほど」

「現在の局長はちょっと難物でして、とかく下から上ってきたものにケチをつけたがるんだそうですが、今度の場合はすらすらと認可をしたそうです。古賀さんの言うには、われわれの政治力が大きくものを言ったのだと強調してましたがね」

「それは認めなければならないでしょうな。古賀さんというよりも、その親分の高井の無言の圧力が官僚にも感じられたのでしょう」

「そうだと思います。で、これも詳しい人に訊いてみたら、古賀さんの言う通り、大蔵省では手続だけの問題で、もう、それは認可されたと同然だというんです。むろん、具体的な内容は言わないで、一般の例として訊いたんですがね。……粕谷さん、これは大いに祝杯を上げたいところですな」

「お互いにやりましょう。で、大蔵大臣の決裁は二、三日じゅうというんですね？」

「そうなんです」

「で、大臣決裁が下りてからやりますか？」

「今夜でも構いませんよ。もう間違いないんですからね」

黒川は安心を強調した。

「よろしい。結構です」

粕谷も賛成した。

一生のうち、おそらく一番おいしかったと思われる昼食を終って、黒川支店長は急いで銀行に帰って行った。踊り上るようなうしろ姿だった。

粕谷は事務所に戻りかけたが、ふいと眼の前に急に鳥の影がよぎったような気がした。明るい天気で、空には雲一つないのである。それなのに一瞬陽がしぼんだような錯覚《さっかく》が起きた。

黒川の話にも何一つ疑うところはなかった。それは黒川の言葉というよりも古賀代議士が彼に言ってきかせた話なのだ。だから、これは間違いようはない。

しかし、粕谷は天空からの一瞬の翳《かげ》りを感じたのである。それは不安というよりも分りきったことを、さらにたしかめたい、それによって不動の自信を固めたいという得心の追求に近かった。絶対狂いがないと信じていることをもっと証明してみたい。証明することによって完全な落ちつきを得たい。そんな心理が粕谷に生じた。

彼は事務所に戻る車を或る新聞社の玄関に着けさせた。

受付に行って経済部の記者を呼んでもらった。この記者は、いつぞや不動産業者の実態について彼のもとに取材に来たことがある。その記憶をこの際役立てることにした。

「どうも、あの節は」

と、エレベーターから飛出してきた記者は、粕谷を見て笑いながら取材の礼を言った。

「今日はぼくのほうからちょっと教えてもらいたいことがあって伺ったんですが」

粕谷もにこにこした。

「はあ。何でしょう？」

「こういうことなんですがね」

粕谷は、その記者に手短に大蔵省の認可手続について話した。むろん、自分が関係している土地の問題とは言わないで、抽象的に、普遍的な問題としてたずねた。

「すでに国有財産局長の決裁が下りて大臣の手もとに回っているというんですね？」

話を聞き終って記者は問い返した。

「そうなんです」

「さあ、ぼくは、そのへんの事務的なことは分りませんが、それなら、ひとつ、大蔵省詰の連中に電話ででも訊いてみてあげましょう」

「よろしくお願いします」

「ちょっと待ってくれますか？」

「お忙しいときにご面倒をかけます」

受付の近くに立っていると、十分も経たないうちに、再びその記者の姿は降りてきたエレベーターから吐き出された。

「分りました」

と、記者は粕谷の横にきた。

「大蔵省詰の連中に電話で訊いてみたんですが、その場合のケースだと、もう、大臣の許可も手続上の形式で、文句はないそうです」

「はあ、やっぱりそうですか」

「よその省の大臣が許可したことですから、それを遮ると他省との対立になるし、例外はまず考えられないというんですよ。問題は払下げの適正価格ですが、これも現場で十分な検討がなされた上、課長、局長と決裁を得て上ってきているのだから、大臣もほとんど盲判だそうです」

「どうもありがとうございました」

「これだけでいいんですか？　……何かうまい儲け口でもありそうですね」

「いや、当節、そんなものはありませんよ」

粕谷は、にやにやしている相手の顔を残して新聞社の玄関を出た。

これでもう大安心だった。磐石《ばんじゃく》である。——粕谷は大きな息を冷たい初冬の空気に吐いた。

莫大な利益は、もう手の中に握ったも同然だった。

5

事務所に帰ってからの粕谷は機嫌がよかった。久しぶりに事務員たちに——といっても二人だが、冗談を言ったりした。

三時すぎ、女事務員が聞いていた受話器を粕谷に渡した。正子からだった。

「どうなすったの？」

と、いきなり彼女は言った。この四、五日、粕谷は彼女のアパートに行っていない。いや、古賀の姿を見てから遠ざかっていたのだ。

「忙しくてね」

と、粕谷は言ったが、その声を現実に聞くと、やはり胸の中にむらむらと怒りに似た感情が湧いた。悟りきっているつもりだったが、あれ以来裏切った女の声をはじめて聞いたのだから、やはり冷静とはいえなかった。しかし、彼は抑制《よくせい》した。

「そう。でも、急に連絡がなくなったものだから心配だったわ。店にもお見えにならないし、電話もかかってこないし……」

恨んでいるような彼女の声だった。

「仕事の上で東京をあけたりしてね」

粕谷は何か皮肉を言いたかったが、これも抑えた。横で仕事をしている事務員たちの耳の手前もあった。

「やっぱり、あの土地のことで？」

正子はすぐに岩槻の草原のことを言った。

「そう」

「で、あの件、どうなりました？」

「おかげさまで」と、これだけは皮肉な調子をこめて答えた。「何とか成功したよ。どうもありがとう」

「そう」正子は受話器に歓びの声をひびかせた。「よかったわ。ほんとによかったわ。わたしもそれを聞いてうれしいわ」

それは心から歓んでいるような、邪気のない声だった。それが真に迫って、粕谷も瞬間に正子の純真を信じたくらいだった。

しかし、彼女のその歓びには嘘はなかろう。作りごとを感じるのは粕谷のほうである。彼に途中から背いた正子の行為が彼にひっかかって何もかも嘘に受取れる。それさえなかったら、もっと彼女の声を素直なものとして聞けたはずだった。

「あの人は、そのことについて何か言わなかったかい？」

と、粕谷は訊いてみた。あの人で、むろん、相手には意味が通じた。

「粕谷さんのためにずいぶん働いていると言ってたわ。そして、もう間違いはないのだが、大蔵省の手続だけが残っていると言ってたわ」

寝物語でかい、と粕谷は思わず訊き返すところだった。

「じゃ、その大蔵省の認可が取れたのね？」

「ああ、取れた」

と、粕谷は誇らしげに答えた。

「それを聞いてわたしも安心したわ。ほんとにおめでとう。あなたも苦労の甲斐があったのね」

「ありがとう。君にもいろいろ……」

と言いかけて、

「心配をかけた」

と言葉を変えた。実際は、君の努力の賜物だと言いたいところだが、これも素直には出なかった。はたの者の手前だけでなく、やはり咽喉に閊《つか》える。

「今度、いつ来て下さる？」

「そういう問題があるから、一段落してからゆっくり話に行くよ」

別れ話に行く、という声を自分の心で呟いた。

「大体、いつごろになるかしら？」

女のほうから予定を訊くのは古賀代議士とアパートで逢う都合を考えているのか。

「まだはっきりしない。多分、五、六日ぐらいあとになるだろうな」

その間に存分に古賀と逢うがいい、と言ってやりたかった。

「いやだわ」と女は拗《す》ねた。「そんなには待てないわ。ずいぶん長い間放っておいて……」

甘い声である。だが、空隙の充塡《じゆうてん》は古賀がつとめているはずだった。いや、両者の位置は今や逆転している。今度は古賀のこない日の隙間をこっちが求められている番だった。

「分った」と粕谷は歯切れよく答えた。「三、四日のうちには必ず行く」

「そう。じゃ、とにかく明日の晩にでもお店に電話頂戴。七時にはちゃんと入ってるから」

「分りました。そうします」

粕谷は電話を切り、煙草をつけながら女の心理を考えてみた。

正子は急に自分から遠のいた粕谷に何か不安を感じたのではなかろうか。女の直感で何か気づかれたと知ったのではないだろうか。だから、あんな電話をかけてきたように思える。古賀の手に落ちた正子だが、両方の男をとらえている苦労が分るようであった。当分はこうして両方を操作しながら、次第に古賀のものになってゆくつもりだろう。いちどきに古賀のもとに駆けこんだのでは彼女も粕谷に寝ざめが悪いに違いない。

正子にとって古賀の魅力は、代議士というその地位と、いつでも金儲けの出来る彼の腕と、それから彼の精力的な身体への魅力であろう。古賀の顔を見ていると、そのほうにかけては一種の職人的な技巧を持っているように思われる。

まあ、どっちでもいいや。三、四日してから、本当に別れ話を持ちこみに行くことにしよう。女は多分シラを切るだろう。証拠はこっちの眼である。自分で見ていたのだから、これくらいたしかなことはない。

厄介は起らないはずだった。それは女も口先だけでは別れ話に抵抗するだろう。しかし、心の中では喜びの声をあげるに違いなかった。そのときが最後の対面である。——これは早く片づいたほうがいい。

粕谷は、脚を伸ばして回転椅子をぐるりと回した。

その晩、粕谷は黒川と渋谷の料理屋に上っていっしょに祝杯をあげた。

「実は、夕方、古賀先生を誘ったんですがね。電話をかけたら、秘書が出て、先生は外出だというんです。行先も分らないというから、仕方がありませんな」

「そりゃ、仕方がない」粕谷は酔って答えた。

「古賀先生にもいろいろとご都合がおありでしょうからね」

行先はたいてい察しがついていた。正子のところに行っているに違いない。あの二人は、もう完全に愛欲の泥沼に入りこんでいる。

粕谷は、ふと、正子が昼間の電話で、店に明日の晩電話してくれと言ったのを思い出した。ひょっとすると古賀は今日あの店にきているのかもしれない。いやいや、そんなはずはなかろう。夕方からおとなしくあんな店でウイスキーをなめている古賀でもなかろう。彼女のアパートか、どこかのホテルにでも直行しているに違いない。

ものは試しだと思った。粕谷はわざわざ階下に降りて、正子の店に電話した。

「ママは今夜はお休みです」

店の女の子がすぐ答えた。案《あん》の定《じょう》だった。

粕谷は嚇《かっ》と頭に燃えるものがあったが、それも瞬間の炎で、すぐにおさまった。だんだん落ちつきがでてきた。

これでかえって好都合なのだ。正子とは後腐れがなくなるし、古賀は正子を獲得したことでおれに感謝するだろう。そして、土地払下げ認可の最後の仕上げに努力してくれるだろう。代議士自身にも金儲けである。欲と色との二筋道という卑俗な言葉が浮んだが、この卑俗さが古賀にぴったりであった。

席に戻ると、黒川が赤い眼をむけた。

「粕谷さん、どこに電話してたんですか？」

粕谷は笑ってすわった。

「いや、ちょっと連絡するところがあってね」

「知ってますよ」

黒川は、赤い顔をにやにやさせた。

「何をですか？」

「いや、分ってますよ。坂本君が言ってましたからね」

「………」

「粕谷さんは、女性には随分もてるそうですな」

坂本がそう言ったというのが、粕谷の胸に棘《とげ》となった。

「そんなことはありませんよ」

「いやいや、いつか坂本君が羨しがってましたよ。いや、あれは妬いていたのかな。とにかく、それが坂本君にはかなりのショックのようでしたな。あなたと鉢合せになって、坂本君がその恋愛競争に負けたんじゃないですか。彼は相当深刻のようでしたから……」

登代子のことだと分った。それもかなり前の話らしい。最近のことだと、坂本がそんな調子で黒川支店長に洩らすはずはなかった。

「いや、それは坂本君の思い違いですよ」

粕谷は言った。黒川に昨夜の騒動を話したらどんなにびっくりするだろうかと思って、彼の顔を見ながら、

「ときに、坂本君はどうしています？」

と、訊いてみた。

「いや、それがね」

黒川は顔をしかめ、

「どうしたわけか、今朝電話をかけてきて、銀行を辞めると言い出したんですよ」

「え、辞める？」

わざとおどろいて見せたが、とうとう実行したかと思った。

「辞表はいずれあとから持ってくると言ってましたがね。奴さん、えらく声を震わせて昂奮してましたよ」

「…………」

「ぼくはもう引止めないつもりです。うち明けた話が、最近の坂本君はどうも感心しない。本店に頼んで配置転換を申込んでいたところでした。ところが、本店のほうでも坂本君の持って行き場所がないので弱っていたところなんです。だから、当人が辞めると言えば、こりゃ、かえって幸いですよ。あの人は実力もない上に感情的でしてね。近ごろ、ぼくとの間もうまく行ってなかったですよ」

黒川は、そう言って盃をとり上げたが、その顔は坂本に憎しみを現していた。

6

翌る日、粕谷が事務所に居ると、古賀代議士の秘書から電話がかかってきた。先生がぜひ話したいことがあるので、午後一時に赤坂の料亭に来てくれと言った。黒川にもいっしょに来てもらうようになっていると、秘書は付け加えた。

粕谷は、遂に計画が完成したと思った。昼の日なかに古賀代議士が料亭に呼びつけるのだから祝杯に決っている。古賀も大金がふところに入るのだから、夜を待ちきれずに酒を汲みながら成功の報告をしたいに違いない。

正子とのことがなかったら古賀にはもっと感謝するところだが、どうもあのことがあって、古賀には夾雑物を感ずる。粕谷は、もっと割切れと、自分に言い聞かせる。はじめ正子を押しつけたときは、もっと自分の気持が乾いていたではないか。こんなふうに動揺したのはどうしたわけか。やはり女が変心したことに原因がある。粕谷には、いままで女から背かれた経験があまりなかった。それだけに正子に対しても、ひいては古賀にも胸がおさまらないのである。

だが、今日はめでたい日だ。むろん、古賀の前では、この感情をおくびにも出さないつもりだった。

指定の料亭は山王下の近くにあった。かっきり一時に行くと、その玄関の前で黒川と鉢合せになった。二人とも女中のてまえ無言だったが、黒川の表情は輝くばかりである。お互い、胸の中で握手をした。

女中は、古賀先生がもうお見えになっているという。二人は長い廊下を歩いたが、大きな料亭だけに昼間は空洞のように静まり返っていた。

女中が襖をあけた。

十二畳もあるような広い座敷に、古賀が床の間を背にして若い女中に酌をさせていた。

「どうも遅くなりました」

と、二人は閾際《しきいぎわ》に両膝を揃え、古賀に対って手をついた。

古賀重蔵はちょっと顔をあげたが、すぐ元に戻した。盃を口に運んで、にこりともしない。これは粕谷に案外だった。

しかし、粕谷はまだ古賀が不機嫌とは思っていなかった。あまりにも大きな歓びを伝えるための緊張だと思っていた。あるいは、勿体《もったい》をつけているのかもしれないと取っていた。

案内した女中が卓の前に座蒲団を二枚置いた。二人は恐縮しながら、その上に正座した。古賀の前には数々の料理がならんでいた。

彼に酌をしていた若い女中が
「あの……お客さまにお食事をさし上げましょうか？」

と訊いた。古賀はうんともすんとも言わない。女中は気を兼ねて、その傍から起《た》って出て行った。

他人が居なくなったので古賀の表情が変るかと思ったが、相変らず気むずかしい顔をつづけていた。やはり二人のほうを見ようともしないのである。

「先生」

黒川がおそるおそる言い出した。

「昨日はお電話をいただきまして、まことにありがとうございます。いよいよ大蔵大臣のところに決裁が回っているそうで、正式な許可が下りるのも数日の間という先生のお言葉に、どれだけうれしかったか分りません。昨夜は、その歓びでわたしなどはろくに睡っておりません」

黒川は追従笑《ついしようわら》いをしているのだが、古賀の不興げな口もとは依然としてゆるまなかった。

「古賀先生」

と、粕谷も口を添えた。

「黒川さんからぼくも連絡をうけたのですが、まことにありがとうございました。大蔵大臣の決裁というのはほとんど形式的だということで、もう許可が下りたも同然だと、昨夜などは黒川君と前祝いの盃をあげたくらいでございます」

古賀の額にうすく青い筋が浮いていた。頰のあたりがかすかに痙攣《けいれん》している。粕谷はそれに気づいて、おや、と思った。

昨夜、古賀は正子と一夜をすごしたはずだった。そのためか、古賀の顔面には疲労とも焦躁ともつかない、何か神経質な表情が出ていた。顔色もあまりよくないのである。

「粕谷君」

代議士は顔をあげて初めて粕谷に眼を向けたが、ギラギラ光っていた。怕《こわ》いような顔つきだった。粕谷が思わず戸惑って、

「はい」

と返事すると、古賀は盃を音立てて卓の上に置いて、大きな声で言った。

「大蔵大臣は決裁印を拒《こば》んだよ」

「え?」

これは粕谷も黒川も同時に出た声で、いっしょに古賀の顔を見つめた。

「そ、それはどういうことでしょうか？」

黒川が顔色を変えた。

「どういうことといって……」

古賀は脇息に片肘を凭《もた》せ、身体を傾けた。

「要するに、大蔵大臣が許可を保留したのだ」

そんなばかなと、粕谷は思わず口から声が出るところだった。古賀が笑いながら言ったのなら、むろん、これは冗談と受取ったろう。だが、初めて見る古賀の強張《こわば》った顔には、冷い事実を伝える以外の何ものも出てなかった。

「先生」

と、真蒼になった黒川が膝を進めた。

「大蔵大臣の決裁は、ああした場合、ただ形式的なものだとは、先生からもよく伺っておりましたし、ほかの人もそう言ってるんですが……」

「ものには例外がある」

と、古賀はじろりと黒川に眼を向けた。

「たしかにわしはそう言ったが、それはだな、いままで慣例上そうなっていたと言ったまでだ。だが、べつに農林省から回った払下許可書に必ず大蔵大臣が認可を与えなければならないという法律はない」

「…………」

粕谷も黒川も息を呑んで古賀を見つめるばかりだった。

「たしかに農林大臣が判を捺《お》した許可書だから、関係大臣の大蔵大臣もそれに同意するというのがいままでの通例にはなっている。だが、これは特別な事情のないときに限るんだ」

古賀は言った。

「そうしますと、今度は特別な事情のようなものが何かあるんでございますか？」

と、粕谷が訊いた。

「ある……」

古賀はむっつりとして答える。いつもは軽口をはさむ男が、いまはひどく重々しい口吻《くちぶり》だった。

「それはどういう事情でございましょうか？」

「政治的事情だな。そう言うよりほかに言いようがない。……もっと詳しく言うと、大蔵大臣のほうに都合が出来たんだ」

「都合？　都合と申しますと？」

「いまの大蔵大臣は、やがては総裁の位置をも狙うような実力者だ。しかも、高井さんの反対側の派閥に回っている。これは君たちも新聞などで知っているだろう」

「はあ」

二人ともうなずいた。

「それで、大蔵大臣が農林大臣許可済のあの書類を見て、これは判が捺せないと言い出したのだ。わしは、それを今朝次官から内密に報らしてもらった。それで、急いで君たちを呼んだのだよ」

「それはどうも」

粕谷は頭を下げたが、むろん、それだけでは事情というのが納得できなかった。

「大蔵大臣が拒否したのは、高井さんに対する、何といいますか、反対的な感情からですか？」

「いくら何でも、感情だけでそういうことはできない。聞いてみると、大蔵大臣にもそれだけの理由があるんだ」

「………」

「いまの大蔵大臣が五、六年前に危うく汚職事件にひっかかりそうになったのを君たちも知ってるだろう。あの事件は、遂に彼の身辺に及ばないで済んだ。それというのが、当時の警視総監や刑事部長の意志が大いに働いたわけだ。その刑事部長がもうすぐ停年退職を迎える。ところが、この刑事部長の持って行場がないんだ」

「はあ」

「大体、官僚は、利権に結びつく省だと、いくらでも拾い手はある。農林省、通産省、運輸省といったところは、その花形だ。日ごろから、そのつもりで民間会社に便宜を図ってやっているから、どこでも有利な条件で円滑に引取ってくれる。ところが、警察官僚には、そういうウマ味がない。だから、せいぜい公団の役員に滑《すべ》りこむ程度だ。他省にくらべ、行先が非常に狭いわけだよ」

そういう話が大蔵大臣の反対とどう関係するのかと、粕谷も黒川も迷路の行方を見つめるような思いだった。

「大蔵大臣の意図《いと》をだんだんさぐってみると、どうやら、その刑事部長を何とか生活出来るようにしてやりたいつもりらしい。つまり、昔の恩を返すつもりなんだ。それで、あの払下げ土地は、たしか公共事業にしか使えないはずだが、と言い出した。真意は、公共事業の名において、刑事部長や、そのほかの警察連中に払下げて、何かをあすこでやらせるつもりらしい」

粕谷も黒川も雷に打たれたようになった。

まさに規定では、国有地の払下げは公共事業の目的のみに限られている。しかし、これは法文の解釈次第ではどうにでもなることだ。現に、そうした実例はいっぱいある。粕谷もその例に倣うつもりだったのだが、その名目が少し曖昧《あいまい》だったきらいはある。してみると、警察官僚が公共事業といっても実際は何を始めるか分らないのだ。

しかし、とにかく法文は法文、大蔵大臣はこれを頭から振りかざして認可を拒否したのである。

「先生、それは、高井先生のような党随一の実力者だと、大蔵大臣の説得は何とかなるんじゃありませんか?」

粕谷は動揺しながら救いを求めるように言った。

「うむ。君に言われるまでもない。その話を聞いたから、すぐに高井に電話を入れた」

古賀は脇息に身体を反《そ》らしたまま言った。

「で、高井先生のご返事は?」

「何とかしてみようということだった。反対派だが、まだまだ大蔵大臣は高井先生からみると小物だからな」

「どうもありがとうございました」

粕谷が救われた気持でいると、黒川はつづけて何度も頭を下げた。

「君」

と、古賀は粕谷と黒川とを等分にそこから眺めて言った。

「しかし、大蔵大臣も素手《すで》ではうんと言わんよ」

「………」

「高井先生にしても、それだけ大蔵大臣に応分の借が彼に出来たわけだ。したがって、君、高井先生にはもっと政治献金が必要だよ。いいな？」

古賀代議士は乾いた声で言った。

第九章

1

粕谷と黒川支店長は、古賀代議士と会った赤坂の料亭を出てから憂鬱になった。

特に黒川は情ない顔をしている。古賀に会うまでは有頂天だっただけに、その悄気《しょげ》かたはひどい。一体に黒川は感情が隠しきれない性質《たち》だった。

粕谷も今度こそは衝撃をうけた。だれがこんな結果になるのを予想したろうか。大蔵大臣の許可はどこまでも形式的なものと信じていたのである。それは第三者のだれも疑っていない。新聞記者もそう言っていたし、少し事情に通じた者は、それが形式だけのことで実質的には許可が下りたと同様な段階だと承知している。

しかし、この形式が確固とした障害になった。大蔵大臣の許可がない限り法的に払下げの発動はない。一つでも書類が不備だと認可しない役所のことである。最高責任者、たとえ、かたちだけであろうと、大臣の判が捺されない限り拒否である。ここに許認可権をもつ官僚制の絶対主義があった。これは観念では分らない。実際にこうした壁に突当ってみなければ実感はないのである。

二人は半分虚脱状態になって近くのホテルのロビーに入ったが、黒川は首をうな垂れていた。彼も途方に暮れている。

「古賀さんは、もう少し政治献金したら何とかなると言っていたな」

と、粕谷は黒川の横で重い表情で言った。

「この際だ。ね、黒川さん。もう少し何とか融通はできないかね?」

「…………」

黒川は押し黙っていた。すでに支店長の権限いっぱいの金を行金から出している。政治献金となれば、いくら少くても百万単位の金に違いなかった。黒川は、はっきり粕谷の耳に分るような溜息をついた。

「そりゃ、こういうことになろうとは分らなかったから、あんたもずいぶん苦しい工面《くめん》をしてるとは思う。だがね、ここで諦めてしまってはいままでの投資がご破算になってくる。つまり、どぶに棄てたようなものだ。それを生かすには、もうひと踏んばりしてもらうんだね」

粕谷が言うのを黒川は聞いていたが、それには返事をしないで、

「政界というところは複雑なもんだな」

と言った。あとの金にふれないのは、その才覚に自信がないからであろう。愚痴しか出なかった。

「まさか高井さんに対する反感から大蔵大臣が判を捺さないとは思ってもいなかったからな」

「それはそうだ。ぼくもあれを聞いたときは、まったく、いきなり殴られたような気がしたよ。だが、そんなことをいまさら言ってもはじまらない。ね、黒川さん。

現実の問題で考えましょう。古賀さんはああ言っている。今度こそ間違いないでしょう。次の政治献金は、多分、大蔵大臣の一派に金を回して工作しようというんでしょう」

「一体、古賀さんが軽率なんだ」と黒川は代議士を呪った。「もう、あれで一切大丈夫だと、いまにも完全な許可が下りるようなことを言ったからね。それを、この土壇場になって、よくもあんなことが言えたもんだ」

「いや、黒川さん。そりゃそうだが、古賀さんにしてもべつに悪気があったわけじゃない。大蔵大臣の判コが形式的なものだとは、みんなが言ってることだ。ただ、古賀代議士のほうで大蔵大臣の考えが読めなかっただけですよ」

粕谷は言ったが、その古賀代議士がひどく不機嫌だったことを思い出した。

普通、こういう事態になったら、古賀は責任上、二人に謝らなければならないところだ。それなのに、いままでの柔和な調子ががらりと変って苦虫を嚙んだような顔だった。思うに、古賀としても弁解のしようがないから、逆に不機嫌を見せたのではなかろうか。粕谷は、そのことも黒川に言った。

「困った」と、黒川は頭を抱えている。

それは困っているに違いなかった。いままで出した金が全部死んだとなれば、黒川の行金横領が明るみに出る。土地の払下げが成功してこそ、その横領は投資として穴埋めされ、余分な儲けが手に入るのだ。不良貸付もきれいになるし、彼は落度のない支店長として業績を上げ、本店に栄転することができる。だが、その計画図が破れたとなると、今度は黒川は銀行をクビになるどころか、横領罪として刑務所行である。

黒川の顔から汗がふき出ていた。

「ね、黒川さん。あんた、二百万円ぐらい都合つきませんかな?」

粕谷が言った。事実、彼も必死である。丁度、地すべりを食い止めるような気持だった。

「そうですな」

黒川は椅子にかけたまま、首をぐったりと前に垂れていた。

その姿がいかにも哀れである。だが、この場合、哀れだけではもちろん済まされない。粕谷としては何とか鞭打って金を吐き出させることだ。

「ね、都合つきませんか?」

「いや、粕谷さん」

黒川は泣くような声で言った。

「ぼくはずいぶん無理をしたから一万円も絞り出せない状態です。これまでの金をつくるには、銀行の金の融通だけじゃないんですよ。親類縁者や知人を駆けずり回って借りられるだけ借りたんです。もう限界です」

「限界ですって？　それじゃ、あんた、みすみす牢屋にゆくつもりかね？」

と、あとは小さい声で言った。黒川はびくりと肩をふるわした。

「ね、一週間や十日ぐらいの行金の融通は何とかなるでしょう。今月の締切までに埋合せればいいんじゃないですか」

「もちろん、そういうこともずいぶんしてきてやり繰りをつけてるんです。ぼくも安易《あんい》に銀行の金庫から金を持出したんじゃないんですよ」

と、黒川は分らない泣言を言った。

「そのくらいのことはぼくだって承知していますよ。でなかったら、部下の者にいっぺんにあんたの持出しが見破られるからね。もう少しだ。黒川さん、頑張ってもらいたい」

「今度こそは大丈夫だろうか？」

と、黒川が急に顔をあげて粕谷を見た。その眼は涙と憤りにギラギラ光っていた。

「何がですか？」

「いや、古賀さんの言うことです。これまでずいぶん引きずられてきたが、今度の献金を最後に払下げが実現しますかな？」

実現の可能性が絶対的なら、この支店長は最後の勇気を振り絞って無理をしてもいいと言いたげだった。

「古賀さんがああ言うんですよ。もう間違いないでしょう」

と話したが、粕谷は内心でいやな予感があった。昨日黒川と別れたあと感じた、あの晴れた空に浮んだ黒雲のようなものが再び彼の胸のなかに湧いてきた。しかし、もう躊躇《ちゅうちょ》はできない。古賀の要求を容れて、ひたすら黒川を押すよりほかになかった。

「粕谷さん、あんたも百万円ほど都合つきませんかね？」

「…………」

「ぼくは思うんだが、古賀さんの政治献金は、どうやら二百万円では少いと思うんです。三百万円持ってゆかないと大蔵大臣への工作ができない、というような気がしますよ。政治家の反目は根が深いから、少々の金では説得ができないと、そんなことを言いそうな気がするんです」

粕谷は、おや、と思った。いままで打ちひしがれていた黒川が、案外まともなことを言い出した。まさに彼の言葉通りだと思った。

だが、粕谷が身体を逆さに振っても出来なかった。

「早急《さっきゅう》に百万円の都合はぼくにはむずかしいですよ。ぼくもずいぶん無理をしてきている。たとえ、それを作るにしても、かなり時間がかかります。だが、古賀さんに渡す金は急がなければならない。あんまり遅れると、途中でまたどんな邪魔が入ってぶちこわしになるか分らないからね。この場合、手遅れにならないことが肝腎だ。な、黒川さん。あと一つだ。なんとか、あんた、三つ都合しなさいよ。そのあと、ぼくが工面した百万円をあんたにあげますよ」

黒川は黙って起ちあがった。足もとがふらふらしていた。

粕谷は彼の背中を追った。

「黒川さん、どうしたんです?」

「やってみます」

支店長は咽喉から声を絞り出した。

「やってくれますか」

「やってみる。やらなければいけない……」

黒川は涙を頰から流していた。

粕谷もさすがに口が利けなかった。何か、そこに彼を寄せつけない厳粛なものを見ている思いだった。

粕谷は黒川をホテルの玄関先まで送り、タクシーに乗せると、自分はもとのロビーに戻り、クッションに腰を据えた。今夜はひとりで考えたかった。

黒川は三百万円都合つけるだろう。それこそ窃盗《せっとう》行為であった。いまの場合、それは必要だった。

ただ、黒川の言うとおり二百万円では足りず、三百万円にしたが、だんだん彼自身も三百万円でも不足のような気がしてきた。それは古賀代議士の不機嫌を思い出したからである。

あれは古賀が責任を感じて謝る代りに、照れ隠し半分、逆な姿勢に出たと思ったが、なんだか、それだけではないような気もしてきた。古賀もたしかに困っている。彼にしても選挙のことがあるし、資金の欲しいところだ。だから苛立《いらだ》っていたのだろう。

しかし、なんだか、金の面だけで古賀を奮起させるのも少し不足のような気がした。これはやはり正子に言いつけて古賀に活力を与えなければならない。それだけでも古賀を動かすのには違うと思った。

——他人《ひと》ごとではない。こっちも破滅だ。よし、正子によく言いつけてやろう。粕谷は、昨日事務所にかかってきた正子の電話を思い出した。ぜひ逢ってくれ、と言っていた。あの女はおれのためには何でもしてくれるはずであった。

2

粕谷は正子のアパートに電話した。だが、信号音がゆくだけで声が出なかった。留守らしかった。

時計を見ると、もう三時になっている。この時間だと、正子は店に出る前よくセットにゆくので、そのためかも分らなかった。

妙なもので、こんなとき久しぶりに自分のアパートに帰ってみたくなった。いままでろくに寄りついていないから、恵美子も果してあのまま居るかどうか分らなかった。喧嘩をしたときすぐに出てゆきそうな気配だったが、しぶとい女のことだから、案外、まだ粘《ねば》っているかも分らない。あの女もまだ十分彼に未練を残している。

時間つぶしといえば、それまでだった。あるいは、さすがに自分の巣が気にかかったともいえる。彼はホテルを出てタクシーに乗った。アパートに寄って、それから正子のところに回るなら、時間的にも丁度いい。

タクシーに乗ってから、また別な考えが湧いた。登代子である。すると、急に登代子に逢いたくなってきた。

「目黒のほうに回ってもらおうか」

自分のアパートのある四谷を訂正した。車は権田原《ごんだわら》のほうへ出た。目黒だと、そこから青山を通り渋谷を抜ける。

だが、青山を走っているころに、また自分のアパートが気になった。粕谷は迷ったが、登代子のところに行けばおそくなるし、それでは正子に逢うのが遅れる。彼はまた運転手に言い直した。

「君、やっぱり四谷に行ってくれ」

「どっちが本当ですか？」

と、運転手は仏頂面《ぶっちょうづら》をしてハンドルを切った。

粕谷自身の気持も動揺している。今日はさすがに迷っているなと、自分でも思った。

御苑裏の通りが久しぶりに見えた。タクシーを捨て、それこそ長い出張から帰ったような気持でアパートの玄関に足を入れた。

管理人の女房がとんできて、眼をまるくして彼を見た。

「奥さん、長いこと留守をしました」

「まあ、粕谷さん、どうなすったの？」

と、管理人の女房はまじまじと彼を見つめている。その眼つきで粕谷は、これは何かあったな、と察した。すぐに恵美子の行動が頭を掠《かす》める。

「奥さん、鍵を貸して下さい」

「粕谷さん」

女房はごくりと咽喉に唾を飲んで、

「あなたの留守にたいへんでしたわよ」

と言って、うすく笑った。

「どうしたんです？」

「どうもこうも。まあ、見て下さい」

と、女房は鍵を彼に与えた。

粕谷は、自分の部屋のドアに鍵を差しこんだ。すぐうしろに管理人の女房が従っていた。

ドアをあけて、さすがの粕谷も眼をむき、息を詰めた。まるで空家である。電気冷蔵庫も、洗濯機も、ステレオも、机も、本も、椅子も、いや、洋服ダンスをあけると、彼の夏冬の洋服が一切なかった。引出しをあけると、着物もない。もちろん、女のものはピン一つ残っていなかった。

「畜生」

と、粕谷は唸った。

「わたしもどうしようかと思ったんですけどね。あなたに連絡してからと言ったんですが、恵美子さんが、その必要はないと言い張るんです。まあ、ごいっしょにいらっしゃる奥さん同然の方ですから、わたしも口をはさむことはないと思って黙っていたんですけれど……ねえ、やっぱりあなたの事務所にちょっと電話すればよかったかも分りませんね」

と、弁解するように言った。しかし、この女も恵美子が荷物を全部運び出したのを、案外面白がって傍観していたのかもしれない。

「運んだ先はどこです？」

粕谷は怕い顔をして訊いた。

「それが、おっしゃらないんです。当分、場末のほうに引っこんでるといってね。部屋代はあなたからもらってくれとおっしゃいました。もっとも、そう言われると、わたしのほうでは恵美子さんに部屋を貸したんでなく、粕谷さんにお貸ししたんですからね」

「……………」

「たいへんでしたよ。近所の人を呼んで、目ぼしいものをみんな売って出られたんですからね。ああなると、女ってほんとに怕いという気がしましたわ」

恵美子のせせら笑う顔がそこに見えるようであった。

「しかし、みんな売ったんじゃないでしょう？　恵美子のものはどうしたんでしょう？」

すると、管理人の女房は歯茎《はぐき》を出して笑った。

「そりゃとても一人じゃできませんよ。ちゃんと手伝人がいましたわ」

「手伝人？」

「原田さんです」

「原田？」

「ほら、あなたと同商売の人がときどき来ていたじゃありませんか。あの人があなたの洋服や恵美子さんの荷物を持ってゆくのを手伝っていました」

粕谷は身体じゅうに血が湧きあがった。原田の奴だったのか。彼は、ろくに腕もなく、鞄ばかり提《さ》げて歩き回っている千三《せんみ》ツの原田を眼前に泛べた。そういえば、原田は前から恵美子に気があったようだった。

「原田の奴、ちょくちょく恵美子のところに来ていたんですか？」

「いまだから言いますけれど、よく見えていましたわ。それも粕谷さんがアパートに戻らなくなってからです。ねえ、粕谷さん、やっぱり男は女をひとりにしておいてはいけませんね」

「…………」

粕谷は汗の出た手を握りしめた。

だが、少しずつ冷静になると、その汗も冷くなってきた。彼は落ちつくため煙草を吸った。煙はがらんとした部屋にむなしくひろがった。

「原田の奴、泊って行ってましたか？」

「さあ、そりゃどうですか。わたしたちは早く寝《やす》むものですから」

と、管理人の女房はさすがにそこは曖昧にした。

粕谷は負け惜しみでなく、これで恵美子の片がついたと思った。いざとなれば、あの女に刃物をふるわれかねなかった。正子のところに押しかけてきたときなど、まるで気違い沙汰だ。

しかし、あのときはもう恵美子は原田と出来ていた。——どうも分らない。新しい男が出来たのに、なぜ、あんな気違い沙汰に出なければならないのか。恵美子の芝居とは思われない。すると、女は新しい男は別として、いままで同棲した男に女が出来ると、それにも逆上するものらしい。恵美子の性格なら、それも分りそうだった。

「ま、いいですよ」と粕谷は好奇心いっぱいの管理人の女房に言った。「去るものは追わずですよ。かえってさばさばしました」

「そうね。どうせ、そんなひとなら長つづきはしませんわ」

しかし、女房は女に遁げられて男を下げた粕谷をやはり軽蔑していた。

「じゃ、また新しいものを買わなくちゃならん。手切金としたら安いもんですよ」

「次の女の方も早速ここにおつれなさることですね。恵美子さんを見返しておやりになるんですわ」

女房は彼を焚きつけるようにいった。

「そうしましょう」

粕谷が笑うと、女房は、

「粕谷さんは女にもてるから」

と、眄《なが》眼《しめ》で言った。

粕谷は、こんな状態では寝られないから明日調度を入れる、と言ってアパートを出た。ついでに、部屋代もそのときに支払うといい添えた。

しかし、やはり面白くなかった。こんなときは酒でも飲みたいと考えた。こっちから追出したのではない、女に出てゆかれた屈辱感は、やはり心に砂のように溜った。

彼は新宿の飲屋街に出ておでん屋で飲んだ。少しも酔わなかった。まだ五時だった。

正子が昨日事務所にかけてきた電話では、店に七時ごろ電話してくれと言っていた。しかし、もう店に出ているのかもしれない。十円握ってカウンターの電話機に歩いた。

「あら」と正子の声がすぐにした。「ずいぶん早いのね」

いかにも弾《はず》んだ声だった。

「少し話がある。すぐアパートに戻ってくれないか」

「だっていま来たばっかりですもの」

「待ちきれないんだ。いっぺん戻ってくれ。そうだ。ぼくも今晩はそっちにゆっくり泊るよ」

「そう。じゃ、そうします」

3

五時すぎのアパートの廊下は買物籠を持った女の姿が多い。正子の部屋の窓にはカーテンの隙間から明るい灯が洩れている。人がくるのを待っている灯だった。粕谷は顔をうつむけて低くノックした。

ドアを開けた正子が、粕谷を中に入れると、すぐ鍵をかけた。そこから、彼を熱っぽい眼でじっと見ていた。化粧したばかりの顔だった。

粕谷がコートを脱いで畳に落すと、正子はすぐにとびついてきた。ものを言わせない。顔じゅうに唇を動かして吸い、最後に彼の舌を啜った。

「もう、お酒のんでるの？」

顔をはなして、手をかけたまま言った。歓喜に湧いている眼だった。廊下に人の足音が多い。

「いけなかったのか？」

「どこで？」

「新宿のおでん屋さ。時間の消しようがなかったから」

「わたしもいっしょに呑みたかったわ」

「あとでどこかに出よう」

あとで、という意味は正子に通じ、唇をもう一度彼に当てて、うれしそうにうなずいた。

「すぐに着かえて」

正子は彼の上衣をとって洋服ダンスに入れた。粕谷はネクタイをほどく。その間に正子は厚いカーテンで仕切った次の部屋に入った。そこにベッドが置いてある。シャツを脱いでいると、正子が男ものの浴衣を両手でひろげて持ってきた。熱いくらいに肩にあたたかい。用意ができている。ズボンを脱ぎかけて、ふと、その浴衣に気づいた。

思わず、むずかしい顔になったのを正子が見て、

「違うのよ」

と強く言った。

「これ、新しいことが分るでしょ？」

彼女は彼に見せるようにその浴衣の袖を引張った。

「あなたのために、つくったんですもの。誤解しないで。あの、おじいちゃんには

何ンにも用意してませんわ」

正子は、古賀に着せている寝巻きでないことを強調した。

「不親切だったんだな」

粕谷は袖を通し、ズボンを脱いだ。

「いやでいやで仕方がなかったんですもの。あなたのために眼をつむっていたのよ。このやるせない気持、分ってくださるでしょ。変なこと、考えないで……」

「ぼくだって、嫉妬のほむらを押えている。ときには、耐えられなくなってヤケ酒ものんだ」

「ごめんなさい。可哀想に」

正子は、また彼の頬に唇をつけた。

「でも、もう、大丈夫よ。おじいちゃん、昨夜、のこのこと来たから、すっかり引《いん》導《どう》を渡してやったわ」

「え？」

粕谷は眼の前に白い筋が走ったように感じた。

「何と言った、いま？」

「絶縁宣告よ」

と、正子は媚びた眼で、くっくっと笑い出した。

「あの土地払下げが成功すれば、あんな狒々《ひひ》代議士なんか用はないでしょ。今まで辛抱した腹癒せに、思い切り罵ってやったわ。悪口雑言よ。面白かったわ。おじいちゃん、なんともいえない顔をして、泣き面《なづら》かいていたわ。そして、だまされた、だまされた、と言って逃げて行ったわ。わたし、やっと苦役がのがれて、せいせいしたわ」

粕谷は強い力で正子の肩を摑んだ。眼をむき出していた。

「おい、本当にそんなことを言ったのか？」

正子が血相変えた粕谷の顔に啞然《あぜん》となった。

「言ったけれど……」

「ばか！」

彼は思わず正子の頰を殴った。頭の中が燃えた。

「何ということを言ったんだ。古賀さんに電話してもう一度ここに来てもらえ。いや、おまえが呼びに行くんだ。そして、なにがなんでもあやまるんだ」

「だって……」

正子は痛い頰を手で押えて粕谷を見あげた。

「だっても糞もない。すぐに謝って、もう一度親切に抱くんだ。いいか？」

粕谷には古賀の今日の不機嫌な理由が分った。完成間際の殿堂を崩すのをこの女も手伝ったのだ。

「だって、土地の許可はもう下りたのでしょ。あなたは電話でそう言ったじゃないの。おかげさまで、とあなたは、はっきりわたしに電話で礼を言ってくれたわ」

「それが違うんだ」と粕谷は口早に怒鳴った。「最後の段階でひっかかっているんだ。あのときはおれも大丈夫だと思っていたが、大蔵大臣がまだ判を捺さない。払下げは最後のところで足ぶみしている」

「まあ」

正子は顔色を変えた。

「それには、どうしても古賀にもうひと押しさせなければならん。あいつはまだこっちに必要なんだ……それなのに、おまえは、何ということを言ったのだ？」

「そんなこと言ったってわたしには分らないわ。あんたがもう許可は下りたと言ったから、わたしもおめでとうと言ったじゃないの。なぜ、あのときにそう言ってくれなかったの？」

「とにかく、こういう事態になっているんだ。おまえの早合点《はやがてん》が悪いのだ」

「だって」

「ばか」

粕谷は激しく正子の肩をゆすった。それは古賀の肩をゆすっているのと同じだった。

「すぐに古賀さんに謝れ。そして、最後の努力をしてくれ」

「自信ないわ」と正子は弱い声を出した。「だって、おじいちゃんには、唾をひっかけるくらいに愛想づかしをしたんだもの、いまさら何を言ってももとに戻らないわ。おじいちゃんがどんなに甘くても、見え透いたわたしの詫びなんか本気にするもんですか。おじいちゃんだって真赧な顔になって憤って帰ったんですもの」

「おまえはおれの事業をメチャメチャにした」

と、粕谷は支離滅裂なことを叫んだ。

「………」

「おまえのためにおれは大金を失った。大きな夢が破れたんだ。おまえといっしょになることも、これで出来なくなった。なんという浅はかなやつだ。こうまで考えが足りない女とは思わなかった」

「だって、そりゃ無理よ。わたしだって、あなたがああいうことを言ったから、もうほっとしたんだもの。どんなにおじいちゃんとのつき合いが辛かったか、それが女の身としてどんなに恥しかったか、あんたには分らないんだわ。やっとそれから脱けられたと思ったんだもの、早速、おじいちゃんに仕返ししたのは当り前でしょ」

「そんなことは、よく聞いてからするんだ。なぜ、おれからはっきりたしかめなかったんだ。……しかし、いま、こんなことを言ってもはじまらない。とにかく古賀を何とか呼返してサービスしてくれ」

正子は粕谷の顔を長いこと見つめていた。今度は彼女の表情に別な色が浮んだ。その眼に燃えてきたものがうすれ、かわりに冷い水のようなものが滲んできた。

「粕谷さん。あんた、わたしを初めから利用するつもりだったのね?」

「なに」

「そうだったの。分ったわ。いまになってあんたが何を考えていたか、はじめて気づいたわ」

「正子」

「もう騙されないわ。その手には乗らないわ。わたしも普通の水商売の女だったのね。結婚の話にのぼせて、あんたの言う通り獣《けだもの》みたいなことをしてきたわ」

「いや、結婚するつもりはあるんだよ。だから古賀を……」

「もう結構よ。わたしがバカだったんだから。もう、これ以上は何も言わないわ。帰って」

と、正子は彼の浴衣の衿をつかむと、いきなり背中から剝ぎとった。粕谷の下着が醜くむき出た。

「さあ、ズボンをはいて」

正子は洋服ダンスから彼の上衣をとり出した。

「思い返してくれないか」

粕谷は微笑を見せようとした。

「何も聞きたくないわ」

女は畳の上に彼の上衣を抛《ほう》り出した。それからずっと離れて立ち、彼が身支度するのを監視するように眺めていた。

「もう愚痴は言わないわ。ねえ、粕谷さん。あんたの成功を邪魔したことだけを謝るわ」

粕谷は諦めた。もう、どうにでもなれと思った。……古賀のほうは黒川のつくった金で何とか押してみよう。

彼はネクタイを丁寧に結び、畳から上衣を拾って着ると、塵を払った。

「もう、これでお別れだな」

女は返事をしなかったが、立ったまま涙を流していた。

「おまえを利用するつもりはなかった。これだけは信じてくれ。こうなったら信用はしないだろうがね」

「聞きたくないわ。早く帰って」

廊下には買物のための女の足音が相変らず忙しそうだった。

粕谷はふり返らずに体裁を整えてドアを出た。通りがかりの女が彼の顔をのぞいた。

アパートを出てから、急に心が萎《な》えてきた。こんなはずはない。恵美子も正子も決して愛情を持った女ではなかった。だが、その二人に逃げられたとなると、取残された孤独な気持をどうすることもできなかった。はじめての経験だった。

残っているのは登代子だけであった。

4

タクシーのなかでも、粕谷は苦い気持をどうすることもできなかった。恵美子も、正子も、こちらから別れるつもりの女だった。彼はいつも女にそれを宣告する側だった。だが、今度は彼のほうが女に突放された。別れる際の手間が省《はぶ》けてよかった、と自分に言い聞かせたが、心は一向に浮立ってこなかった。

土地の払下げが最後でつまずいたというせいもある。これさえものになっていれば、女のことなんか問題にもしなかったはずだ。だが、思ってもみないことが次々に起ってくる。古賀に最後の政治資金を渡すことだけが残された唯一の道だった。黒川を励まさなければいけない。あいつに銀行の金をとり出させることがいまの一本の藁《わら》だった。

今度は思いきり登代子を抱きしめたかった。いまの自分を忘れさせてくれるのは登代子だけである。酒に酔い痴《し》れたように彼女の肉体に溺れ切って、何もかも忘れたかった。

車が祐天寺の近くにきた。運転手は、どのへんか、と訊く。

「その先の煙草屋の角から……」

と言ったとき、粕谷は妙なものを見た。パトカーが一台停っている。近所の人間らしいのがそれに集っていた。また、近くから駆けて路次のなかに走りこむのもいる。

「何か事件があったようですね」

運転手は料金を受取りながらパトカーをのぞいていた。

粕谷は胸が騒いだ。まさか、と思う。だが、この際だった。悪いことはつづけて起るものだ。

路次に入ると、人がいっぱいたかっている。アパートに近くなるほどそれは多かった。それだけでなく、狭いところを入って、パトカーが二台、それに救急車が一台、まさに登代子のいるアパートの前に停っていた。人の群れがアパートのほうを見上げている。その入口には巡査が立ち、人垣を支えていた。

「何があったんですか?」

粕谷は、そこにいる人間に訊いた。

「人殺しです。アパートに居る女が一時間前に殺されたんですよ」

「な、なんという女ですか?」

「さあ、名前は知らないが、なんでも、男が外からやってきて刃物で刺し、自分も死んだんです。無理心中ですな」

粕谷は登代子の部屋の窓を見つめた。窓は閉り、カーテンは下りたままだ。ほかの窓はみんなあいて、人がのぞいている。

「あ、あんた」

と、粕谷は横から肩をつつかれた。知らない男の顔だったが、

「大へんなことになったんですよ。あんたがよくきていた部屋の霜井さんがえらいことになってるんです。すぐに行ってあげて下さい」

粕谷は、昂奮しているその男の顔を思い出した。いつぞや坂本が暴れて廊下に引きずり出したが、その際、近くで見ていたアパートの住人だった。

男は巡査を呼んだ。巡査がこちらを向いて歩いてきた。

粕谷は頭のなかが真空みたいに軽くなり、考える力を失った。ぼんやりしたままアパートの玄関に巡査に伴われて入った。登代子の部屋にゆくまで、階段にも廊下にも到るところに人が動いていた。私服であった。

部屋の外で待つように言われると、なかから肥った、四十年配の、背広の男がうす笑いしながら出てきた。

「あんたですか、この部屋の女のところに来ていたのは?」

「はあ」

「名前は?」

横で別な刑事が手帳に彼の言うのを書きとった。

「霜井登代子とはどんな関係です？　大体、察しはついているがね」

「同棲していた女です」

「同棲？　しかし、あんたはいつもいっしょには居なかったんだろう？」

「事情があって別居していますが、前には同棲していたんです」

「坂本という人を知っていますか？」

「知っています。銀行の人です。……刑事さん、坂本が登代子を殺したんですか？」

「女と同棲していたんなら、まあ、内縁の妻みたいなものですな。見て下さい」

肥った男は傍の若い刑事に粕谷の腕をとらせ、部屋のなかにつれこんだ。生臭い血のにおいが鼻をついてきた。

粕谷は覚悟していたが、ひと目みると、顔をそむけた。

登代子がリビング・キチンの床と座敷の境でうつ伏せになって倒れていた。ワンピースの背中から脇腹にかけて血が流れて大きく溜っていた。スカートがまくれ、ギャザのある下着の端がはみ出ていた。粕谷はどういうものか、その清潔さだけが印象に残った。

「こっちに来て」

と、刑事は彼を次の間に押入れた。よく知っている寝室だった。

そこにも人が居た。が、うずくまったり、カメラを持ったりしている人たちを上から傲然《ごうぜん》と見下すように、坂本が天井から首を垂れていた。ちょっと見ると、宙に不動の姿勢をとったような恰好だった。

粕谷はめまいがした。

「よく見て下さい。これがあんたの知っている坂本さんだね？」

粕谷は、頸に女の腰紐を巻いた坂本の顔を仰いだ。洟《はな》が口から顎にかけて垂れていた。ズボンの膝にも落ちていた。粕谷は吐きそうな衝動を抑えてうなずいた。

タンスの小引出しが半分あいていた。

「首を吊る道具を捜したんですよ。洒落たものを使ったものだな」

紅色の鹿の子模様が首吊人になまめかしかった。

「もう結構です。こちらへ」

と、若い刑事が彼の耳もとで言った。

再び登代子の倒れている横を通った。はじめて気がついたのだが、テーブルの上の道具が散乱して割れている。登代子が逃げまわった跡だった。

さっきの肥った男が粕谷を待ち構えていた。

「ちょっと、あんたに聞きたいんですがね」

廊下に椅子が三つならんでいる。彼はその一つにかけさせられた。肥った男は、

「ぼくは所轄署の捜査課長です」

と名乗って、自分はその横の椅子に大股をひろげて尻を落した。

「無理心中だとは分るでしょう。坂本は霜井さんを殺して、同じ刃物で死にたかったが、怕くなったのだろう。結局、首を吊ったんです。兇器は坂本が持っていた切出しナイフだが、これは署に引きあげています」

「…………」

「ところで、坂本には遺書がある。あんたのことも書いてあって、ひどく恨んだ文句ですよ」

粕谷は、遠い声を聞いているような気がした。

「それはまあいいがね。三角関係ってやつは、結局は同じような結末になる。しかし、あんたに聞きたいのは、その坂本の遺書のなかに、あんたと銀行の黒川支店長とが結託して行金横領ということが書いてある。金額は一千万円に近いものだが、これは事実ですかね？」

粕谷は、ちょうど汽車がトンネルのなかに入ったときに似た轟音を聞いた。

「坂本は、これは絶対に事実だと書いてある。なんでも、あんたがどこかの国有地を払下げてもらうについて政治家に運動した。その運動資金を黒川支店長と結託して横領したというんですがね。金額の点は坂本も大ざっぱにしか書いてない。しかし、絶対に間違いないとある。どうですか？」

「…………」

「もっとも、黒川支店長はもう留置してありますがね。一部自供しましたよ」

「…………」

「まあ、いまご返事なさらなくても結構です」

と、肥った課長は世間話みたいな口調で言った。

「そのまま署に来てくれませんか。あんたも女のほうの仏《ほとけ》さんには未練があるだろうが、なんでしたら、最後のお別れをしてもいいですよ」

粕谷は微かに首を振った。

「では、だれかにお供させます」

肥った課長は、どっこいしょ、と掛声をかけ、おいおい、と若い刑事を呼んだ。

刑事たちをかきわけて、階段の下から髪を乱した女が走りこんできた。若い刑事がその胸を押返した。坂本の女房は、顔を真赤にし、大口をあいて喚いている。

粕谷がそれを眼の隅に入れたとき、横の男に腕をとられて椅子から引張りあげられた。

解説

山前《やままえ》 譲《ゆずる》
（推理小説研究家）

かつて同棲していた男と女が、二年振りに偶然、赤坂のすし屋で再会する。それがひとつの切っ掛けとなって、悪の歯車が動きはじめるのだった。

女——霜井登代子は一流銀行の不動産部に籍を置いている坂本と一緒だった。資産の運用を相談しているが、坂本は既婚者でありながら彼女への好意を隠さない。なんとかこれまであしらってはきたけれど、「再会」が新たなトラブルを……。

男——不動産ブローカーの粕谷為三は仕事仲間の小泉と一緒だった。今、金回りはよくない。登代子はまとまった金を持っていたはずだ。「再会」はいいチャンスだ。登代子は今、どこに住んでいるのだろうか……。

粕谷は強引に登代子とよりを戻す。そんな時、約四万坪という広大な国有地が埼玉の岩槻に眠っていることを知る。元々は旧陸軍省・糧秣本廠管轄の軍馬の糧秣場だったが、手続きが大変で、いまだに民間に払い下げにはなっていない空き地なのだ。

国有地の払い下げ価格は安い。そこで粕谷は、登代子をたくみに操りながら、坂本の勤める銀行に接近する。不良貸付の回収に苦しんでいた黒川支店長から、払い下げの裏工作の資金を調達したのだ。

闇の政治献金を渡し、そして自分と関係のあるバアのマダムを利用して、選挙資金の調達に苦しんでいる代議士に接近する。関係する官庁の大臣と官僚への根回しも順調だった。国有地の払い下げと転売で、一攫千金の勝負を！　だが、粕谷の目論見には大きな落とし穴が待っていたのである。

〈松本清張プレミアム・ミステリー〉の第五弾は『地の指』からスタートした。さらに『風紋』、『影の車』、『殺人行おくのほそ道』、『花氷』、『湖底の光芒』、『数の風景』、『中央流沙』と、全八点がラインナップされている。病院経営の黒い霧、食品会社の内幕、さまざまな人間心理の綾、旅情、破滅への道、企業経営の悲哀、土地利権のからくり、官僚の不審死など、独自のテーマとサスペンスで松本作品を堪能することができるだろう。

男女の愛欲模様から国有地払い下げの裏工作へと展開していく『花氷』が発表されたのは一九六〇年代半ばである。昨今、国有地の払い下げでの不可解な取引がマスコミを賑わせているが、それは古くて新しい疑惑の温床なのだ。

ここで粕谷が狙っているのは旧日本軍の土地である。一九四五年の終戦とともに、大量の軍用地が当時の大蔵省ほかが所管する国有地となった。それが戦後の復興のなかでいかに活用されていったのか。基本的には学校のような公共的施設、医療施設、住宅、農地、工場他の産業復興の施設へと、国有財産法や国有財産特別措置法などのもとに処分されている。そこには公共性が大きなキーワードとなっていた。粕谷が目を付けた岩槻の広大な国有地は、調達庁（駐留米軍用の物資や労務などを調達する機関）から林野庁に移設されていたが、これまで払い下げにはどこも成功していなかった。では、払い下げが認可されるためにはどうすればいいのだろうか？　粕谷と黒川支店長は策を巡らす。許認可に影響力のある代議士を利用すれば……。その駆け引きがこの長編ならではのサスペンスの源である。

『花氷』が刊行されたころに発表したエッセイの冒頭で、松本氏はこう述べていた。

近ごろ新聞の政治面に「黒い霧」の活字を見ない日はない。七年前、わたしが某誌に戦後の占領政治中に起った一連のふしぎな事件を書いたとき、「日本の黒い霧」と題名につけたが、この造語は今やカッコなしに通用するほどになった。

不幸なる普通語化である。それほど政界のスキャンダルが次々と表面に出てきた。いま、腐敗の底知れなさを思って、国民はあきれ、政治への不信感を強めている。

――小説ではない「黒い霧」（「朝日新聞夕刊」一九六六・十一・二十四）

一九六六年八月、与党の衆議院議員が逮捕され、虎ノ門国有地払い下げでの恐喝など、土地取引にまつわるさまざまな容疑で起訴された。さらに九月には、国有林を担保にした不正融資の問題も事件となっている。また、国会議員の公私混同など、政界の「黒い霧事件」がこの年に相次ぎ、ついには年末に衆議院が解散するのだった。いわゆる「黒い霧解散」である。与党議員逮捕のそもそもの発端は、一九六五年四月に表面化した大手銀行を舞台にしての詐欺事件だったが、そこにも政治家の姿が見え隠れし、国有地の払い下げをめぐる疑惑が絡んでいた。それほど国有地の払い下げは利権にまみれていたのだ。

そのエッセイでは、〝政治家は選挙や派閥を保持するために金が要る。それで業者団体から金を受取って、その特定の利益のために官僚を動かす。官僚は実力政治家に屈して行政をゆがめる。この場合は官庁行政の許・認可権がフルに利用される〟と腐敗の構造を分析していた。これはまさに『花氷』のストーリーの根幹を語っているだろう。不動産ブローカーの粕谷は、政治資金が不足している政治家を利用することで国有地の払い下げを成功させ、富を得ようとするのだから。

政治や行政の世界で育まれていく悪が、松本作品のメインテーマであることは言うまでもない。とりわけ政界の「黒い霧」が描かれていたのは〈松本清張プレミアム・ミステリー〉としても刊行されている『溺れ谷』（一九六六）だ。そして一方、全三巻にもなったノンフィクションの『現代官僚論』（一九六三〜六六）で、官僚の権力構造に直接的にメスを入れていた。『花氷』の後半に登場する官僚の姿には、にわかには信じられないものがあるけれど、そこにも裏付けがあるのだろう。

そして粕谷の政界工作には男女の仲も絡んでいく。現在の同棲相手、かつて同棲していた女、そしてバアのマダム……女心をもてあそび、己の欲望の達成のために利用する彼には、破滅的な結末が待っている。タイトルを「はなごおり」と読めば、俳句の夏の季語である。花を中にして凍らせた氷の柱だが、冷たい氷から逃れることのできない花々は、この長編を彩る女性たちを象徴しているかもしれない。

『花氷』は、一九六五年一月から翌一九六六年五月まで、「小説現代」に連載されたのち、一九六六年十一月、講談社より刊行された。その後、講談社ロマン・ブックス（一九六八・三）、講談社文庫（一九七四・六）としても刊行されているほか、講談社版『現代長編文学全集三一』（一九六八・十一）にも収録された。

連載が開始された一九六五年は、日本のミステリー界にとって忘れられない年である。七月二十八日、江戸川乱歩氏がこの世を去ったからだ。一九二三年のデビュー作「二銭銅貨」以来の創作活動、さらに刺激的な評論や新人育成など、斯界への功績はいくら語っても語りきれない。まさに「巨星、墜つ」だったが、まるでそれに呼応したかのように、松本作品が大きな牽引車となっていたミステリーブームは去っていく。

だが、松本氏の創作活動の勢いには変わりなかった。『花氷』の連載が開始された一九六五年一月には、前述の『現代官僚論』（文藝春秋）のほか、『屈折回路』（文學界）、『溺れ谷』（小説新潮）、『江戸秘紋』（地方紙連載『逃亡』と改題）、『草の陰刻』（読売新聞）、『地の骨』（週刊新潮）が連載中だった。そして『花氷』と同時に、『私説・日本合戦譚』（オール讀物）の連載が始まっている。

さらに一九六五年には、『風圧』（東京新聞他『雑草群落』と改題）、『小説東京大学』（サンデー毎日『小説東京帝国大学』と改題）、『鬼火の町』（潮）、『砂漠の塩』（婦人公論）、『中央流沙』（社会新報）、『Dの複合』（宝石）の連載もスタートした。翌一九六六年にも、『狩猟』（オール讀物）、『葦の浮船』（婦人倶楽部）、『棲息分布』（週刊現代）、『二重葉脈』（読売新聞）と、多彩な連載を手がけている。そして「週刊文春」には『昭和史発掘』が連載中だった。まさに精力的としか言いようのない創作活動である。

「小説現代」（一九六四・十二）での『花氷』の連載予告には〝秘材を得て新しい意欲燃やす注目の野心作〟との惹句《じゃっく》があった。エッセイ「私の小説作法」（一九六四）には、〝たとえ筋は空想であっても、小説には現実がなければならないから、部分についてはできるだけその方面のことを取材する。人と会うこともあるし、背景となっている土地にでかけることもある。むろん、参考書も読む〟とある。

『花氷』の連載がスタートしたのは、一連の「黒い霧事件」が取りざたされる数か月前のことだった。そんな取材姿勢から、日本社会が孕《はら》んでいた疑惑に、いち早く視線を向けていたことが分かる。そして『花氷』で暴かれていく悪の体質が、さらにはその根源であると松本氏が指摘した政治資金の不透明さが、残念ながら依然として日本社会のなかに巣くっていることは、誰も否定できないに違いない。

一九七四年六月　講談社文庫刊

※本文中に、比喩として「気違いのように」「意地で気違いに」「気違いみたいな人」「大臣もほとんど盲判」「盲従してもらわなければ」など、今日の観点からすると不快・不適切とされる表現が用いられています。しかしながら編集部では、本作が成立した一九六六年（昭和四十一年）当時の時代背景、および作者がすでに故人であることを考慮した上で、これらの表現についても底本のままとしました。それが今日ある人権侵害や差別問題を考える手がかりになり、ひいては作品の歴史的価値および文学的価値を尊重することにつながると判断したものです。差別の助長を意図するものではないということを、ご理解ください。【編集部】

光文社文庫

長編推理小説
花《か》　氷《ひょう》　松《まつ》本《もと》清《せい》張《ちょう》プレミアム・ミステリー
著　者　松《まつ》　本《もと》　清《せい》　張《ちょう》

2018年9月20日　初版1刷発行
2023年12月30日　2刷発行

発行者　三　宅　貴　久
印　刷　堀　内　印　刷
製　本　ナショナル製本

発行所　株式会社　光　文　社
〒112-8011　東京都文京区音羽1-16-6
電話　(03)5395-8149　編　集　部
8116　書籍販売部
8125　業　務　部

ISBN978-4-334-77718-0　Printed in Japan

組版　萩原印刷

光文社文庫 好評既刊

ぶたぶたの食卓 矢崎存美
ぶたぶたのいる場所 矢崎存美
ぶたぶたと秘密のアップルパイ 矢崎存美
訪問者ぶたぶた 矢崎存美
再びのぶたぶた 矢崎存美
ぶたぶたさん 矢崎存美
ぶたぶたは見た 矢崎存美
ぶたぶた図書館 矢崎存美
ぶたぶた洋菓子店 矢崎存美
ぶたぶたのお医者さん 矢崎存美
ぶたぶたの本屋さん 矢崎存美
ぶたぶたのおかわり! 矢崎存美
学校のぶたぶた 矢崎存美
ぶたぶたの甘いもの 矢崎存美
ドクターぶたぶた 矢崎存美
居酒屋ぶたぶた 矢崎存美
海の家のぶたぶた 矢崎存美

ぶたぶたラジオ 矢崎存美
森のシェフぶたぶた 矢崎存美
編集者ぶたぶた 矢崎存美
ぶたぶたのティータイム 矢崎存美
ぶたぶたのシェアハウス 矢崎存美
出張料理人ぶたぶた 矢崎存美
名探偵ぶたぶた 矢崎存美
ランチタイムのぶたぶた 矢崎存美
ぶたぶたのお引っ越し 矢崎存美
湯治場のぶたぶた 矢崎存美
緑のなかで 椰月美智子
生ける屍の死(上・下) 山口雅也
キッド・ピストルズの最低の帰還 山口雅也
キッド・ピストルズの醜態 山口雅也
しんきらり やまだ紫
京都不倫旅行殺人事件 山村美紗
店長がいっぱい 山本幸久